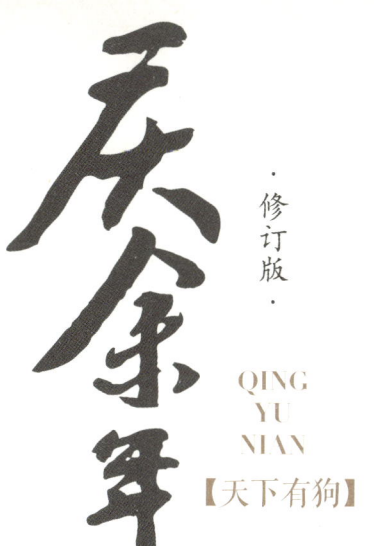

·修订版·

QING YU NIAN

【天下有狗】

八

猫腻／著

人民文学出版社

图书在版编目(CIP)数据

庆余年：修订版.第八卷，天下有狗/猫腻著.—北京：人民文学出版社，2021
（2024.1重印）
ISBN 978-7-02-015611-5

Ⅰ.①庆… Ⅱ.①猫… Ⅲ.①长篇小说—中国—当代 Ⅳ.① I247.5

中国版本图书馆CIP数据核字(2021)第143570号

策划编辑　胡玉萍
责任编辑　黄彦博
责任校对　刘佳佳
装帧设计　李思安
责任印制　王重艺

出版发行　人民文学出版社
社　　址　北京市朝内大街166号
邮政编码　100705

印　　刷　三河市鑫金马印装有限公司
经　　销　全国新华书店等

字　　数　249千字
开　　本　890毫米×1290毫米　1/32
印　　张　9.375　插页3
印　　数　87001—97000
版　　次　2021年9月北京第1版
印　　次　2024年1月第7次印刷

书　　号　978-7-02-015611-5
定　　价　39.00元

如有印装质量问题，请与本社图书销售中心调换　电话：010-65233595

目录

第一章 旧轮椅，新轮椅……001

第二章 画中人，画外音……017

第三章 断箭……042

第四章 抱月楼里论兄弟……061

第五章 鸿门宴上道春秋……081

第六章 黎明前的雪花与豆花……101

章节	标题	页码
第七章	澹泊公	112
第八章	归宗	129
第九章	宫里的那些破事	148
第十章	药	178
第十一章	香	196
第十二章	人类的本质	218
第十三章	一个宫女的死亡	247
第十四章	大厦将倾	261
第十五章	明园里的笑声	281

第一章 旧轮椅，新轮椅

秦老爷子坐在石头上，看着夜空里落下的雪花，许久没有说话。

陛下待他不薄，三十年枢密院正使是史上不曾有过的殊荣，可他依然如很多年前一样，将自己看作军方里的普通一员，将那些军中的儿郎们看成自己的兄弟，随着自己年长，则将他们看成了自己的后代。那两百名军中好汉是他最信任的一队私军，一直放在崤山冲里秘密训练着，本来是为了日后进攻北齐所用，如今却不得已提前派了出来，然后死在了暗杀钦差的事件里。

秦老爷子向来不怎么理会朝廷中的政事，可是这一次他必须理会，不论是为了自己家族的存续，还是为了庆国的将来，他都必须杀死那个年轻人。可是……范闲你怎么就没死呢？老爷子咳了起来，不知道是因为臀下石头的凉意沁进了棉裤，还是心中的寒意涌了起来。

那些军中子弟本应是庆国美好的将来，却就这样死了，而且死后也不得安宁，会被记在史书上任人唾骂，成为庆国数十年来的第一支叛军。老爷子有些心痛，很是心寒——陛下太薄情，太让人心寒，让范闲留在京都，并且日日加权，看趋势根本没有停止的一日。就算陛下活着的时候没事，可自己和陛下都死了之后，难道他不会翻旧账？

几年前澹州那个年轻人被陛下召到京都，老爷子的心里便多了一丝寒意。除了陈萍萍、范建，谁能想到，他也早就知道了范闲的身世。于是老爷子比以往那些年更加沉默了。那个年轻人是陛下的骨肉，所以他不可能提前做什么，他只是在看陛下究竟会怎样安排他。

初始的时候，老爷子很放心，那个年轻人似乎只是个纨绔，整日与靖王世子流连妓寨，争风吃醋，暗夜打拳，没有表现出特别的地方。接着那个年轻人要娶依晨郡主，准备接手内库，而且在殿上一夜作诗三百首，名动天下，但他还是不怎么担心，财富再有力量，总敌不过刀枪，诗文如何惊艳，也禁不住马蹄阵阵。

直到春闱案发，他才知道原来陛下暗中让这个年轻人做了监察院的提司。老爷子身为军方第一实权人物，过往这些年不知道与监察院配合了多少次，当然最清楚陈萍萍与监察院的恐怖实力，所以他真正警惕起来，于是第一次选择了表态——向陛下进言，让范闲出使北齐。

他知道这一次出使绝对不是表面上那般轻松，因为有肖恩。他暗自祈祷，那个年轻人最好永远留在北齐，再也不要回来。可事情的发展再一次让他失望了，那个年轻人不仅好好地回到了庆国，并且拥有了更多的权力与名声。

老爷子再一次沉默，在远处静静地注视着范闲，看着他在京都内与二皇子斗得不亦乐乎，看着太学，看着悬空庙，看着宫中，发现他果然如自己担心的那般厉狠、聪明、不惜代价、记仇……而且强大。此时的范闲依然不足以令他恐惧，但每每想到当年的那个女子，想到他是她的儿子，看着他似乎正在走着那个女子一样的道路，并且比那个女子更狠更毒……

他不清楚陛下究竟是怎样想的，于是转而试图寻找温和的解决方法。老爷子选择了称病不朝，也不去枢密院视事，安静地留在家中养老，让儿子与范闲交好，还请对方到府上一叙。

这是赌范闲永远不会知道当年的真相。

如果事情一直这样发展下去，或许老爷子依然可以将范闲当作值得尊重的晚辈对待，可谁知道变化来得那样迅猛和令人不知所措。

明家有老爷子的股份。军中要捞现银比朝中那些大臣不方便许多，所以很多年前，长公主派人恭恭敬敬拿了一成干股到府上时，老爷子点了头。范闲查江南,老爷子不担心，不过是在江南富商里有一成干股罢了，陛下怎么可能因为这种小事，就来惩罚忠心不贰的军中第一高门？

然而却有了东海岛上的事情。胶州水师提督常昆……正如在江南的时候，监察院邓子越向范闲禀报过的那样，这位一品提督大人与叶家关系不错，却是老爷子的人。

老爷子没有给常昆指示，常昆的所作所为是长公主的意思，但老爷子明白，陛下知道常昆就是自己的人！常昆已经死了，胶州水师也已肃清，老爷子的侄儿已经去接任提督一职，所以他愈发不明白陛下究竟在想什么？为什么还让自己的人掌着胶州水师？

最关键的是，监察院里传来了一个消息。

庆国军方与监察院配合数十年，早已互相渗透了一部分，监察院招官员首选便是各地没有中举的考生和军方退役的军官，数十年过去，不知道有多少军方退役将领成为监察院里的实权人物。老爷子身为军方第一人，当然不会愚蠢地放弃这种机会。

他安排在监察院里的那个人发现了一股暗流。

监察院有一道凌驾于八大处之上的力量正在暗中调查二十年前的某些事情，那些事情看似毫无关联——京都布防的转换情况、当年西征的后勤供应以及皇城防御，还有一些粮草调拨之类的琐事，零零碎碎，根本不成体系——老爷子却因为多年警惕嗅到了极危险的味道，这些看似极琐碎的线索，最后极可能指向当年太平别院血案的真相。

其时陛下御驾亲征，老爷子坐镇京都，他在这件事情里扮演的是什么角色？

那道力量查得很小心，生怕惊动了什么人，却查得极为聪明，只怕用不了多长时间就会撕破包裹着的一层层伪装，碰触到真实的历史。是谁在查当年的事情？能够凌驾八大处之上的院中力量是什么人？院中人的回报加上老爷子的判断，都指向了范闲亲领的启年小组。

最后一根稻草压了下来。

老爷子发出了格杀范闲的命令。

他有信心将狙杀的真相暂时瞒住陛下，却根本不想去面对知晓当年真相后，必会疯狂为那女子复仇的范闲，所以他选择了最简单粗暴的办法——直接杀死他。

或许他错误地估计了范闲对于复仇的兴趣，但这个错误已经不能改变了。

今夜听闻失败的消息，闻听那二百儿郎惨死的结果，骤然之间老爷子苍老了十几岁，他搓着自己老树皮一样的脸颊，逐渐平静了下来。

二十年的隐隐担忧、对那个女子幽魂的敬惧，让他在压力下做出了一个最直接的决定。事败后，这位纵横沙场半百年的老将终于察觉到了一丝问题。

能够动用那么多力量去查找二十年前的蛛丝马迹，并且凌驾于监察院之上的不只范闲一人，还有陈萍萍那条老黑狗。

让常昆屠岛看似是为了江南之事，实际上却是拐了十八道弯将自己老秦家拖进了这团乱泥，这是长公主那个疯女人最喜欢的手段。

老爷子坐在大石头上咳了两声，终于将前因后果想清楚了。这件事情和范闲无关，和陛下无关，和东宫无关，只是有两个人出于不同的目的，都想让自己也掺和到这件事情里来。

监察院院长陈萍萍与长公主李云睿。庆国，甚至是整个天下最善于构织阴谋的两个人，出于不同的原因，为了一个共同的目的，巧手用了整整大半年的时间，终于达到了他们想要的效果。面对着这两个人的无心合作，就算是老爷子这样的人物又能有什么法子？

"父亲？"秦恒的声音让老爷子从长时间的沉思里醒过神来。他收回望着夜雪的视线，看了儿子一眼，忽然生出一股酸楚之意。自己老了，儿子却只有三十来岁，如果自己死了，他还能维护秦家的尊严与地位吗？

"如果大儿没有死就好了。"他忽然想起早逝的长子，如果他的性情不是那么猛烈，也就不会被军中一个校官趁着兵乱挑了，如果他还活着，自己又何必如此辛苦？

"不要太担心。"老爷子缓缓起身，负着双手站到菜地前。

秦恒昨夜才知道山谷里的安排，震惊至极，从理智上来讲，他无论如何也不能接受这个无比疯狂的主意，但他并没有反对，因为他相信父亲一定有必须杀死范闲的理由。在秦家，老爷子就是元帅，其余的人都是下面的将官，对命令只能接受，不用解释。

他也知道父亲为何会说没事。因为范闲在朝中的敌人太多，无论哪一方的势力都有可能狙杀他，秦家看上去却是最不可能出手的那一方。他自己都想不明白父亲为什么要杀范闲，何况别人，就算陛下最后怀疑到什么，在没有一点证据的情况下，也不可能就此问罪秦家。

"我朝大军五停之中，我秦家占了一停，叶家占了一停。"秦老爷子忽然道，"如果你是一位帝王，会不会允许这种现象？"

秦恒摇头。

"可陛下会允许，因为陛下有雄心，他安安静静等了十几年，只是为了等北边那个光头、东边那个白痴死……或者老，所以他允许我们秦、叶两家暂时存在，因为将来征战天下需要将士们冲杀，还需要人领兵。"秦老爷子说道，"说到领兵，细数如今天下名将，自然少不了北齐上杉虎，大庆还有大殿下、有小乙。叶重虽比我年纪小不少，但常年负责京都守备，早已失了当年的锐气。但你可知道真正最擅领兵的大将是谁？"

秦恒道："自然是父亲您。"

秦老爷子自嘲一笑道："我早就已经老了，我说的是陛下。"

秦恒恍然。他如庆国所有军人那般，对一直深居内宫的皇帝陛下无比敬畏崇拜，陛下已经有十几年未曾领兵，但他当年带兵三次北伐，以弱胜强，坚韧卓绝，将统治大陆的大魏打得七零八落，虽然遗憾未能一统天下，但"用兵如神"这四个字可谓当之无愧。

"叶家能够存留到今天……"老爷子缓缓闭上眼睛，"是因为有叶流云那个老东西，而我们秦家虽然没有叶流云却依然能够存活到今天，是为什么？"

秦恒低头道："因为有父亲在。"

秦老爷子没有反对这个说法，他的门生故旧遍及朝中军内，如果叶流云是用自己的绝世武功支撑着家族，秦家则是在他的庇护下生存，所以他必须活着。虽然他已经很老了，还时常生病，可依然要活着，要一直活着。

"我忠于陛下，忠于庆国，从未做过对不起陛下的事情，所以，陛下也绝对不会对不起我，那么有时候做些事情又怕什么呢？"

秦恒心里咯噔一声，心想今天白天在山谷里狙杀范闲……那位可是陛下的私生子，难道这还不算对不起陛下？只是这句话他断然不敢问出口。

秦老爷子平视前方，一股在军中浸淫五十年所培养出的霸气油然而生。

"你不明白为父为何会选择此时出手，我也不想将当年的事情都讲给你知晓，我只是想教给你，什么是出手的时机。

"当所有人都想不到你会出手的时候，出手。

"当所有人都可能出手的时候，你出手。

"水已经够浑了，不在乎多我们一个。谁也不知道浑水下面是什么，所以我们才会安全。陛下绝世英明，但毕竟深居宫中，不知道很多事，如今这个世上，能够猜到或者知道我与山谷之事有关系的，只有那两个人。

"奇妙的是，这两个人都不会对陛下说。所以这次的行动虽然失败了，但是只要没有被人摆到台面上来，这本身就是一次成功。"

秦恒忍了许久，终于忍不住低声问道："为什么那两个人不会对陛下说？"

"因为老跛子从一开始就在沉默。"秦老爷子唇角泛起一丝讥讽，"不论他因为什么原因沉默，但如果现在把这事挑明了，他在陛下面前该如何解释？"

秦恒明白了，却还是不明白为什么陈院长大人会沉默："可是……如果院长大人将我们在监察院的那个人揪了出来，岂不是可以向陛下指证我们？"

老爷子淡然道："陛下凭什么相信他？那个人又岂是这般好揪出来的？"

"另外那人呢？"秦恒沉默片刻后问道。

秦老爷子苍老的面容上多出了一丝红润，似乎许久没有参与斗争让他整个人年轻了起来，轻声道："这些年朝廷里我警惧的就是林相和陈院长，林相被陛下逼着辞了官，陈萍萍又另有心思……至于长公主，如果长公主要挑事，我老秦家会出问题，燕小乙难道就能置身事外？"

秦恒愕然抬首，燕小乙儿子藏身自己属下的秘密，他也是昨天夜里才知道，现在看来，燕小乙儿子对范闲进行夜袭，继而将范闲一行人拖进山谷之中，竟是老爷子一手安排的！想到此节，他不禁对父亲更加敬畏。

"我秦家一直站在陛下这方，在朝事之中保持中立。"秦老爷子漠然道，"如今两边都在拖咱们下水，那便下好了，看谁能拖死谁。"

秦恒默然想着，宫里、朝廷里、以及军中的这些大人物都各有心思，如果真要抱成团了，那陛下岂不成了孤家寡人？

"今天你在枢密院前见着什么了？"老爷子虽然早已从自己的情报系统知道了当时的情况，却依然想从儿子的嘴里再听一遍。

秦恒将当时的情形讲了一遍，重点放在范闲的神态以及那个惨不忍睹的血人上。

"那是我军中好汉，不能受监察院的侮辱。"老爷子皱眉道。

秦恒知道负责山谷狙杀的那批人是自己在崤山冲暗中训练的私兵，在军方的花名册上是根本看不到的，所以就算范闲斩了那两百个人头，秦家也不需要担心什么，他迟疑地说道："那位将军乃是硬气之人……"他的意思是，既然那人不会出卖秦家，何必冒着内线暴露的危险去灭口？

"我军中之人，只可站着生，不可跪着活。"老爷子面无表情地说道，"能让他光荣地死去，是为父此时唯一能够做到的补偿。"

秦恒默然。一片冬月洒下银光，与秦宅内的积雪一映，耀得微莹一片。老爷子咳了两声，往内宅走去，最后道："以后做事决断要快些，准备充分些。"

秦恒知道父亲说的是今天山谷狙杀最后，自己带着守备师骑兵进入山谷，却没有机会进行致命一击。他默然想着，碰上范闲这样一个谁也不信的家伙，谁能有什么法子？

第二日清晨，静澄子府后门，如平时每个早间一般来了一个送菜的汉子，汉子恭恭敬敬地将菜搬了进去，赔着小意与府中管事聊了两句，便赶紧退了出去。

从小巷穿到正街上，送菜汉子抬头看了一眼静澄子府的黑色匾额，心想言府实在是过于低调了，街坊们都知道，这宅子是陛下赏给言大人的，如今大人早已晋了三等伯爵，连小言公子也有了爵位，可匾额却一直没有改。

送菜的人离开，菜筐还放在厨房旁的空地上。管事看着四周没有人，自然地伸手去提了提菜筐，似乎是想看看今天的分量如何，送菜的人有没有克扣斤两。

分量很足，管事满意地笑了起来，将手插到棉袄的袖口里，免得被这大冬天的寒风冻着了，却没有人发现他从菜筐最上面一圈里抽出了一根竹篾条。

来到书房，已经退休的四处主办言若海如往年每一天那般早起，正在抄写一篇静心文论。管事奉上茶，有意无意间将那根竹篾条放在了茶碗的旁边。

言若海拿起那根竹篾条，皱了皱眉头，手指微微用力从中折断，取出一个小小的白布条，看着上面的字迹陷入了沉思之中。

他的手指敲着桌面，似是在出神。许久后，如今的四处主办、日后的监察院提司接班人小言公子言冰云推开书房的门走了进来，然后回身将门合上。他坐到父亲对面，接过那白色的布条，看着上面的内容，一向冷若霜枝的双眉也忍不住挑了起来。

"枢密院根本不敢接手，就是生怕这个人忽然死了，提司大人会发疯。"言冰云忧虑道，"就算我能想出法子将那个人杀了灭口，后面怎么办？"

言若海叹了口气，说道："老爷子既然找上门来了，这件事情总是要做的。"

言冰云也叹了口气，说道："如果将来提司大人知道山谷外的狙杀……我们事先就知道却不管不问，他会不会把我们的房子拆了，将我们父子二人砍了？"

言若海再次叹了口气，无奈道："院长大人交代下来的事情，我们总不能不做，小范大人如果要杀我们……我们只好建议他先去把那把轮椅拆了再说。"

言冰云一向冷漠的脸上也忍不住多出了一丝烦恼之意，半晌后问道："父亲是什么时候从军中到监察院的？"

"有三十年了吧。"言若海想着往事，皱眉道，"我在军中不出名，暗地里却是秦老爷子的亲兵，只是埋在营中，一直没有起什么作用。"

言冰云摇头叹道："难怪老爷子这么信任你。父亲一直在监察院里做到今天这个地位，想必老爷子心里也是很得意当年的安排。"

言若海第三次叹气，似笑非笑道："问题是我在入军之前，就已经是监察院的密探了，只能说老爷子的运气不怎么好。"

言冰云低头道："院长大人果然一切智珠在握，算无遗策，只是……这些明明都是可以阻止的事情，为什么非要眼睁睁地看着它们发生呢？"

陈园。

陈萍萍坐在轮椅之上打了个哈欠，对满脸愤怒的费介说道："你急着大清早地就要来杀我？他是你最疼的徒弟，难道就不是我最疼的接班人？"

费介眼中的幽火燃烧着，吼道："你到底要做什么？他差点儿就死了！"

陈萍萍咕哝了两句，用那极有特色的微尖声音说道："为什么？当然就是为了这个事实……人人都说我是陛下的一条狗，但其实那个老爷子才是陛下最大的忠狗。没有点儿真正的鲜血喷涌出来，怎么能让狗主人舍得打狗？"他拍拍双手，舔着微干的嘴唇又说道，"而且我一直很好奇，我把陛下的狗儿们都赶到了院子里面乱吠，陛下变成了孤家寡人，他能怎么办？"

"怎么办？"费介眼瞳的那抹异色愈发浓烈，乱糟糟的头发就像火苗一样燃烧着，"傻子才知道怎么办，只是我必须提醒你一声，就算你将自己藏得再深，可是已经牵连进了这么多人，将来一旦出事，陛下定会怀疑到你。"

陈萍萍轻轻拍拍自己像冻木头一样的膝盖，伸起两根手指，微屈一根道："你说的情况是陛下胜了，这样他才有可能疑心到我。我从来不否认这点，因为事实就是，我虽然掌握了这个世界上绝大多数的秘密，依然有地方触碰不到，比如帝心……所以我才会选择割裂，不如此不足以说服陛下相信那个孩子，不足以让那孩子在事后依然可以很幸福地活下去。"

用血与火来割裂，即是用最真实的死亡气息来割裂。费介是当年的老人，又一直在监察院里身居高位，毫无疑问是这个世界上对于陈萍萍真实想法掌握得最清晰的那个人。虽然对陈萍萍的最终目的依然不确定，但听着"割裂"这两个字他立刻就明白了。若干年后，山谷里的狙杀就会像是一层纸，又会像一块黑布遮掩住陈萍萍的心，替那个年轻人挡住来自龙椅上灼人的怀疑目光。

"如果陛下败了怎么办？"这是费介最担心的问题。陛下毕竟是范闲的父亲，如果他胜了，目前看上去忠心不贰的范闲不会有什么问题，可是一旦长公主那边得了天下，范闲想死都难。

"不要低估范闲。"陈萍萍屈回最后那根手指，不怎么大的右手握成了一个硬硬的拳头，"范闲就像这只拳头，他是有力量的，而且五根手指都收在掌心里，就像是一记记伏笔，这孩子心里究竟在想什么，我隐约能猜到。手指头露在外面，容易被人砍掉，捏在拳头里就安全得多，随时可能弹出去打人一个爆栗。我们这些老头子不死，长公主那疯丫头怎么可能轻轻松松地控制住天下？范闲将自己的兄弟妹妹都送到北齐，私底下又和北边做了那么多事，这是为什么？不就是在准备这一切吗？他那心思瞒得过旁人，难道能瞒得过我？"

这话说得实在，范闲暗地里往北方转移力量，凭恃的依然是监察院的资源，陈萍萍身为监察院的祖宗，哪里有不知道的可能？他将膝上的羊毛毯子往上拉了拉，又道："这家伙其实想得比朝中所有人都远，后路安排得比所有人都扎实，我敢打赌，就算日后他在南庆待不下去了，这天下依然要因为他而改变，北齐的底子还在那里，你自己想一想吧。"

费介张大了嘴，半晌说不出话来，许久后幽幽地叹道："这是叛国吧？"

陈萍萍讥笑道："对那孩子来说，叛这个国算叛吗？"

费介明白院长大人的心情，喃喃地问道："难道范闲已经掌握了内库的秘密？"

"我不清楚。"陈萍萍低声道，"不过在江南待了一年，这小子要是不想法子把内库里的那些制造工艺捏到自己手上，我根本不信。"

此时范闲如果在场，一定会对这位老跛子佩服得五体投地。

"如果将来真的大乱，范闲径直投了北齐。就算咱们大庆朝心里极为不爽，可是就凭长公主和叶、秦两家，难道就能把北齐灭了？此消彼长，国运转换，只怕天下大势将要颠倒过来了。"

"就算范闲有能力掌握内库工艺，也只不过能让北齐朝廷多挣些钱，改变不了什么。"

"改变不了什么？"陈萍萍嗤之以鼻，"这个世界上再也没有比钱更重要的事情了，小姐当年便这般说过……只是小姐不像范闲这般贪财和狠辣而已。"

"范闲真的会这么做？"费介叹道，"可他毕竟是咱们大庆人，去帮助敌国……我不怎么相信。他还不如替陛下将朝廷打理好，去异国为客卿，即便北齐皇帝重用他，也不过是个没有人身自由的宠臣罢了，有何好处？"

"说来很奇妙。"陈萍萍微笑道，"虽然我一直没有对他明言过什么，相信范建也不会说什么，但范闲对陛下一直有隐藏极深的心结……这孩子能忍，我也是最近才察觉到这点，难怪他一直在找退路。范若若如此，范思辙如此，如果年前范尚书真的辞了官，我看范闲会直接安排他回澹州养老。澹州那个地方好，坐船到东夷城不用几天，当然从东夷城到北齐就更近了。"

费介摇了摇头："范闲再如何聪慧，也不过是个年不及二十的年轻人，怎会算到那么远的将来？他又有什么把握可以获得北齐皇室的信任？"

陈萍萍淡然道："这只是我的猜测，谁知道将来会怎么发展？北齐会不会接纳南庆逃臣，这个我想范闲心里应该有数，至少最近这两年他没必要思考这个问题……不要忘了那个海棠，这小子花了这么大气力骗这么一个貌不惊人的女人上手，要说没点儿阴谋与想法，我是不信的。至于北齐皇室……那位太后已经快撑不住了，苦荷一直没有说话，她自己娘家最得力的年轻一代都投到了小皇帝的手下，再过两年，北齐小皇帝便会大权在握。那位小皇帝还真是信任范闲，那么多银子放手不管……

真是想不通。"

难得这个世界上还有陈萍萍想不通的事情，他摇了摇头，继续说道："不过想来这都是很多年后的事情了。或许，不，不是或许，那时候我早已经死了，管那么多做什么？我只是欣慰于他没有辜负我的培养。我曾经对他说过，要他将眼光放高一些。他做得不错，虽然说细节上经常出问题，但大势的勾画上做的准备很充足。在京都里闹来闹去也不过是一国的事情，他现在的心已经放在了天下。仅这一点，他就天然比李云睿要高上一个层次，开始接近伟大的陛下。"

费介没好气地说道："我只是想来问山谷里狙杀的事情，没有想扯到天下。"

陈萍萍回道："我看你这时候最好去范府看看你那徒儿的伤势。"

费介摇了摇头，准备离开。

这时陈萍萍忽然说道："告诉他，他走不成……至少在我还没死的时候。"

范闲没想走，那些安排只是以防万一。七叶在闽北三大坊与杭州之间来往，冒着奇险抄录了厚厚的一份内库卷宗，他也没有准备现在就拿着去投奔北齐。

他虽然不知道北齐小皇帝为什么如此欣赏自己，却知道自己的根在庆国。如果能在庆国如此逍遥地活下去，傻子才会玩千里大转战，只是后路必须备好。

再说这庆国的京都及乡野里还有那么多的仇人，不将这些家伙收拾得干干净净，不将老三扶上位置，不让庆国依然保持和平与安宁，他如何甘心撒手？

其实他要撒手很简单，等五竹叔的伤养好回来了，他们可以一起从泉州坐船往西方世界去看看西洋景，想必就算是皇帝、叶流云、四顾剑、苦荷等都不敢轻易来阻拦自己。只是停留，往往不是因为脚步，而是因为心神上的羁绊。范闲是有老婆侍妾的人，也有父亲祖母兄弟姐妹友朋知己下属心腹等。

既然无法轻易离开，他便只能留下，接下来强悍地增强实力，留好后路，时刻准备在这艰险的朝堂之上，与那些敢伤害自己的势力拼个你死我活。所以当他听着老师转述陈萍萍最后那句话时，虽然震惊于老跛子双目如炬，脸上却是一片平静，唇角微翘道："老头子是不是脑子昏了，净说胡话，我能往哪儿走？"

费介看了徒弟一眼，发现这小子说的话似乎发自真心，也觉着陈院长似乎想得过于复杂，便说道："躺好了，我来看看你的伤。"

范闲笑道："这点儿小伤我还治不好，岂不是把您的脸都丢完了。"

此时他忽然想到一件事情，自身边取出一个牛皮纸袋递给了费介，说道："我在杭州试了半年，找到了几味药，似乎可以中和一烟冰的霸道，看能不能让婉儿有法子怀上。只是我不大信任自己，所以请老师帮我看看。"

林婉儿服用一烟冰后无法生育，费介当然清楚，一直觉着有些不好意思见范闲，今日见他挑明，不免有些尴尬。

范闲笑了起来："您千辛万苦治好婉儿的肺痨，徒儿心里感激还来不及。我自己倒不在意，只不过婉儿确实很想要个孩子，所以麻烦您再费费心。"

费介叹着应允下来，忽然发现今天本来是找院长大人算账，替范闲讨公道，却被院长大人说服来试探范闲。然而在这范府卧房里什么都没说，又让范闲支使着去做药，忙来忙去这一天竟是什么也没做成，于是恼火道："懒得再猜你们这一老一小两个鬼在想什么，有什么话你们自己当面说去！"

范闲笑道："我明儿就去陈园。"

第二日，陈园大门缓缓打开，潜伏在园外的无数监察院杀手以及各式机关没有丝毫的戒备之心，或许是因为来的那位年轻官员也坐在轮椅上的缘故。

范闲偏着身子,避开背后的伤口,由那位老仆人将自己推到了石阶前。

陈萍萍也坐在轮椅上,膝上盖着一张羊毛毯。

范闲微微侧头,极有兴趣地看着这个老跛子。

陈萍萍也极有兴趣地看着范闲坐轮椅的模样。

忽然,两个人同时笑了起来。

老狐狸,小狐狸,旧轮椅,新轮椅。

陈园有姬不敢近,笑声渐起,渐息。

老少二人极为默契地收拢笑声,恢复了平静,范闲把身下的轮椅往前挪了挪,自己的膝盖似要靠着老人家的膝盖,显得无比亲近。

陈萍萍轻轻拍了拍轮椅把手,发出空竹般的空洞声音,问道:"习不习惯?"

"没什么不习惯的,身上带着这么多的伤,总不可能骑着马跑来看你。"范闲自嘲道,"再说我也不是第一次坐轮椅了,一年多前在悬空庙里被人捅了一刀子,事后不也坐了一个月的轮椅?习惯成自然。"

话虽轻柔,却有刀剑之声。

陈萍萍知道年轻人是在告诉自己,他已经明白了某些事情。

悬空庙确实是个神仙局,陈萍萍却是个站在局外看局内之人,影子是他派到庙上,范闲挨那一剑虽是意外,但是真的险些丧命。还有前日的山谷狙杀……所谓习惯成自然,范闲是在告诉陈萍萍,不要把这种事情当成习惯,不要总是拿自己的性命开玩笑,切切不可当成自然之事。

陈萍萍似乎不知道应该如何解释,指了指范闲的后背。范闲摇摇头:"死不了……您知道我今天来是为什么,所以我们还是直接一些吧。"

"你先讲,我先听。"陈萍萍缓缓将自己膝上微皱的羊毛毯子抚得更平整一些,让上面的褶皱如水波一般渐渐消失不见。

看着老人家微低着的头,看着对方深深的皱纹和有些蜡黄的面色,范闲沉默了一会儿,说道:"两次坐轮椅,第一次因为悬空庙的刺杀坐轮椅，但获得了陛下的绝对信任，还是有好处的，我能接受。那这次坐轮椅又是怎么回事？我不喜欢什么事情都被你操控的感觉，你也清楚我最怕死，所以以后请不要这样，否则我真的会发疯。已经两次了，我不希望还有第三次。"

第二章 画中人，画外音

陈园石阶下的冬日寒空中安静了许久。

"悬空庙的事情是个意外，你也很清楚这一点。这次山谷狙杀真的和我没有关系。一个局总要能够控制才是一个局，当时山谷里连守城弩都搬来了，你随时可能送命。如果你死了，就算这件事情会带来什么好处你也享受不到，那这就不叫作局，而叫作愚蠢。"陈萍萍微笑着问道，"你认为我是一个愚蠢的人吗？"

范闲面无表情地说道："我只是怕你有时候聪明过了头，对我的信心太足。"

陈萍萍放在羊毛毯上的枯老手掌微微动了一下，旋即又微笑着说道："对你实力的了解，我应该是最清楚的几人之一。你向来会演戏，在众人面前出手的次数寥寥可数，入九品后也就是和影子正面打过一架，天下人不知道你强到什么程度，更不知道你身上藏的那些秘密……而我却不一样，我知道这一切。"

"说漏嘴了吧。老人家……那是伏击！那是在京都郊外的山谷里，对方有两百多把弩！这完全可以去东夷城杀四顾剑了，你就一点儿不怕我死？"

"四顾剑这么好杀，那事情就简单多了。"陈萍萍咕哝着，"而且我说过，这事和我没关系。"

"不要忘了我假假也是个监察院的提司！"范闲怒道，"你不蠢，难道我蠢？你以为这两天我躺在床上就没有查查自己院里的事情？如果没有院子里的人帮忙遮掩消息，那些守城弩能堂而皇之地搬到京郊的小山头上？"

陈萍萍咳了两声接着说道："也许是京都守备出了问题。"

范闲盯了他一眼，问道："京都守备能知道监察院的信息流程？就算军方可以查到我回京的确切时间，那山谷里斥候传来的平安回报是怎么回事？"

陈萍萍道："对方既然要杀你，自然会准备充分，如果连这些细节都顾虑不到就来杀你，未免也太糊涂了些。"

范闲冷笑道："装，继续装，就算那些山谷里的埋伏不是你派个双面乌鸦暗中帮了一手，但你总脱不了放纵的嫌疑……您是谁？我大庆朝最厉害的人物，难道这么大件事你就没听到一点风声？就没想着给我通通气？难道说你也觉得我天天在院子里抢班夺权，碍了你的眼，所以干脆把我宰了，免得惹人心烦……可您别忘了，这院子当初可是您求着我进来的，跟我可没关系！"

陈萍萍忍不住抬起头来白了他一眼，皱着眉头斥道："你这小子，明明心里不是这么想的，也知道我不是这般想的，还偏要这样说，难道这样就能解气？"

范闲冷笑道："你害我两次险些丢了性命，总得给我一个公道。"

"说过与我无关。"陈萍萍懒得再理他，推着轮椅往园子里行去。范闲心里一股邪火烧得正旺，哪能让这老跛子就这么跑了，双手用力一推，也跟了上去。

知道两位大人物今天要进行一场隐秘的谈话，陈园早已做了相应布置。往日里在园中咿咿呀呀，连寒风也不畏惧的美人儿们都被关在了屋子里，不准出来，一应仆妇也是各自躲着，连那位老仆人推着范闲来到此间后也悄然离去，根本没有人来阻止这场轮椅的追逐。陈萍萍在前面推着轮椅快行,范闲在后面急追,片刻间竟是绕着这座宅子的石阶转了一个大圈。

陈萍萍残疾多年,当然比范闲要熟练得多,加上范闲的重伤本就没好,绕着宅子转了一圈之后,二人之间便隔开了好几个"椅位"。还好,陈萍萍不可能在自己家里玩轮椅遁,只好停在池边,范闲气喘吁吁地转着轮椅赶了上来,停在他身边回头一望,二人绕着宅子逆时针转了一圈之后,又回到原点,他实在感到有些无聊,忍不住埋怨道:"我是病人。就算我的问题让你难堪了,也不至于这样。"

"倒不是难堪。"陈萍萍叹道,"只是我确实不知道怎么给你公道。"

范闲看着池塘里的冰碴儿和冻毙了的黑荷枝,忍不住皱了皱眉头,呵了两口热雾到手上轻轻搓着,听着老人继续说话。

"院里的事情不要查了,没有内奸。我承认,这次山谷狙杀,我知道一些风声,而且确实院里有人在帮那边,不然也不能把你整得如此之惨。"

"既然您不让我查,那个内奸想必也是您故意留的一手。所以我不明白……悬空庙是救驾,这次陛下又不在我的马车上,为什么我要付出这么大的代价。"

陈萍萍抬头看着他温和地问道:"你相信我吗?"

范闲想了很久,缓缓地点了点头。

"那就先不要问了,以后你自然会明白。"

"我不明白,我也不需要明白。不过我需要知道是谁向我下的手。"

"你手头没有证据,奈何不了对方。"

"可你手里有。"

"我也没有。就算有,也不可能交给陛下……一来,我可不想陛下震怒之下,将我们这个院子给撤了;二来,这时候交出去未免早了些。"

这话里隐着的内容太多,足够范闲消化太长时间,但范闲没有怎么理会,直接问到了重点:"我还是想知道是谁想杀我。"

"是秦家。"陈萍萍直接给出了答案。

范闲沉默不语。

陈萍萍淡然地说道："你就算入宫抱着陛下的大腿哭也没用，你没证据，我也不舍得把那个棋子拉出来给你当证据。而且就算陛下因为你的事情怀疑秦家，可他也不会因为你几句话就把老爷子药了给你出气。"

范闲摇了摇头。

陈萍萍有些好奇地看了他一眼："你一点都不惊讶？"

范闲面无表情地说道："既然此次你不是为我谋功，那定然是要拖人下水，如今朝廷里还没有下水的大势力只剩下秦家了，这并不难猜。"

长公主是从另一个方向推论出秦家的参与，范闲的推论方向不一样，得出答案的过程却是这样简单明确。陈萍萍欣慰地点了点头，说道："军中第一高门，陛下是不会轻易动的，不然军心不稳，朝廷何以自安？"

"就算有证据，但时机不好的话，陛下也不会动。"范闲微嘲着说道，"只是我不明白，既要拖老秦家下水，想来必要的时候自然会让陛下知晓此事……去年一年，您在京都，我在江南逼太子、老二和长公主狗急跳墙，如今他们还没有跳，您又给对方加上一个秦家……您对陛下真的这么有信心？"

陈萍萍微笑着说道："我一直对陛下很有信心，正如对你一样。"

两个轮椅上的人都沉默了，就像以前的很多次谈话那样，都是极聪明的人，很多事情不需要说明白，彼此的态度在那只言片语里确定了。正如范闲猜测自己的身世，正如双方每一次小心翼翼的接近。

"你为什么不好奇我要拖秦家下水？就算我对陛下有信心，可如果跳墙的人少一个，总是会好处理一些。"陈萍萍温和地看着范闲的眼睛。

范闲沉默半晌后说道："您想借此一役将我将来所有的敌人清除干净，老秦家和我关系一直不错，也没有掺和到龙椅争位之中，想来和多年前的故事有关。"

陈萍萍赞赏道："能判断出这么多就够了。"

此时范闲心中生出淡淡的悲哀，但他还有一个判断没有说——陈萍萍的身体很差，没两年好活了，老人自己当然清楚，所以他急着将所有的事情都做完。他心头的躁意已经淡了许多，可仍是忍不住问道："如果……我在山谷里真死了怎么办？"

"你怎么会死呢？"陈萍萍严肃地看着他，"你要一直活下去。"

范闲笑了，这句话和父亲那天的话语何其相似。

"山谷里的情况你又不清楚……老秦家是何等样的门第，他们不动手则罢，一动手必然是雷霆一击，我就算运气再好，也不见得能活下来。"

陈萍萍沉默少许后说道："对秦家的布置我有把握，这次确实太过危险，是因为我没有算到三件事情。首先是我没有想到老五的伤还没有养好。秦老头可不知道你身边有这样一位杀神，老五如果在，天下谁能伤得到你？第二件没有算到的事情是，"他带着一丝诡异的笑容看着范闲，"真正面临死亡的时候，你居然还能忍住不把那个箱子拿出来。"

范闲心头震惊，表情与言语上依然不露丝毫马脚，苦笑着说道："虽然不知道您一直念念不忘的箱子究竟是什么，但我没有，又能到哪里去偷？"

箱子，那个黑色的、窄窄的长形箱子，当年随着一个少女、一个瞎子仆人来到京都，在庆国的历史上只发挥了一次作用，却足以改天换地。

除了叶轻眉、范闲母子二人和五竹，没有任何人看到过那个箱子的真面目，也没有人知道那个箱子如何使用，知晓当年庆国两位亲王死亡真相的老人们因为不知道具体情形，反而对那个箱子产生了一种古怪的神秘感和敬畏感。

超出这个世界的存在，总是令人浮想联翩和无限畏惧。

哪怕是陈萍萍和皇帝也不例外，当范闲童年在澹州时，费介便曾经去问过五竹，范闲入京后又不止一次面临过这个问题。所以陈萍萍不明白，当山谷狙杀已经到了最危险的时刻，为什么范闲还是不肯动用箱子？

范闲说箱子不在他手上，老辣如陈萍萍自然不肯信。当年老人都知道，那个箱子是在叶小姐的手上，但叶小姐遇害的时候没有用过这个箱子，由此说明当时箱子不在太平别院。事后陈萍萍在太平别院详细调查，也没有发现箱子的踪迹。

如此超凡入圣的物件自然不可能随便丢了——那就只有一种可能，箱子那时候就被五竹带走了，如今范闲在京都这样险恶的环境中生存，五竹不在范闲身边，一定会把那个箱子交给范闲随时带着，以避免随时到来的危险。

这便是陈萍萍的推断，而且他的推断和事实的差距也并不大。只是他想错了一点，他和皇帝没有亲眼看过那个箱子，所以不知道箱子的大小。

不错，范闲确实带着箱子，只是那个箱子实在没有办法掩过众人的耳目，当范闲在山谷里遭受狙杀时，那箱子还在大河的船上。

范闲一摊双手诚恳地说道："我真不知道您说的是什么箱子。"

这是他一定要保守住的秘密，就算陈萍萍猜到了什么，他也不能承认，不然如果让皇帝知道箱子在自己手上，肯定会向他要，或者试图毁掉箱子甚至加害于他。

一代君王当然不会允许这样一件大杀器不在自己的掌控之中。

陈萍萍懒得继续追问，知道小家伙总要给自己留些护身的法宝。这时范闲调转了话题："五竹叔，那个什么箱子是您没有计算到的两件事情，第三件是什么？"

"第三件事情很简单，院里的马车明明可以替你挡一阵，以你和影子的能力入雪林单身脱逃不是难事，就算会受伤，也不至于到了如今这步田地……"陈萍萍看着范闲微怒道，"高手和刺客完全不是一个领域的生物，想狙杀一名高手简单，想狙杀一名刺客却是极难，但除了院中人，有谁知道你是位九品刺客？所谓没有想到，便是没有想到你会如此愚蠢。"

范闲微微一怔，冷笑道："您是指我杀入雪林去除那些弩机？这是愚蠢吗？就算我能逃出来，可我的手下怎么办？不要忘了，这次山谷之事，我一共死了将近二十名手下。我没有骂您冷血，您却骂我愚蠢？"

"冷血？"陈萍萍似笑非笑地望着范闲，"你难道忘了我们监察院最需要的就是冷血，你以往的冷漠无情到哪里去了？"

范闲微微握紧拳头，低声说道："那是我的人。"

陈萍萍训道："连下属都舍不得牺牲，将来如果需要牺牲更重要的人时怎么办？你这次的应对戳破了冷漠的外表，露出你的懦弱来，这便是愚蠢！"

"那不是懦弱！"范闲毫不迟疑地反驳道，"那是我必须做的事情。"

"你必须做的事情太多，因此就不能在乎太多。"陈萍萍沉默了会儿，"相信你那丈母娘应该会很开心，因为她终于知道你的命门在哪里了。"

范闲心头微颤，低声说道："我只在乎我在乎的人，其余再有多少人死在我面前，我都不会动一下眼睫毛。"

"你母亲在乎天下所有人。"陈萍萍缓缓闭上眼睛，"这方面你比她聪明，比她强，然而还是不够，所以你顶多只能比她多活几天罢了。"

范闲拍拍手掌，认真地说道："我们大家都要长命百岁。"他摇着轮椅转了一个花儿，然后跷起前盘，绕着陈萍萍转了半圈。

陈萍萍看着这一幕忍不住笑了起来，问道："好玩吗？"

"很好玩。"范闲认真地说道，"你坐了这么多年轮椅，也不想着开发些破除烦闷的游戏，一天到晚都浸在黑乎乎的世界里，这么活一辈子有什么意思呢？"

如果依照范闲的想法，最好陈萍萍置身事外，在生命最后的几年里去一些比较大的山头，带着身周的美妙姬妾度度蜜月什么的，总好过于将自己的一生都奉献给了无趣的政治阴谋事业。不过他也清楚，对于陈萍萍而言，算计这些事情本身就不仅仅是工作，也是一种享受，一种艺术，所以他并没有劝太多。

"我死之后……"陈萍萍抬起他枯干的手，随意在这园子的空中挥了挥,"这园子就给你了,里面这些女人你想留就留,不想留就散了。"

范闲明白这位老人自然不会因为这些美人儿的性命而如何,只是长年相处,总有那么几丝感情,于是认真点头应下。

"秦家怎么处理?"他忽然开口问道。虽说陈萍萍让自己以大局为重,现在不要亮明刀枪,可他总要回赠一些什么。

陈萍萍道:"所有人都想你死,秦家并不特别好,也不特别坏,你现在动了会坏我的大局。暂时忍着,看着将来他们如何全家死无葬身之地,岂不快乐?"

瞬间,范闲好看的面容上又多了一丝烦躁之意:"又要忍着?"

"这方面你要向你父亲学习。"陈萍萍似笑非笑地说道,"全天下的人都死光了,我看你父亲还能活着……别说这不是本事,能活下来就是最大的本事。"

这话令范闲的眉梢如剑般缓缓拉直,说道:"我毕竟是年轻人,这件事情必须要表明自己的态度,不然随便来只阿狗阿猫都敢试着杀我。我给您面子暂时不动秦家,帮您掩着,但等到大爆炸的那一刻,其他人总要杀几个为我的属下陪葬。"

陈萍萍脸上的皱纹愈发深了,叹道:"其他的人和这次有什么关系?"

"你不是说他们所有的人都想我死吗?"范闲道,"既然如此,不管他们与这次狙杀有没有关系,我杀几个立立威,想必陛下也不会太过责怪我。"

陈萍萍不赞同地摇摇头:"燕小乙没有插手,你何必与他结成死仇?"

范闲回道:"那他的儿子呢?半年前你只是说他有个儿子很厉害,可没有告诉我三石也是他杀的,也没有告诉我这位小箭兄一直藏在京都守备师里。"

陈萍萍默然,这件事情范闲凭自己的力量查了出来,他也不好再多说什么,只好说道:"你要报复又不方便动老秦家,难道就准备滥杀一通?"

"老秦家已经被你推到长公主那边了。"范闲不客气地提醒道，"我砍我丈母娘一刀，让他们替老秦家承担些怒火，有什么问题？"

"问题倒没有。"陈萍萍皱眉道，"只是你这种搞法……有些不讲道理。"

范闲笑了一声，说道："碰见您这种太讲理的我才懒得费口舌，您难道不清楚，我这个年轻人本来就喜欢蛮不讲理？"

还没有到年关最冷的那几天，可是琼雪拥民宅，玉栏截朱墙，漫天大雪时不时地落几阵，令整个京都都笼罩在寒气之中，皇宫的朱墙被雪水打湿了，有些发黑。

正如宫墙颜色的变换一样，满朝文武都知道皇帝陛下的心情也有些阴沉。

范闲遇刺的消息震动京都，人们渐渐知道了其中的细节，每每想到陛下控制最严的军队都出现了问题，百官们默然警惕，不敢多言多语一句。

接着几日的小朝会，除了常规政事讨论最多的便是此案。调查由监察院领头，协同大理寺与枢密院，只是那两百个人头经画图索对却找不到半点线索，而唯一的那个活口早已奄奄一息，只是吊着命，暂时还没有办法问话。除了那五座守城弩与衣饰之类的线索，钦差遇刺一案的调查竟是没有半点进展。

陛下的脸色依然平静，但大臣们似乎都能感受到陛下双眼隐着的怒火越来越盛，不知道这火什么时候会喷将出来，将这个世界烧成灰烬。

所有人都清楚去年范闲匆匆出京的原因。北齐方面传来的流言直接揭破了陛下与小范大人之间的隐秘关系。为了防止京都局势动荡，也是为了皇族颜面，陛下将自己的私生子变相放逐到了江南。谁也没有想到，范闲下江南竟然做了那么多事情，整治内库、支援河工，不到半年时间便将困扰庆国几年的国库空虚问题解决了，末了又借回乡省亲之机，将胶州那窝老鼠端了个干干净净。

胶州水师偏将党骁波早已押回京都，取了供状，在秋天被处斩。江南库银早已调回京都，朝廷终于有底气开始大修江堤，赈灾减税，这些都是范闲的功绩。

所有人都明白，这样的人物当然不可能总放在江南待着，终究要回京，可谁能想到范闲在回京述职的路上竟会遭到狙杀！

这不仅仅是狙杀钦差，也不仅仅是意图伤害龙种，这已经触碰到了朝廷底线。如果这次事情不能查清楚，只能说明陛下对于庆国的控制力已经远远不如当年。而在继承大统之争逐渐浮上水面的今天，这种信号无疑就像是海水中鲸鱼的伤口透出的一抹血红，足以引得无数条鲨鱼前来贪婪地夺食！

可是这案子却始终如同一团迷雾，久久看不真切内里的模样，如果再拖些时日，只怕陛下于震怒之下，会不计后果施下天雷严惩。

大臣们最害怕的就是这种局面，他们担心陛下因为心疼范闲，爱惜颜面，而在没有证据的情况下雷霆大发，将此事扩展到庆国承受不住的地步。

"请陛下三思！"一位站在文官队列的老臣，出列跪于龙椅之下，沉痛地说道。

"三思什么？"皇帝抬起有些沉重的眼帘，向下面看了一眼。最近这几天南方雪灾之迹渐现，各路各州的奏章竟是比这满天的雪花飘得更多，不是伸手向朝廷要银子，就是叫苦连天说来年要减赋免征。减便减吧，那人说得对，靠从土地里刨银子，就算挖地三尺也挖不出多少银屑儿，银子这种东西，还是得靠卖东西。安之在江南给朝廷挣了那么多银子，自然朝廷也就不急着各郡里的那些稻秆钱了。只是薛清都从杭州发来告急，难道今年连江南的雪都这么大？

他皱了皱眉头，前年秋天一场大水，不知淹死了多少子民，冲毁了多少民舍良田，好不容易用了一年多的时间，朝廷缓过劲儿来，积蓄了一些气力，哪里料到又突然来了一场大暴雪，这老天爷还真是不给自己这个当朝天子一点面子。

不过听说那个杭州会似乎提前预料到了冬天的雪灾，提前做了不少准备，赈灾竟比官府的动作还要迅速。每每提到此事，母后眉眼间都带着笑意。老人家是个慈悲人，最见不得那些民间凄惨景象，这杭州会是贵妃们凑钱弄起来的，自然觉得脸上有光。皇帝微微一笑，晨丫头弄这个事这么上心，果然是憋坏了，只怕也是被她那相公给带坏了，堂堂郡主净在这些小事上费心……

他猛然惊醒，才知道自己走了神，可哪怕是在走神时想的事也和那个年轻人有关系，微微一怔后又笑了起来，重复问了一遍："三思什么？"

殿中跪着的是门下中书里的舒大学士，大学士向来颇得陛下尊重，议论调查钦差遇刺一事时，只有他敢站出来反驳陛下的意见。大臣们都以为陛下此时心中一定震怒，即便是敢于直言的舒大学士，也没有如往常那般只是一揖为礼，而是直接跪了下去。可他没有想到，皇帝竟是没有听清楚自己说什么，似是走神了！

皇帝唇角带着的一丝笑容，也落在了众臣子的眼中，大臣们心想，陛下想到什么事竟如此高兴？难道他现在的心情并不如众人猜想的那般糟糕？不可能！大臣们都知道陛下最宠爱范闲这个私生子，于是在这些精明已成天性的大臣心中，这抹笑容就多了一丝神秘莫测的意味，一时间群心战栗。

"请陛下三思，那城弩编号虽属定州，只是这线索未免也太过……"舒芜思考了一会儿，不知道该用什么词语表达，"太过明显，臣觉着应该是真凶刻意栽赃，还请陛下三思，收回先前那道旨意。"

皇帝笑了笑，这才明白舒芜惊惧的是什么，挥挥手说道："起来回话，这么大年纪的人了，不要动不动就学人跪着进谏。"

"朕让叶重回京，当然不是述职这般简单。"皇帝微笑着轻轻捋了捋颔下的短须，说道，"钦差遇刺一事牵连到他，他当然要解释一下。叶家世代为国驻守边疆，功在天下，朕当然不会心疑，只是此事总要说清楚。"

舒芜抹抹额上的汗，有些困难地从地上爬了起来，在胡大学士的搀扶下归列。他本以为陛下于震怒之中，准备直接将叶重索拿入狱，替范闲讨公道，惶恐之余才出列进谏，此时听着不是这么回事，稍觉心安。

他虽是文臣，但当然明白军队对于一个建国不足百年的国家意味着什么，很担心陛下因为山谷狙杀之事动摇朝廷的根基。

皇帝没有如臣子们想象中的那般愤怒，身为君王，保持必要的神秘感以及平静，如此才能显示不动如山、天下尽在朕手中的气势……更何况范闲并没有死。

范闲如果在山谷里被杀死了，对皇帝来说，这就是一个刑事案件。

范闲没有被杀死，刑事案件就变成了政治事件。

但凡伟大或者昏庸的政治家，在处理政治事件时都有一个共同的特点，那就是不着急。前者不急是因为胸有成竹，后者不急是茫然不知如何下手。

皇帝自然是前者，只不过他多了一个父亲的身份，但这次不是悬空庙的刺杀，他找不到任何理由把范闲接入宫中。直到后来听到回报，范闲养伤没有多久便出城去了陈园，知道范闲的伤势并无大碍，他才将心放了下来。

正如陈萍萍与范闲拼命猜测、拼命试探的那样，皇帝陛下始终拥有着世人难以企及的自信，以及这十几年来遮掩在平淡面容下的雄心。

对这次刺杀事件他很震怒，但并不如何担心，恰恰相反，他很欢迎有人开始正面挑战自己的权威，然后便会巧妙地将局面导引到他所需要的方向。

这个国度里的一切早已引不起他的兴趣，将疆土统治得再如何稳定，对渴望在青史留名，而且是拥有着最墨迹淋漓的名字的他来说，已经没有一丝意义。

他只等着那一天。

无比渴望、强抑激动地等待着那一天的到来。

"禀告陛下。"一个中年太监跪在御书房门槛外，恭恭敬敬地说道，"和院里对过了，小范大人回京前那些天，各府上都安静着。"

"嗯。"皇帝点点头示意知道了，"沧州那边的消息回来没有？"

太监的屁股撅得更高了一些，柔声地说道："燕都督一路上都没有异状。"

皇帝挥挥手让太监退下。太监的心微微颤了一下，心想还有定州方面的消息没有回报，陛下怎么不问？难道是已经料定……或者是准备算在叶家头上？

"你怎么看？"皇帝随意从榻边拾起一卷书翻着。

垂垂老矣的洪公公慢条斯理地走了出来，缓缓地回道："老奴哪里能有什么看法。"

皇帝笑了起来，说道："每个人都应该有自己的看法。"

洪公公沉默了很长时间，说道："老奴也觉得此次小范大人山谷遇刺实在有些蹊跷，只是想不明白，能安排这局的人为何会对小范大人不利。"

皇帝将手头的书卷扔在了一旁，沉默了一阵后说道："这事不要说了。"

"是，陛下。"洪公公躬身一礼，轻声道，"太后娘娘请陛下去坐坐。"

皇帝温和地笑道："还用得着你来说这事？"

洪公公无奈地说道："宫外有消息入了太后的耳，老人家似乎有些郁结。"

皇帝眉头微皱，问道："什么消息？"

"那个叫宋世仁的状师回京后嘴巴一直没有闭上，还在议论着江南明家的那场官司。"洪公公小心地看了皇帝的脸色一眼，请示道，"太后不喜欢。"

皇帝的手指下意识地敲着木案。宋世仁去江南帮范闲打官司，在苏州府上连辩三月，讲的便是庆律中关于嫡长子天然继承权的问题，这状师在京中有些小名气，想来也是聪明人，为何回京后还敢大肆宣扬此事？

皇帝立刻想到这定然是有人安排的，太后肯定心里也清楚这一点，

029

所以有些不高兴……毕竟老人家真正疼爱的孙儿是太子,怎么也轮不到外面那个。

"让那状师把嘴闭上。"皇帝停顿了一会儿,又说道,"但不要把人给弄没了,他是范闲的人,朕总要给小孩子一些脸面。"

洪公公敛声静气轻轻应了一声,却没有马上离开。

"还有何事?"

洪公公神情未变,轻声说道:"宫里听说……小范大人在江南得了一把好剑,是监察院驻北齐头目王启年送过去的。"

皇帝强抑住心里的一丝厌烦,和声道:"知道了。"

于湿后朱黑混杂的宫墙下行走,于园间经冬耐寒的金线柳下经过,宫中湖泊已然结冰,秋日衰草却没有承接瑞雪的荣幸,早已被杂役太监们清除干净。沿路一片整洁下掩盖着荒芜,皇帝当先一人负手行走于阔大的宫中,四周没有一个人敢过于靠近,后方姚太监领着一干小的,捧着大衣暖壶小手炉跟在后面,小碎步走着,没有行走多久,便来到了一方安静的小院前。

院中正是皇帝与范闲第一次谈心的那座小楼。

皇帝推门而入,随手拂去门顶飘下的几片残雪,径直上了二楼。

姚太监从小太监们手上接过那些物件,叮嘱了几声,也进了小院,却不敢上楼,在楼下安安静静候着,同时开始煮水备茶。

皇帝站在二楼的那间厢房里,看着墙上的那幅画,看着画中凝视河堤的黄衫女子,始终没有说话,只是一味沉默。

他的眼虽注视着她,心里却在想着别处。

剑?自然是那柄王启年从北齐重金购来孝敬安之的前魏天子剑。安之如今被狙杀受了重伤,可是那些人还是不肯老实些,去年时母后的态度已然平和,不问而知是妹妹和皇后在劝说。半年前李云睿安排人进宫给太后讲《红楼梦》,皇帝就清楚这个妹妹在想什么,今日状师与剑这两件事情自然又是想挑得母后动怒。

一位臣子暗中拿着前魏天子剑，确实有些说不过去，但安之还在养伤，那些人便忍不住想做些什么事情，这让他有些恼怒。

很长时间后，皇帝转身在那幅画像前坐了下来，左手轻轻抚摩着桌上的物件——正是那把王启年重金购得、送至江南的前魏天子剑！

他的唇角绽起一丝微笑，没有人知道，范闲醒来的第二天就把这剑送进了宫中，还带了一封密信。信中没有什么特别的内容，也没有对狙杀之事抱怨，一味地诚恳与恭敬，只是……偶露戾气。

这戾气露得好——露得很坦诚。

他最看重的便是诸人的心，坦诚便是一端。事前事后，范闲表现得很坦诚，而其余的儿子和臣子们却太不坦诚！

他就这样坐在画像的下方，有些疲惫，有些忧虑。

画像上的那个黄衫女子也有些疲惫，有些忧虑。

就这样一人在画中，一人在画外，同时休息着。

不知道过了多长时间，皇帝脸上重又现出常见的坚毅沉稳神色。他站起身来，提起那柄天子剑走到楼下。姚公公敛声静气递了一杯茶。

皇帝饮了一口，将剑递了过去，神情平静地说道："传朕旨意，监察院提司范闲公忠体国，深慰朕心，特赐宝剑一把。"

姚公公连忙接过。

皇帝又道："宣言冰云、贺宗纬、秦恒……入宫。"

他说了十几个官员的名字，这些人有一个共同的特点，就是年轻。姚公公领命出楼，分派各小太监去诸处传人，自己则在侍卫的护送下来到了范府，不需香案，无用响炮便入了后园，将那柄黄巾裹着的剑赐给了那位年轻人。

一应平常，只是此事记录在册，想必明日京都诸人都会知晓此事。

范闲捧着那把剑开始发呆，心想皇帝老子这么客气做什么？待范建入屋后马上换上了诚恳的笑容，问道："父亲大人，这么早就回来了？"

范建在床前坐下，递过一个油纸包说道："新风馆的包子……三殿下这两天正在默书，老人家想着他在外面待了一年，看得严实，知道你受伤的消息却是一时不能出来，记着你爱吃新风馆的包子，所以让人买了给你送过来。"

范闲接过温热的纸袋从里面取出一个包子小心翼翼地咬了一口，发现里面油汤并不怎么烫了，不禁有些遗憾，将纸袋搁在桌上，下意识扭头望了一眼窗台上的积雪，眼中流露出一丝羡慕与向往之意。

"别又想着出去！"范建看他表演，冷声道，"前天让你溜出门去了陈园，你就知足吧。如今京都里雪大路滑，你又伤成这样，也不知道安分些。"

范闲笑道："总不可能所有人都想捅我一刀，在京都还真有人敢动手？"

"京都城内城外不过十几里地，有多大区别？"范建沉默片刻后说道，"这件事情，你暂时冷静一些，陛下自然会为你讨个公道。"

范闲应下，心里想的却完全不是这么一回事。陈萍萍与范建似乎都在看皇帝的态度，私底下自然也有动作，只是都瞒着范闲，可受伤的是自己，首当其冲的也是自己。一味隐忍实在很不符合他的做人原则。

等父亲出屋之后，他伸了个懒腰，试了一下，发现后背的伤口愈合得差不多了，自己的医术以及与常人不同的体质果然适合在刀剑尖上跳舞般的生活。

他想了一会儿，觉得箱子就那般放着应该安全，天底下聪明人极多，但谁能想到自己会那样胡闹。思定一切，他悄悄下床穿衣穿鞋，推开挡风的那道棉帘，外间的熏炉一股热气扑面而至时，他捏碎了指间的一颗药丸，顿觉清香渐弥。

眉眼惺忪的侍女在熏炉旁犯困，见他出来本是一惊，嗅着那香顿时又重入梦中。范闲微微偏头，看着侍女憨态可掬的模样，忍不住笑了起来，四祺这丫头，看来这辈子就是被自己迷的命了。

裹上厚厚的裘氅，他沿着廊下往后门偷溜，如今藤大家两口子都不在，对下人们的管束本就有些散漫，大雪天里主人家没吩咐，那些仆妇丫头们也就躲在屋里偷懒，竟是没有人发现他准备离家出走。

当然，在府门处总有护卫守在那里，但范闲一瞪眼，护卫们也只好装哑巴，少爷老爷终归都是爷，得罪哪个都不敢。

就这样轻轻松松出了府，沐风儿小心翼翼地将他扶入马车，又细心地将车窗处的棉帘封好。范闲蹙眉道："就想看些景致，你都封住了怎么办？"

沐风儿笑了笑，不敢多说什么，披上一件雨蓑，盖住内里的监察院莲衣，一摇手腕，马鞭在空中转了几个弯，带下几片雪花，马车便缓缓开动起来。六处剑手们于暗处随之而行，伪装成路人的监察院密探也汇入不多的行人中。

马车行至京都一处热闹地方，范闲掀开窗帘一角往外面望去，只见街道两侧的商铺开门依旧，那些做零食的摊贩们撑着大伞，用锅中的热气抵抗着寒冬的严寒，与一年前所见没有什么异样。

钦差大人遇刺，对朝廷来说确实是件了不得的大事，对百姓们来说想必也是这几天最津津乐道的饭余消遣内容。只是事情影响不了太多，该做小买卖的还是要做小买卖，该头疼家中余粮的还得头疼。

忽然他脸色微变，盯着邻街几个人，那是几个高手模样的人警惕地拱卫着一个少年公子。那公子应该易容打扮过，却哪里瞒得过他的双眼。

"跟上去。"看着那行人买了些东西准备离开，范闲急声吩咐道。

沐风儿轻提马缰便跟了上去。两辆马车一前一后绕过繁华的大街，去了一处清静的街区。天时尚早，冬日里的娱乐生活尚未开始，街上的楼子都有些安静，只有街正中最好的那个位置红灯已然高悬，此处正是京都最出名的抱月楼。

范闲看着那行人下了马车走入楼内，想也未想便让沐风儿从旁边一条道路驶进抱月楼的内院，在楼后湖畔门外停了下来。

在后门处候着的嬷嬷看见他从车上下来，吓了一大跳，心想这位爷不是受了重伤，怎么还有闲心来楼里视察？心里虽这么想，嘴里却不敢多说什么，一面赶紧派人去通知二掌柜石清儿，一面小心翼翼地将范闲迎往湖畔最漂亮的那幢独立小院。

　　范闲摇摇头，直接穿过湖畔的积雪向楼里走去。上了三楼，来到专属东家的那间房外，听着里面传来的轻微话语，忍不住唇角微翘，露出情绪复杂的微笑。

　　那位老嬷嬷在他身后不敢出声，连咳都不敢咳一声，也不知道通知二掌柜的人此时到了没有，只希望屋内人说话小心一些。

　　范闲没有听太长时间，直接推门而入。

　　"谁？"

　　嘶的一声，弯刀出鞘之声响起，一股令人心寒的刀意扑面而至，范闲却是躲也不躲，避也不避，脸色难看继续往前。

　　出刀之人穿着寻常服饰，满是警惕与沉稳之色。刀出向来无回，可是看着这年轻贵公子避也不避，心知有异，生生将刀又拉了回来，只见他真气相冲，满脸通红。

　　跟在范闲身后的沐风儿回身关好房门，向那位刀客温和一笑，那个刀客好生不自在，随之与其余同伴执刀将范闲团团围住。

　　随之而来是两声清脆的碎裂声。一个女子、一个少年郎手中的茶碗同时摔落在地，二人目瞪口呆地看着范闲，半晌说不出话来。

　　"都把刀放下！"那少年先醒过神来，对着随从大怒骂道，"找死啊？"

　　随从们面面相觑，心想来人究竟是谁，怎么大老板如此激动。

　　范闲走到那少年面前，两指微屈狠狠地敲了下去，啪的一声，少年郎微胖的脸颊上顿时一片红肿。

　　"找死啊！"范闲低声训斥道，"谁让你回来了？"

　　少年郎瘪着嘴，委屈无比地说道："哥，想家了……"

所有人都被赶出房去,想辩解两句的石清儿也被赶了出去,范闲这才大马金刀地往正中的椅上一坐,看着面前恭恭敬敬的少年郎半晌没有说话。

沉默许久后,范闲冷笑着开口说道:"大老板现在好大的威风……身边带的保镖都是北齐的高手,看来我这个哥哥也没什么存在感了。"

他面前的少年郎正是一年多前被范闲赶到北齐,如今全盘接受当年崔家的产业,在北齐皇族与江南之间打理走私事务的经商天才、范府二公子范思辙。

范思辙凑到哥哥身前,小心翼翼地替他揉着膀子,小声嬉笑道:"有钱嘛……什么样的高手请不到?"

一听这话,范闲的气不打一处来,他怒斥道:"你难道不知道满天下的海捕文书还挂着?"

范思辙笑道:"那就是一张废纸。在沧州城门处我好奇地瞧过一眼,早被雨水淋烂了,哪里还看得出来我的模样。"

范闲忍不住骂道:"别老嬉皮笑脸的!说说这是怎么回事儿?"

范思辙挠了半天脑袋后说道:"再过些天就是父亲大寿……"

范闲怔了怔才想起这事,看着弟弟比一年前明显清瘦许多的脸庞,忍不住叹了口气,想着这一年多时间他一人独在北齐,这么小的年纪要处理那么多事情,也是可怜,心头一软,不忍再多呵斥,摇头说道:"总要提前说一声。"

范思辙委屈地说道:"我要先说了……你肯定不答应。"这时范闲忽然想到一个问题,皱眉问道:"老王呢?他在上京城看着你,怎么他也没有通知我?"

范思辙眼珠子转了两圈,有些着急,半晌后迟疑地说道:"王大人不是也回来了吗?我跟着他一路入的关……这个,哥哥,你可别怪他。"

"你们真是反了天了!什么事儿都敢瞒着我。"

范闲闻言大怒,心想那个家伙居然也敢私自回来!范思辙见状,战

035

栗不敢多言，他可是清楚这位兄长要真的生起气来，打人……是真舍得用脚踹的！

"既然回了，为什么不回家？"范闲控制住情绪问道。

范思辙脸上现出一丝狠戾的表情："哥，昨个儿一进京就听说了那件事情，我怕这时候回家给你惹麻烦……另外朝廷不是一直没查出来吗，我想看抱月楼这边有没有什么消息，所以就先在这里待着，看能不能帮你。"

这番话范闲在屋外就偷听到了，这时听着弟弟亲口说出更是感动，便轻轻拍了拍他的脑袋，叹道："怕什么麻烦？陛下又不是不知道你的事，谁还敢如何？待会儿和我回家，你一个正经商人，不要掺和到这些事里。"

他忍不住瞪了弟弟一眼，又道："别以为我不知道你这脑袋里在想什么……怕直接回家我要训你，所以想整些事哄我开心。别和我玩这套，把这心思用在爹妈身上去，一年多不见，也不想想柳姨想你想得有多苦，居然还能忍心待在外面。这事如果说出去，看你妈怎么收拾你，我可是不会求情的。"

范思辙委屈地点头，正准备诉些苦、打打那位未来嫂子的小报告，此时忽听到响起了敲门的声音，敲门声极其温柔，极其小意。

范闲冷笑道："滚进来吧，你一做捧哏的，别在这儿扮哀怨。"

非著名捧哏王启年推开一道缝闪身进来，四十岁的小干老头儿像十四岁的孩子一样身手利落，有些游移的眼神却暴露了他内心的惶恐。

范闲见着他本很高兴，但一想到这厮居然瞒着自己把思辙带回了南庆，又很是生气，没有理他，继续对范思辙说道："你那些随从腰上还挂着弯刀，瞎子才看不出来那是北齐人……我说你的经商天赋便是庆余堂的那几位掌柜都十分欣赏，怎么小处却这么不仔细！"

王启年在一旁想插嘴，却又不敢说话。范思辙同情地看了小老头一眼，小意地解释道："用的是北齐商团的身份……"

范闲不去理他的解释，冷声说道："反正擅自回来就是你的问题。"

范思辙眼珠一转,计上心来,嘿嘿地笑道:"要说……擅自行事,哥哥,听说你受了不轻的伤,父亲定然不允你出门……怎么却在街上看见我了?"

范闲一窒,不知如何言语,冷哼两声作罢,旋即又和声说道:"不说那些了,回来也好,一年多没见,还真有些想你。"

范思辙抱着他的膀子诉苦道:"这后半年都在打理生意,虽然与北齐那些人打嘴仗也挺烦人,但总是在做自己喜欢的事,你可不知道最开始那几个月……"

少年郎的眼前浮现出雪夜、石磨、驴、豆子……这些惨不忍睹的画面,令此时的他战着声音说道:"那不是人过的日子啊……"

范闲心头一动,屈指算来海棠这时候已经回了上京,不由好笑地说道:"难不成是她回了上京,你才急着跑路……胆子怎么小成这样?"

范思辙委屈地说道:"哥哥,这世上不是所有男子都像你这般厉害,什么样的姑娘都可以骗,像海棠那种母老虎我可不敢多看两眼。"

听罢此话,范闲哈哈大笑,又略问了几句弟弟在北方的生活。听着弟弟讲述在上京城里的日子,小小年纪的他出入上京城的王府爵邸颇为有趣。尤其是听着范思辙如今已经成了长宁侯家的常客,时常与卫华的父亲拼酒,他又忍不住笑了起来,心想那个糟老头的身体哪里禁得住自己兄弟二人的灌酒。正想着上京城那个糟老头,他转眼便看到了身旁那个安静异常的糟老头。他的心情已经好了许多,望着王启年薄唇微启,温和地笑道:"王大人,别来无恙啊……"

了解范闲的人,都知道他笑得最温柔之时便是心中邪火最盛之时,王启年身为心腹,当然对他的脾气了然于胸,苦着脸应道:"大人,饶了小的吧……"

"什么时候到的?"范闲拿起身边的茶杯喝了两口,却发现杯上留有一股胭脂香气,才知道这是石清儿的,便换了一杯,此时又想到另一件事,"你那女人呢?"

两句话分别问的是两个人。

范思辙嘿嘿地笑道:"在上京城,成天绑在一起也不是个事。"

王启年老实地回答道:"真是昨儿个到的,已经去院里向言大人报到过了。只是院里说大人受伤后身子不适,让我不要急着进府。"

范闲瞪了弟弟一眼,心想这小子今年才十六岁,怎么说话便有了几分中年已婚男子的油腻感觉?接着又对王启年说道:"你应该知道这次回来的安排。"

王启年苦着脸说道:"听说大人要我接一处……我可不干。"

范闲一怔,开口吼道:"就连院长都猜到你会这么说!那可是八大处里的独一家,这么好的位置,你不接着我怎么放心?"

"沐大人在一处就挺好,我嘛……"王启年嘿嘿地笑道,"一个干老头子,家里有妻有女,本以为这辈子就慢慢在衙门里混到老死,没想到被大人您提溜了出来,这几年也算过得紧张刺激,可还是觉着在大人身边办事舒服些。"

这两年的时间里,启年小组先是邓子越在管,后是苏文茂,最后这半年基本上是洪常青在负责。都是极用心敏锐的人物,忠心也没有问题,可范闲总觉着没有当初刚刚进京时那般快活,自然是因为王启年不在。他也很想让老王头留在身边,便提醒道:"也不会一直风平浪静,山谷里可是死了不少人。"

房间里顿时安静了下来,王启年正色道:"正因为如此,我才觉着大人身边的事务还是让我来处理吧。我鼻子灵些,跑得也快些,六处里的剑手虽然本事不小,可要说防患于未然,我对自己的信心更足。"

范闲低头捏着茶杯慢慢转着,盘算着以后的安排,久久不语。

王启年看似滑稽,其实做起事来滴水不漏,这一年多在北齐就成功地与北齐皇室、锦衣卫衙门建立了良好的关系,并且暗地里重新修复了言冰云留下的那张谍网。江南内库往北齐的走私,他对于北齐的了然于心,全依靠着这个干瘦的老头子。这些事情都证明了王启年的能力,范闲让他接手一处，也是指望他能够替自己暗侦京都百官，当惊涛骇浪来临时，能有一个掌握全局的亲信。如果王启年重新回到自己身边担任启年小组的头目，实在是有些浪费。他皱眉道："这个再议……年关这几日你将北边的事务交代给子越，仔细一些，他没有在境外活动的经验，你多教一教。"

王启年心知提司大人等于变相默认了自己的请求，忍不住嘿嘿一笑。

范思辙看哥哥处理监察院院务，觉着自己再坐在这里有些不合适，起身准备离开。

范闲却唤住了他，说道："抱月楼在北齐上京的分号就要开业，一应情报收集都要注意，南边我交给桑文，北边就交给你……等于说你如今也是院里的编外人员，这些事情你听听也无妨，待会儿邓子越过来，你也要与他好好亲近一下，来年在北齐，你们两个人要配合好，切不可自重身份如何如何。"

在山谷狙杀之后，他生出一个急迫的想法，那就是把自己的情报系统建立起来，这个系统不需要太大，只需要在监察院这棵大树上吸取养分，不然监察院一旦对自己封闭起来，他很担心和这次一样再次成为瞎子与聋子。

不多时，房门被叩响，用的正是监察院标准的禀报手法。一身黑色莲衣的邓子越推门而入，对范闲行礼，又看着王启年激动地说道："您回京了？"

当年范闲组织启年小组，所有组员都是王启年亲自挑选的，邓子越则是王启年选中的第一人。他一直对王启年极为尊敬感激，今日重遇自然喜悦。

"别离情稍后再叙，安排的事办妥了再说。"

范闲摆摆手问道："婉儿还有几天到？"

"还有三天。"邓子越沉稳地应道，"一路有虎卫剑手随行，加上听闻大人遇刺之后各州警惧，加强了防卫力度，应该无碍。"

范闲点点头，他其实并不怎么担心，暗杀这种事情总要有利益，杀死自己对于那些人来说诱惑太大，杀死别的皇族成员对那些人却没有丝毫好处。

范思辙还是第一次参与监察院议事，觉着这气氛和自己在北边召集商人泡妞算钱大不一样，不免有些紧张，下意识里摆弄着自己粗笨的手指头。

范闲却沉默了下来，王启年看了他一眼，问道："大人，还有人来？"

范闲点了点头道："他应该要来。"

王启年道："我是与二少爷约好在这里见面，子越是大人通知……还有谁？"

"都知道抱月楼是我的地方，不知道有多少双眼睛盯着这里，我们在这里说话，消息肯定会传入各府，那小子才不会放松对这里的监视。"范闲淡然道，"既然知道我在这里，他凭什么不来？"

王启年从这话里嗅到了一丝异样的味道。

不久之后，那扇安静的木门第三次响起稳定的叩门声。一位年轻公子推门而入，白衣胜雪，眉间漠然，将这抱月楼外飘飘纷纷舞着的雪意都压了下去。

范闲在心中叹了一口气，继而展颜笑道："算你来得快。"

言冰云却不想与他玩笑，冷然道："大人身为监察院全权提司，应当知道，您的生命不仅是您一个人的事情。"

座中诸人赶紧起身行礼，请安道："见过小言大人。"

此时房中五人都是监察院新一代的实权人物，奇妙的是，一年前因为抱月楼的事情，范闲将范思辙逐出京都的那个夜晚，他们也都曾经在一起待着。

各自落座，范闲用食指揉揉自己的眉心，道："三件事情。"

众人认真听令，言冰云也微微拢了双手。

"陛下召了十四名年轻官员入宫。朝廷要换血，不知道要换出多大的动静，明日内将这十四人的档案送到我这里，能控制的人马上开始着手控制，无法控制的人，找出当年他还穿开裆裤时做的不法事……也要想办法控制下来。"

开裆裤的年代……这就是要深挖那些年轻官员的灵魂最深处了。众人有些不安，朝廷擢用官员，有时候确实需要监察院事先审核过往宦途经历，但大人这样吩咐明显不是为朝廷做事……范闲也不多做解释，因为自己的遇刺，皇帝肯定会趁机做些事情，这对他来说也是难得的机会。这些年轻官员除了少数几人外，都没有什么明显的派系，那他为什么不争取一下？

言冰云忽然说道："我的也要给？"

十四名官员中也有言冰云的名字，这只不过是几个时辰前的事情，言冰云出宫知道范闲来到抱月楼便赶了过来，但知道这肯定瞒不过范闲。

"假装还是写一份。"范闲没好气地说道，"秦恒就不用了，院里的案卷清楚着呢，重点在于贺宗纬，陛下好像很欣赏他……可我，很不欣赏他。"

言冰云明白他的意思，点了点头。

"第二件事情，院里有奸细，把他揪出来。"范闲停顿了一下，又说道，"最后的事情就是你现在就去弄些纸准备给院里擦屁股。我准备杀几个人。"

第三章 断箭

"杀什么人?"言冰云无视范闲的情绪,问道,"如果是高层官员,我表示反对,陛下会解决问题的。如果你贸然动手,反而对事情没有帮助。"

范闲说道:"杀人不是目的,也不是获取某种利益的手段,只是一种警告与撩拨……院长大人的心意,想必你也清楚,这时候顺势再添一把火,对于大局是有好处的。"

其余几人听不懂,更不清楚陈院长所谓大局是什么意思,言冰云苦笑着说道:"你要胡闹就胡闹,只是很幼稚的报复与出气,别和什么大局扯在一起。"

"我就是要报复。"范闲神情淡然地说道,"你们都是我的人,山谷里死的也是我的人。既然我的人死了,他们的人也要死。听清楚了,婉儿回京前一日,我在抱月楼设宴,宴请太子殿下、大皇子、二皇子、秦恒,以及枢密院两位副使,你们准备一下。"

"燕大都督?"王启年发现范闲遗漏了一个重要人物,提醒道。

"不用了。"范闲面无表情地回道,"老年丧子,我怕这位超级高手临楼发狂,把这楼中的皇族宰个干干净净,到时候我怎么向陛下交代?"

此时所有人的心里都咯噔了一声,他们知道范闲温柔的外表下有一颗怎样坚韧阴沉的心,自然不以为他是在说俏皮话。言冰云压抑不住内心的震惊，急声说道："需要做成这样？"

范闲还在揉着自己的眉心，似乎想将这些日子的阴郁全部搓掉："既然两边到最后终究是个你死我活之局，我个人还是习惯先动手。"

言冰云坚持道："提前爆发，不是好事情。"

范闲摇摇头说道："不会提前爆发，我遇刺的遭遇，陛下一定会想办法变得对朝廷有利，但……院里只怕落不到什么好处。"

这场青楼密会结束了，如今陈萍萍基本上不再视事，八大处那些老头目都很冷静地让开了道路，只要范闲与言冰云商量，基本便可以确定监察院的事宜。

王启年与邓子越先行离开，言冰云出门时却忍不住回头问道："杀了他的儿子，这固然是个非常有力的警告，但也会让他发疯，大人想来另有盘算？"

范闲沉默片刻后回道："不错，燕小乙是九品上的超级强者，是对方最可倚靠的武力和军方大将，所以就算会付出很大代价，我也要争取将他提前除掉。"

他没有完全说出自己的心思。燕小乙和叶、秦两家不一样，此人与长公主不是合作的关系，而是效忠的关系，终究会成为他的拦路石，而他又不像皇帝拥有那种变态的自信。燕小乙的箭始终让他有些心悸。在日后的大爆炸来临之前，如果可以将庆国北方的这支神弓毁去，范闲觉得人生定会幸福许多。

他很喜欢这种异常刺激冒险的尝试，哪怕此事可能会带来许多变数，可能会让皇帝的心意在一瞬间内发生偏移，他依然疯了一般地想试一下，想把心中那支箭的阴影抹去。

言冰云像看疯子一样看着范闲："燕大都督修为惊人，整个院子也找不到可以对付他的人，就算你没有受伤也不行，更何况你如今伤着……院长肯定猜不到你有如此疯狂的安排。"

"不，你想错了，老跛子比我更疯，我可不想最后被他搞死了，所以要保住自己这条小命，我也得疯狂些。"范闲盯着言冰云道，"去年在京都城外山冈里说的话是算数的，如果你想跟着我创出一个大局面来，我就真希望你能对我多用些心，而不仅仅是对监察院和朝廷。"

言冰云叹了一口气，带着眉间的一抹忧色下了楼。

推开抱月楼三楼的临街窗户，范闲兄弟二人隔栏看着街中雪景，许久无语。

雪花缓缓从天空飘落，轻轻地落在人们的帽上、肩上、伞上、马车顶棚上。京都肃然，以深色为主，尤其是今日抱月楼前的大街上全是监察院的黑色马车，车内车外满是监察院官员的深黑色莲衣，看上去更是乌沉一片。幸有雪色稍除阴暗，纯白的雪花点缀着黑色的世界，形成一个分外美丽的画面。

范闲静静地看着下面，王启年一行人走了，邓子越走了，言冰云最后出楼也走了，街上的监察院官员密探们瞬间消失得无影无踪。

他的这些下属的身边如今最少都带着十几个得力人手，官场上谁敢不敬这几位小范大人的心腹？而他们也为范闲编织了一张更大的权网，让范闲在庆国的地位更加稳固。所谓体系便是这样一层一层叠加起来的，只是当年初入京都的少年郎随便弄了个启年小组时，岂能想象到今天的风光。

"今天说的话不要告诉父亲。"范闲看了弟弟一眼，温和地说道，"我不想让他老人家替我们这些晚辈费心。"

范思辙嗯了声，嘿嘿笑道："哥，说了也没用，父亲大人打理国库是一把好手，可是要说起杀人来，可帮不到你什么，哪里像你的监察院这么厉害。"

范闲笑了笑，负责保护皇族子弟的八十名虎卫可谓是禁军外最强大的武力，就算不是都像高达这般强，但七名虎卫可敌海棠朵朵……八十名该多么恐怖！

严肃淳厚的父亲大人替皇族暗中操练了这么多高手，以范闲对他的了解，他肯定会暗中留下些厉害角色，这样的一位户部尚书又岂会如此简单？他看了范思辙一眼，心想当年那位国丈、皇太后的亲兄弟，就是被咱爹一刀砍了脑袋……你居然敢说他不懂杀人？只是父亲习惯了隐忍，喜欢置身事外看事情发生，所以没有多少人知晓他的厉害，只有陈萍萍、林相爷这种老狐狸才知道。只是他并不希望因为自己的事情，让父亲忽然改变一贯的行事风格。

"在上京城有没有见到若若？"范闲转了话题。若若师从苦荷习艺后，最开始时还有些信件到江南，后来便没了消息。有海棠与北齐小皇帝的关系，范闲知道妹妹肯定没什么事，但兄妹情深，总是有些挂念。

"和姐姐见过几面。"范思辙笑嘻嘻道，"她跟着苦荷国师在学医术，在上京城很有些名气，只是下半年听说去西山采药，在山中清修，一直没有回来。"

范闲冷笑道："苦荷这老秃驴真是无耻到了极点，当初的协议我这边可是一分货也没差他们，居然只是教若若学医，学医用得着跟他学？跟我或是费先生，哪个不比他强！他不想把天一道心法传给小妹，却找了这么些子理由。"

他说得随意，范思辙却听得有些骇然，他也是个天不怕地不怕，只怕哥哥大脚丫的祸害角色，但北齐人对苦荷国师无比尊崇，他由此也受到了很多感染。此时听着哥哥一口一个秃驴喊着——虽不知秃驴是何典故，想必也是难听的话，不由有些惊惧，心想哥哥果然是天底下胆子最大、底气最足的人物。

这次交换留学生计划是当初逃婚的附属品，范闲也没指望妹妹能被苦荷教成第二号海棠朵朵，加之天一道心法早已被海棠暗中传了他，他便不再在言语上羞辱不讲信用的北齐人，于是皱眉道："你在北齐招的那些高手，卷宗我都替你查过，虽然身家清白，可你小心些，说不定便有北齐皇室在你身边安的钉子。"

所谓身家清白，指的是范思辙如今身边那些佩弯刀的北齐高手没有官方或锦衣卫的背景。范思辙点点头，依然笑着，眼里却闪过一道寒光："大哥放心，我已经查出来是谁了，北齐朝廷不派人在我身边肯定不会放心，所以这人我还得用，就当免费的保镖，短时间内不会清出去，只是重要的事情我会避着。"

范闲没想到弟弟早就留意到了这些细微处，赞赏地拍了拍他的后背："身子骨结实了，想事情也比以前细密得多，果然有所进益。但也不用太担心，如今北齐还指望你为他们置办内库货物，轻易也不敢得罪你。"

抱月楼下已空，那些巷角站的混混儿似的人物也拉扯着自己的线帽消失无踪。范闲站在栏边看着这一幕，唇角浮起一抹嘲讽的笑容。京都里各方势力都盯着抱月楼，他却懒得避什么，人人都知道他会报复，却猜不到他会如何做。

"有件事情的细节你和我说一下。"他忽然说道。

范思辙好奇地说道："什么事？"

范闲语气平静，听不出心中所思："王启年是从哪里得的天子剑？"

范思辙心头一颤，不明白兄长为何对自己最信任的心腹也生了疑心，赶紧将那段故事重复说了一遍，剑出、购剑、送剑都是王启年所安排，没有什么异样。

范闲却从这故事里发现了一丝蹊跷，挑眉道："风声出来这么多天，王启年就算有你的银子帮着，他一个南庆人也没办法买到这剑……几万两银子虽然多，却比不上北齐人的热血。这是大魏天子剑，北齐皇室怎么可能让他买到手里？老王沉稳一世，只是太过喜欢拍我马屁，怎么就没有想到这节？"

范思辙眼珠子转了几圈，好奇地说道："哥的意思是说……这剑是北齐皇室刻意放出的风声，通过王大人的手转赠于你？"

范闲转过身来，坐回桌旁，喝了两口茶才解释道："这是以剑离心。虽然现在起不了什么作用，北齐也不希望我现在就在南庆失去地位，但这是一种姿态与伏笔，日积月累，总有一天会到达某个临界点……"

范思辙倒吸一口冷气说道："那小皇帝居然想得如此之远？"

范闲嘲笑道："这两年小皇帝悄无声息地把大权一步一步从他母亲手里夺了过来，还没有在北齐朝野造成大的震动，这份帝王心术比咱们的陛下也差不到哪里去，对我这种人他当然会有极长远的计划，送剑只是个开端。"

挑拨离间从来都是历史上的小道，却也是屡试不爽的伎俩，人心多疑，所谓帝心更是天然带着密密麻麻的问号。那把大魏天子剑为范闲所有，这极犯忌讳，如果不是他处置极快地将剑送入宫中，谁知道庆国皇帝会有怎样的感受？

范思辙啧啧叹道："政治这事果然够复杂……对了，我离开上京城前，小皇帝不知为何猜到我要离开，将我召进宫里让我给你带了一句话。"

范闲一怔，问道："什么话？"

"是两句诗——看来岂是寻常色，浓淡由他冰雪中。"

范思辙看着哥哥英俊的面容，羡慕道："小皇帝大爱《石头记》果然不是假话，我每次进宫他总是把话题往哥哥身上绕，言语间对你说不出的喜爱尊敬。"

范闲失笑，这两句诗是《石头记》里咏红梅一节，本身算不得如何出色，只是北齐小皇帝千里迢迢以诗相赠，其中隐意便难以猜测了。他看着窗外的风雪，摇头道："北国有冰雪，我南庆也有，这份邀请还是免了吧。"

他心中涌起淡淡隐忧，北齐小皇帝不知为何对自己如此青眼相加，明知自己是南庆皇帝的私生子却依然不忘策反，难道对方真的猜中了自己的心思？

范思辙平安归家让柳氏大喜过望，涕泪纵横，范建虽怒于两个儿子的胆大妄为，眉眼间那抹欣慰却是瞒不过众人的眼睛。

抱月楼一会后，监察院行动了起来。言冰云在院务会议上冷冰冰地陈述了山谷狙杀调查一事，虽没有说出具体的怀疑目标，却毫不避讳地指向了军方，要求合全院之力，开始梳理过往两个月间定州及沧州方向的人事往来。

这个提案有些怪异，陛下没有下明旨，监察院对军方高层没有任何办法，言冰云似乎只是想将本就紧张的京都局势变得更热闹一些，但他有陈萍萍和范闲的强力支持，加上监察院官员都对山谷狙杀一事含恨在心，自然不会反对。

奇妙的是，宫里也没有说话。

王启年回到了启年小组，没有立刻接替邓子越的位置，他和那些下属消失在了京都里，不知道是去做什么。

一处比较热闹，整整一年半的光明行动，让一处在京都的地位变得不再那么尴尬，京都百姓们也渐渐习惯了在一处衙门外的那面墙上去看告示。比如昨天抓了哪个贪污受贿的官员，今天又揪出了某某司的蛀虫，这种朝廷内部的隐私事，京都百姓们往往当看传奇破案小说一般在看。

这一天，墙上陈旧的告示忽然间都被撕掉了，用雪水洗刷之后，那位面色如黑铁的一处临时头目沐铁亲自刷浆，在墙上贴了一张新纸。

百姓们好奇地聚拢过去，只见上面不是什么案情，而只是几句俏皮话："十三郎啊，你是不是饿得慌，如果你饿得慌，对那姑娘讲，姑娘们为你做面汤。"

百姓们面面相觑，心想这玩的又是哪一出？

多年以后，剑庐十三徒王羲站在那队骑兵面前，准会想起桑文姑娘带着他去挑选姑娘的那个明朗的下午，一样的无奈，一样的头痛。

当时抱月楼已经是天下首屈一指的销金窟，一座座院落像王公府上的别宅般分布在楼后瘦湖的两岸，湖上有薄冰，冰上有碎雪，雪中有无数片被风从湖畔蜡梅枝上吹落的殷红花瓣。

是的，像是血与雪，冷冰冰的却又无比火辣，就像那个写告示的年轻权贵人物的心思，更像是一碗面汤，白嫩的面条腰身在美丽的面汤里浮沉，那十几角被剪刀剪开的干海椒，鲜红地刺激着食客的眼心口鼻。

王羲深深吸了一口气，揉了揉鼻子，有些难过地摇摇头，将筷子在桌上立了两下，挑起一筷面条，细致而文雅地吃了起来。他吃得极斯文，速度却极快，不一会儿工夫，碗中便只剩下白色的面汤，他端起碗来一口饮尽。

随邓子越从苏州回京复命的桑文姑娘满脸温和地看着这个算命的，虽然不清楚大人为什么这样安排，但她知道这个算命的不是一般人物。

确实不一般，生得很好看，唇很薄，眉如剑，双眼温润有神，自有一股安宁味道，便是喝面汤看上去也是如此吸引人。

桑文并不以为那些粗鲁汉子呼啦啦吃面应该被鄙夷，可是看着这算命的小伙子能够将吃面变成吟诗作对一般优雅，不免也有些异样的观感。

王羲将面碗搁在桌上，叹了口气，眉眼间全是自嘲与无奈，他转向桑文，看着这位下颌有些宽，但显得格外温柔的女子和声问道："您给我挑的姑娘呢？"

"姑娘与面汤，您只能选一样。"不知为何，桑文觉得面前这年轻人很可爱，笑道，"既然挑了汤里的面条，这姑娘还是算了。"

王羲苦着脸说道："就算是打工，也得有些工钱。"

桑文回道："您不是来替大人打工的。"

王羲忽然安静了下来，半晌后轻声说道："这面汤已经喝了，只是不明白，以桑姑娘的身份，怎会亲手为我做一碗面汤？"

桑文微笑着说道："我做的面汤，陈院长都是喜欢的。"

王羲听着陈院长三字，动容了："这便是小生有福了。"

桑文轻轻一福，又说道："只是先生须知晓一个常理，虽说面汤太烫，心急喝不得，可若等到汤冷了也就不好喝了。"

姑娘并不知道这句话是什么意思，只是依着范闲的吩咐淡淡地带这么一句，王羲却是心知肚明此话何意。当初协议说的是，入京前自己必须把小箭兄的人头带到范闲的面前，可如今范闲在京都养伤已久，自己却毫无动静……何况还有山谷里的那场狙杀。他又叹了一口气，神情说不出的黯然，反手拾起桌边的青幡，喃喃道："可我……真不喜欢杀人。"

桑文没有再说什么，因为她不清楚曾经发生了什么，今日与这年轻的算命者相见，是范闲要借她那久历人事的双眼，看看对方的性情品质究竟如何。

——很真，很纯。

这是她从对方眼中看到的全部内容。

王羲摇头叹息，像个小老头儿一样佝着身子往院外行去，行至院门口时，忽然偏头疑惑地问道："唤我来此，难道不怕事后有人疑心到你们？"

"先生聪慧，所以会来找我。"桑文恬静地回道，"正因为先生聪慧，自然知晓如何避过他人耳目。"

王羲再次摇头，离开了抱月楼。桑文回房静坐片刻，院门被人推开，一个汉子皱眉进来，问道："文儿，你昨儿才回来，怎么就又来到这破楼子？"

这汉子不是旁人，正是当年范闲夜探抱月楼，一掌击飞的那个护花使者，这位江湖中人对桑文痴心一片，故而对抱月楼一直有股厌恶感。

桑文抬眼看着他微微一笑，虽然感动于此人的痴心，但事关提司大人，自然不提，笑道："我如今是抱月楼的掌柜，不来这里，能来哪里？"

汉子看着桌上的大碗，嗅着里面传来的香气，不由眉头一松，嘿嘿笑道："给我也做碗吃吧，许久没吃过了。"

桑文瞪了他一眼，说道："我现在可没那闲工夫。"

汉子难过地说道："你都给别人做。"

桑文没好气地说道："你当这碗面好吃？如果你真吃下肚，只怕会难过得要死。"

此时王羲就难过得要死，他坐在城门口的一个铺子里，看着面前的那碗面条发呆。这面条就算再好吃，可如果一天吃三顿，也会有让人想吐的冲动，所以那碗面条他一口未动，只是一杯一杯喝着茶，似乎极渴。

一旁的茶博士冷眼鄙夷地瞧着这算命的，心想小伙子做些什么不好，偏要扮神棍，看这穷得，只能用茶水下面条。

喝了一肚子茶水，京都风雪终停，暮日也降了下来，王羲拾起青幡，穿过即将关闭的城门，成为今日最后一个出城的人。

出城北行七里地，他在一座山头上停住了脚步，坐到了一块大石头上，抬头看了眼林子里的雪枝，低头捧起一大捧雪花送到嘴里大口嚼着。然后他将青幡搁在雪地上，看着山头那边的军营出神——京都守备师元台大营。

忽然他偏了偏头，一张口哇的一声吐了出来，这一吐真是吐得翻江倒海，连绵不绝，将今日吃的面条面汤，后来灌的一肚子茶水全部吐了出来。

一团难看的稀糊物被他吐到了干净的雪地上，看着异常恶心，尤其是其中隐着的淡淡腥味更是闻之欲呕。但王羲没有再呕，只是又吃了一团雪，然后盯着地上那一摊细细察看，半响后叹道："好厉害的药物，竟然能让体内真气在一日之内提升到如此霸道的境界。"

这药是范闲经桑文之手在面汤里下的，正是他当年在北齐境内，与狼桃、何道人两大九品高手对阵时吃的黄色小药丸，此药除了事后会虚脱之外没有太大的副作用。

王羲苦笑道："君之蜜糖，我之砒霜。"

夜色渐渐降临，他站起身来，没有再看身旁的青幡一眼，便借着黑暗的掩护，往京都守备师元台大营行去。他要杀的人一直躲在那个营地里，用的只是一个校官的身份，身周的防卫并不如何严密。

只是他确实不喜欢杀人，他尊重一切生命，手里从来没有沾过血，便是在范闲的强力压制下尝试了无数次，也很难去暗杀一个与自己并无仇怨的人。

所以他这才将那个投名状延续到了今天。

范闲想让王十三郎更勇敢些，更暴戾些，却没有想到这药对十三郎没有什么用处，反而有些害处，所以王十三郎此时依然冷静且慈悲。

只是他既然没有变得癫狂，又明知箭手最厉害的便是目力，在黑暗中箭术最易发挥作用，可为何还要选择夜里出手？

元台大营一个偏僻的营房里，燕慎独正在用羽铰修理箭支，他的双手无比稳定，将箭尾附着的长羽修理得异常平滑。工欲善其事，必先利其器，他有一双神箭手应该拥有的手，也就能够将自己的箭支修理到速度最快、最准。

燕大都督向来信奉一个道理，远离父母的孩子才能有真正的出息，正如他自幼父母双亡，在大山里狩猎为生，才会修炼出如此残忍坚狠的心志，当初才会被入山游玩的年幼长公主一眼看中，带出大山，拥有了现在如此崇高的地位。所以当燕慎独只有十二岁的时候，燕小乙就将他赶出了家门，将其托付给了长公主。长公主也知晓麾下头号大将的心思，对燕慎独虽然温柔，却不曾少了磨砺，待其艺成之后更是暗中送进了如今被秦家控制的京都守备师。

除了几位高级将领和长公主的心腹，没有人知道征北大都督的儿子燕慎独正在京都守备师里做一个不起眼的校官。

燕慎独人如其名，不爱与人交流，只爱与箭交流，所以在军中没有什么伙伴，只有亲手训练出来的一批下属——誓死为长公主效忠的下属。

那日在京都郊外伏杀神庙二祭祀三石大师是燕慎独第一次行动。他不知道后来发生的事情，认为行动很成功，一直被强抑在内心深处的自信浮现了出来。他认为除了父亲，没有人能够抵挡住自己远距离的袭击，哪怕是九品的高手也不能。武器的有效距离长短决定了战场上的生死，这是父亲说了很多年的话。

因为自信，所以自大，所以狂妄，当听说父亲与范闲同时被召回京都，而且双方可能要在停办多年的武议之中决斗时，燕慎独坐不住了。

他崇拜自己的父亲，但对范闲也有一丝隐在内心的崇拜与嫉妒。

天下的年轻人都这样，燕慎独也不能免俗，他想替父亲试一下对方的深浅，一方面也是抵抗不住那种诱惑，如果真的能射死名动天下的范闲呢？

不论是对燕小乙还是长公主，范闲的死亡无疑都是好事。但他不敢擅自动手，因为他是个军人，不会擅自行动扰乱大局，必须等着长辈们的吩咐。

长辈们吩咐了，但奇怪的是，吩咐自己的竟是那位深知自己底细，而且也深得自己敬畏的军中元老。燕慎独疑惑不解，却没有时间去通知长公主，他只好单身上路，于雪夜里射出一箭，却被那青幡挡住。随后的那些夜晚，他无奈地发现范闲的守卫竟是滴水不漏，自己找不到丝毫可乘之机，尤其是那些要命的黑骑一直在监察院车队的附近。他才知道自己低估了监察院，不敢擅动，退回了京都。然后便是山谷狙杀的消息传来。

他是个军人，在政治方面的嗅觉不是那么敏锐，却也清楚自己的父亲似乎被秦老爷子拖下了水，换而言之，秦老爷子也被长公主拖下了水。

长辈们终于抱成团了，而自己就是长辈们彼此不言语，却亮明心迹的质子。燕慎独并不反感这个角色，只是想着大势如雪崩，范闲应该活不了多少天了。

他将羽铰放到桌面，用稳定的双手抚摩着箭杆，眯眼量了一下，满意地点点头，取出长弓将羽箭放在弦上，举弓对着营帐外的空地瞄了瞄。

小臂微微右移，箭尖所指处是营帐正门厚厚的棉帘。

燕慎独满脸平静地说道："出来。"

棉帘缓缓掀开，王羲满脸歉意地走了进来，在那把长弓的威胁下不敢再进一步，只是站在门口叹道："对不起。"

燕慎独眼瞳微缩，认出此人正是雪夜族学前替范闲挡了自己射出那一箭的青幡客。他并没有太多护卫保护自己，但在这样一个深夜里，对方竟能通过元台大营的层层戒备，悄无声息地靠近自己的营房，这身手可谓高绝难言。以往日燕慎独的习性，此时弓上这一箭他早已射了出去，但面对着这个奇怪的人物，他没有松弦，冷冷地问道："你是何人？"

王羲抱歉地回道："我叫王十三郎，奉命前来杀你，非我所愿。"

燕慎独用箭尖瞄准那人的眉心，双手稳定，弓弦一丝不抖，似乎再拉一万年也不会有一丝力疲。他不认为天下有谁能逃过自己这一箭，听到对方自承是来杀自己的，非但不慌，反而多出一丝冷厉，喝问道："范闲？"

王羲无奈道："除了他，世上还有谁能逼我杀人？"

雪早已停了，但入夜后风声又起，呼啸有如山间野兽的绝望哀鸣，穿过厚厚的棉帘击入耳膜。燕慎独看着这个满脸歉意的人，心中涌起一股寒意，为什么这个十三郎的脸上竟是看不到一丝紧张与杀气，只有无穷的悲痛与内疚。

一个暗杀者，他需要内疚什么？

燕慎独心神不乱，却冷了下来，对方如果不是故作玄虚，那便一定有杀死自己的能力。就像是在山中猎兽，面对一个孩童的箭支，一只熊瞎子依然安稳地蹭着树皮，显得无比舒服，因为熊瞎子知道，那箭射不死自己。

自己这箭能不能射死眼前的这个十三郎？燕慎独平生第一次对于自己手中的箭产生了怀疑，因为在那个雪夜青幡曾动。

王羲叹了口气说道："如果你肯跟我走，废了自己武功，断了与世人的联系，让世人以为你死了，范闲也就消了这口气。他的目的达到了，我就不用杀你。"

燕慎独没有笑，只是觉得很荒唐。于是他松手。箭如黑线，倏忽而去，下一刻已经到了王羲的面前！

燕慎独看到了一个令他心头大惊的景象：王羲脚下微动，连踏三步，三步之后又回到了先前站立的地方。

箭呢？那支挟着无穷厉风的羽箭擦着王羲的脸颊而过，穿过厚厚的棉帘，嗖的一声射入无穷无尽的黑暗之中，与四处呼啸的风声一合，再也听不见了。

看似简单的三步，燕慎独却看出玄妙，在如此短的距离内能够避开自己的极速一箭，需要的不仅仅是恐怖的反应速度，还有绝高的真气控制！

对方到底是什么人？这样一个高手是从哪里冒出来的？怎么会替范闲卖命？三个疑问涌上燕慎独的心头，他的手却没有变慢，三支羽箭化作三道电光向着王羲的上中下三路射去，他的人却是一提小刀，翻身而起，划破后方的营布，遁入了黑暗之中。三支连珠箭耗去他太多精力，他没有余力呼救，而且也知道营中将士就算赶过来，也不可能在这个神秘的年轻强者面前将自己救下来。

营帐后，燕慎独持弓凝箭，却未射出，像看着鬼一样看着面前的王羲，他不知道对方怎样躲过那三支箭，又如何赶在自己之前堵住了后路。

好在燕慎独眼尖，看见了王羲衣袖里滴滴流下的鲜血。对方受伤了，这个事实让他的心气为之一振，再玄妙的步法也不可能完全躲过他的箭！

天未落雪，风呼啸而过，卷起地面残雪，与落雪并无二致。王羲低头看了自己浸出鲜血的衣袖一眼，摇头说道："我是真不想杀人。"

"那你为何来？"燕慎独声音微哑地问道。

"因为……"王羲有些困惑地望着头顶的夜空，"因为我必须帮助范闲，为了天下的安宁，为了整个大陆的平衡，为了家乡，还是为了什么？"

"天下之安宁寄于一人之身？范闲不是陛下……"燕慎独左腿向后微屈，将将抵着自己的箭筒，一面说话一面暗自准备。

"我家里已经没人了。"王羲收回视线叹息道，"要让天下安宁，我必须帮助他，便只好对不起你。但凡大时代，总需要小人物的牺牲。"

小人物？燕慎独从来不这样看自己，他是大都督的儿子，燕门箭术的传人，日后的风云人物，眼下只是杀了一个神庙的二祭祀，又怎能死去？

王羲再次抬头望天，似要穿过雪云望到星空，轻声说道："希望我没有错。"

抬头望天，如此良机怎能错失。燕慎独凛然挺身，控弦而射，连发七箭，然后单手摸至箭筒，抽出最后一支箭——上弦，扣弦，射出！

七箭在前，杀意最浓的一箭却隐于最后。

燕慎独再没有像此刻这般满意自己的修为，这已是他此生顶峰，甚至比父亲当年还要更强，他相信就算对面站的是范闲也躲不过去。

但他忘记了一点，每个人的战斗方式不一样。范闲如果想亲自杀他，一定会很阴险地下毒下毒再下毒，贴身刺了再刺，根本不会给他任何发箭的机会。

这位王十三郎看似温柔，选择的作战方式竟是完全不一样的勇猛而恐怖。

是的，很恐怖。

王羲直接扑了过来，像一只黑夜里飞起的大鸟，视而不见直刺自己身体的七支羽箭，眼里放着敏锐的光芒，右手一探，直接捉住了最后面的那支箭！

噗噗数声起，那些箭刺穿了王羲的身体，可是他的身体仍在空中游动着，没有伤到要害部位，只是从肩下臂上穿过。最后那支箭在王羲的右手中滑动着，就像是负着重力的车轮在粗糙的道路上碾轧，带着一声极难听的摩擦声。

夜空之中似乎生出一股淡淡的焦灼味道。

那支箭终于在即将刺进王羲眼窝前停止了，只有一寸。

他的人也已经如飞鸟一般掠到了燕慎独的身前，只有一尺。

嗤的一声轻响。王羲反腕，将箭尖插入燕慎独的心窝里。出手如电，避无可避。

燕慎独踉跄着倒下，看着胸口的血与箭，看着面前这个浑身流血的暗杀者，张了张嘴，却说不出什么话来，只能无力地箕坐在营帐后方的雪地里。在他很小的时候，父亲燕小乙就曾经对他说过，武器的有效距离决定了生死。他当然记得这句话，知道自己与对方的距离太近了。

王羲站在他的面前低声说道："小箭兄，安心上路。"

直到死亡将至的这一刻燕慎独才明白，原来自己真的只是这个大时代里的小人物，擅箭者死于自己箭下，不失为一个好归宿？

只是……不甘心啊……他徒劳无功地运起自己最后的力量向前伸出手去。他的指尖碰到王羲的腰带，触手处一片冰凉的血意，似乎勾住了一个物件，此时他终于力绝，喉中咕嘟一声，脑袋一偏，就此死去。

王羲松开右手，看着掌心间那一长道恐怖的焦痕，低头看着自己身上插着的七支羽箭，感受着那种极致的痛楚，喃喃地战声道："疼死我了……"

他忍着疼痛，借着夜雪夜风遁出了元台大营，回到山头拾起那张青幡，再次消失于黑夜中。

数月后，范闲知晓此次狙杀经过，沉默片刻后叹道："十三郎真猛士也，亦蠢货也。"

第二日是第三日的前一日。这不是废话，因为第三日婉儿就要回京，范闲习惯于让家人远离一应污秽事，所以把时间定在第二日。

这一日风和日丽，积雪渐融，天河大街上湿漉漉的，存有积雪的街畔流水石池终于流动了起来，带着雪团与枯叶向着低洼处行去。

京都城门由十三城门司负责安全，十三城门司直属宫中，不要说京都守备无法插手进去，便是枢密院的军方大佬们也不敢做太多动作。

每逢入夜，京都城门便会关闭，在庆国历史上，除了那几次血火纷飞的政变，以及几次大天灾与边疆动乱使者来报，再没有夜间开启的先例。

监察院院长陈萍萍是例外，他住在京外陈园，而陛下给了他特权可以夜间随时入京，这是特例。除了陈萍萍再没有人于深夜里出入京都，所以哪怕京都守备师元台大营发现了燕慎独的尸身，待逐级上报，终于报到了知晓燕慎独真正身份的那一层，大营里的将领们震惊惶恐，依然没有办法通知京都里的大人们。

京都守备统领秦恒是第二天早上才听到这个死讯。

回京述职的征北大都督燕小乙也听到了这个噩耗——他的亲生儿子，昨天夜里被人暗杀于大营之中。

燕小乙坐在床边，两只脚张得极开，这是多年军旅生涯骑马所养成的习惯。他有些漠然地看着跪在门前的信使，微微偏头，似乎有些不敢相信自己的耳朵。

"老爷。"床上的两名姬妾强抑着内心的恐惧与不安，挣扎着起身，为燕大都督穿衣裳，打水漱洗。整个过程中，燕小乙都保持着一种近乎冷漠的平静，在热水盆里搓揉着的双手没有一丝战抖。

他自幼精力过人，从军后更是夜夜无女不欢。家中姬侍无数，京都宅子里没有正妻，留了五个姬妾伺候自己。昨天风雨极骤，两个姬妾有些承受不住了。

燕小乙偏头看了身旁的姬妾一眼，往常他暗中骄傲于自己的体力精力，今日心情却有些异样，对娇媚的妇人们感到了一丝厌憎。

女人，他有很多个，但儿子，却只有一个。

他平静地站起身来，在腰上系好黑金玉腰带，披上挡雪的大氅，行出门去。门外早有亲兵与京都守备师满脸惊惧的将领们等候。

看着自己的心腹抱着的那把长弓与那筒羽箭，燕小乙在马旁有些失神，纵是如此，他依然平静，微黑之中带着坚毅之色的面庞没有一丝异样。

马蹄声渐离燕府，府内两个美姬惨死于床，鲜血浸染了整道翠幔。

在亲兵们的护卫下，燕大都督出了城门，来到不远的元台大营帐内，面色漠然，根本不看大营将领一眼，便是急匆匆赶来的秦恒也被他视而不见。

他直接入了中军帐。

燕慎独的尸身就摆在帐中，没有人敢动这具尸体，因为大家都在等燕大都督。

燕小乙站在儿子的尸体面前，许久没有说话，只是眉头微微地皱了起来，许久之后，他目光微垂，伸手将儿子已然僵直的手掌扳开。

死人的手掌握得极紧，燕小乙扳得很用力，生生将儿子的手指扳断了两根，才从儿子的掌心里取出一样东西，举至眼前细细察看。

天光透了进来，从那块玉佩上轻轻一折，射入燕小乙的眼中，让他的瞳孔微微缩了一下。他认识这块玉佩，玉佩上刻有一把小剑，另一面刻着几个文字。他的心寒冷了起来，旋即又燃烧了起来。

其余人却不知道这块玉佩代表着什么，秦恒叹息一声，上前安抚了几句，表达了秦家对此事的由衷歉意，无论如何，秦家都要担负极大的责任。

燕小乙终于开口，声音有些嘶哑，缓缓地说道："小侯爷无须多言。"

秦恒默然片刻后说道："请大都督节哀。"

燕小乙的脸上并没有哀色，他让元台大营的正将带着自己来到了儿子曾经住过的营帐，单独进去之后，在那个营帐里停留了许久。

没有人敢去打扰他。

在营帐内与儿子的气息进行了最后一次交谈，燕小乙从营帐后方那个破洞里走了出来，看着雪地上的那几大摊被风刮得有些散了的血渍，一言不发。

再次回到中军帐中，燕小乙看着儿子的尸体，低了低头，忽然伸手，握住儿子尸体心窝上插着的那支箭，微微用力一拔。

噗的一声，箭支离开尸体。

他将这支箭插入亲兵背着的箭筒中，转身对秦恒说道："烧了吧。"

马蹄声再起，离开了元台大营往京都驶去。

寒风扑面。大都督的亲兵们脸上全是悲痛与愤怒，他们在北疆与北齐人对抗数年，有功于国，没想到居然有人敢暗杀大都督的公子！

燕小乙对亲随神情漠然地说道："不是四顾剑，那个杀手流了血，九品。"

那个玉佩说明了杀手的来路，燕慎独的实力与那人付出的代价说明了那人的功力。亲随回道："叶重离京后，京都九品明面上只有数人，如今都督与范闲回京又多了两人，只是隐在暗中的应该还有些，比如监察院。"

燕小乙回京后首当其冲的敌人便是监察院，尤其是那日在枢密院前，范闲向他挥动的马鞭，更是让这种隐在暗处的对抗变成了随时可能爆发的冲突，所以燕慎独被人杀死，所有人都会第一时间联想到范闲。

"不是范闲。"燕小乙脸色木然地说道，"但与范闲有关。"

城门便在眼前，那个负箭亲随担忧地看了大都督一眼，心想如果真与那位小范大人有关，大都督会怎么做？难道就在京都里一箭射杀了陛下的私生子？

燕小乙微微眯眼，没有说什么，只是咳了两声，然后掩住了自己的嘴唇，一丝鲜血从他的指缝间流了出来。

第四章 抱月楼里论兄弟

昨夜的刺杀并没有宣扬开来，一来是燕小乙儿子在京都守备师的消息没有多少人知道，二是时间太短，就连监察院也没有获得相关细节。庆国朝廷的文官武官分属两个系统，自然也没有多少朝中大臣知晓此事。

今日是小朝会，宫门口的大臣们三三两两聚在一起，各有各的山头，只是东宫太子与二殿下之间已经缓和了许多，两派文官站得并不太远。

此时户部尚书范建在和门下中书那两位大学士低声说着什么，没有人靠近。

一声鞭响，宫门缓缓打开，禁军统领大皇子面色平静地走了出来，对最前方的几位老大人行了一礼，众人赶紧还礼。一年多前，自从陛下让大皇子负责皇城禁后，整座皇宫的防卫果然是固若金汤。大皇子勤勉，每当朝会，便会亲自当值，丝毫不因为自己天潢贵胄的身份而有所怠慢。

大臣们鱼贯而入，宫门口又安静下来，宫前广场上的积雪早已被清扫干净，露出下方的青石，被扫走的雪在远处拢成一道半人高的雪堆，如矮城一般。

一辆黑色马车从那道长长的雪堆后行了过来，禁军以及门内的侍卫马上猜到了车中人的身份，不免有些紧张、好奇。

大皇子亲迎了上去，将那个行动有些不便的年轻官员扶了下来，二人一路轻声说着什么进了宫。宫门内外的兵士们大气都不敢出一声，直到二人的身影消失在皇宫之中，众人才吐出一口浊气，兴奋地小声议论起来。

"都说大殿下与他关系好，看来果然不假。"

"这有什么稀奇，本来就是兄弟。"

"兄弟？"有人冷笑道，"不记得一年前范提司是怎么收拾二殿下的？"

"噤声！"

那两个小太监像看神仙一样看着这些禁军。庆国民风开放，少有因言治罪，但在皇宫门前却大肆议论皇族的八卦，不能不说，这些曾经跟随大皇子西伐胡蛮的军人确实胆子大到了极点。

一位侍卫入宫不久，脸上带着兴奋之色说道："小范大人果然如传说中一样，生得如天仙一般美，只是气色似乎不怎么好。"

"前些日子才被暗杀，受了那么重的伤，怎么好得起来……说来奇怪，小范大人的伤好得也真快，现在就能下地行走。只是为何急着上朝？"

"不要忘了，小范大人可是我大庆国最年轻的九品高手！"

"说到山谷狙杀……"

所有人顿时沉默了下来，这件事情太可怕，还是少议论为好。

范闲与大皇子在宫中并肩而行，并不知道那些禁军侍卫在议论什么，但大皇子也有些好奇，为什么他的伤还没怎么好就急着进宫。

"怎么这么着急？为调查你被狙杀的事情，最近宫里有些紧张。"

范闲笑道："请柬我给王府送过去了，应该是大公主亲自接的……晚上在抱月楼我请客。有请客的精神却不赶紧入宫述职，我怕陛下会打我的屁股。"

"你应该称大皇妃，或者叫嫂子都行，怎么还叫大公主？"

"大皇妃总让我想起叶灵儿那丫头，嫂子更不成……我姓范，你可姓李。"范闲这话说得有些狂放了，显得很没规矩。

大皇子知道他的心思，无可奈何地笑了笑，忽然肃然道："你知道了吗？"

"什么？"范闲微微皱眉。

"燕小乙的儿子昨天夜里被人刺杀。"大皇子盯着范闲的眼睛说道。

范闲挑挑眉头，懒得刻意扮出吃惊的模样，说道："死便死了，反正又不是我的人，你不要猜了，这事和我没关系。"

大皇子警告道："不管与你有没有关系，只怕都会记在你的头上。"

"记便记罢。"范闲说道，"我仇人不少，也不在乎多那么一两个。"

"那人可是燕小乙。"大皇子加重语气提醒道。

范闲没有应什么，只是笑了笑。大皇子见他不理会，皱眉说道："这件事情只怕不好善了，京都左近的守备师大营居然被刺客混了进去……事情一旦曝光，谁也别想有好日子过，这事……做得也太放肆了。"

范闲听出了他话里隐含的意思，忍不住冷笑起来，说道："元台大营？前些日子还有人敢搬了军方的守城弩在山谷里谋杀钦差大臣……究竟是谁放肆？"

大皇子见他发怒，只好转了话题问道："晨丫头什么时候回来？皇祖母和我母亲念了不知道多久，来年怕是不舍得再放她去江南了。"

范闲说道："明天就到。对了，那个胡族公主我也带了回来……我在羊葱巷里买了个宅子，地方偏僻清幽，正合适藏娇。"

大皇子听着这话一怔，问道："什么藏娇？"

范闲从怀里取出一张房契扔给他，唇角微翘道："给你包二奶。"

大皇子不知如何言语，恼火地瞪了他一眼，喝道："人前人后一张诗仙隽永雅致脸，谁知道却是一张尖酸刻薄狐狸嘴。"

"这话倒也确实。"范闲傲然地说道，"名声这东西我已经足够多，接下来，咱就要把这脸皮撕了陪大家伙好好玩一遭。"

听到这话，大皇子心头微惊说道："晚上你究竟想做什么？可不要胡来。"

"怎么会？都是天潢贵胄，我巴结还来不及。"范闲冷笑着说道，"不过你的想法我也清楚——不想兄弟阋墙也简单，赶紧打垮他们。"

大皇子不赞同地回道:"都是一父同胞,静候圣裁便是,你有些分寸。"

"别介。"范闲摇头说道,"还是那句话,我可姓范……不过你也放心,我没有砍自己手指头的爱好,他们肯老实些,我自然也不会做什么。"

大皇子笑了起来,范闲也忍不住自嘲着笑了起来,从古至今哪有年轻臣子敢像自己这样威胁太子、皇子的?更何况还是这种教训的口吻,确实有些荒谬。

范闲坚称自己姓范,但他清楚如果不是因为自己应该姓李,自己断没有资格与实力说这些话,只怕许久之前就死翘翘了。

所以当他在御书房等了很久,终于见到掀帘而入的李姓皇帝老子时,他表现得还算尊敬,只是眉眼间偶露几丝冷意与倔强,正所谓一路演来,始终如一。

御书房比外间要暖和许多,采自琅玡州的银竹炭在三个火盆里燃烧着,设计精巧的火盆没有溅灰,只有一股淡淡的灼味儿。味道并不难闻,但在范闲灵敏的鼻子闻来总有些不适应,不由有些想念那个遥远的世界以及那里的两句俏皮话——毛主席没用过手机,皇帝也没吹过空调。

从表情可以看出来,皇帝陛下对御书房里的温暖极为满意,鬓角些微的银发、眼角些微的皱纹都平顺着。他在榻上脱了龙袍,早有小太监取来棉质的常服穿上,又端来了一碗温热的燕窝。

范闲安静地站在一旁,却忍不住好奇偷偷瞄了一眼,天下至尊的日常生活确实没有什么出奇。皇帝正喝着,余光里瞥见范闲鬼头鬼脑的模样,忍不住笑了起来,骂道:"江南还没好吃的?馋成这样。"

范闲嘿嘿笑了两声,说道:"今儿个要趁早进宫,早饭也就是胡乱扒了两口。"

皇帝挥挥手示意他坐下,姚太监早就等着,赶紧去帘后搬了个圆绣墩出来。范闲一屁股坐下,不由想起一年半前自己第一次进御书房议事时的情形,又有些好奇今天朝会后为何没有大臣议事,陛下只是单独召见自己。

皇帝将喝了一半的燕窝搁在桌上，抬头看着范闲那张清秀温纯的面容，不知怎的，那颗冰冷了二十年的心动了一下，下意识里缓缓摇头，想将这种情绪从帝王的脑袋里剔掉，尽可能冷淡地问道："伤怎么样了？"

"谢陛下关怀，臣已无事。"范闲心知肚明皇帝肯定已经知道燕小乙儿子死亡的消息，既然对方不提，他当然乐得装哑巴，不用多做辩解。

皇帝在心里重复了一遍"陛下"一词，叹了口气说道："不用这么拘谨，有什么想说的便说吧。让你去江南，朕是想磨砺你，提拔你，只是未免辛苦了你。"

范闲心头微动，却未曾柔软，和声说道："我还真愿意去江南逛逛。"

嗯，不称臣而称我了，每次这二人的对话便是这样发展，先由君臣再至老少，再至模糊的父子情状，从不言明却彼此心知肚明，暧昧着，酸着，无耻着。

皇帝笑了起来，说道："你在江南做得很好……朕，很欣慰。"

这说的自然是内库的事情、胶州的事情、江南路的事情，所有事情范闲都表现出一位年轻名臣应该有的风度与气魄，为这个朝廷搜刮了太多好处。

他如今是皇帝手中的一把刀，基本把朝中势力得罪遍了，皇帝也明白这一点，想到山谷狙杀之事，不免对他有些淡淡的怜惜之意，虽然不多。

略说了几句江南事务，政事汇报便结束了。过几日大朝会，范闲自然要穿着官服迎接满朝文武的赞叹或是指责，今日御书房内不过是一位帝王与一位近臣的交心。江南和胶州的事情早已有不曾间断的书信来往，今日所论在别处。

别处便是澹州处，皇帝对范闲的澹州省亲之行特别感兴趣，问得很详细。范闲觉着有些奇怪，但耐着性子一一讲解，甚至连冬儿的事情也没有遗漏。

皇帝自然还要问问澹州乳母过得如何。范闲老实回答，又描绘了一番澹州如今的景象——那些白色的海鸥，州城旁陡峭的悬崖——然后他便沉默了下来,因为他有些意外地发现对方走神了。

皇帝的眼帘微微垂着,眼角的皱纹显现着中年人特有的魅力。他没有看范闲,也没有说话,只是平静地随范闲的叙述回忆着澹州的一切。

忽然发现声音停了,皇帝微怔抬首,发现范闲正关切地望着自己,不由一笑道:"最后一次西征归来后,朕便再没有出过京都,有些怀念澹州的景色。"

最后一次西征时京都有变,太平别院被血洗,范闲被五竹抱着坐着那辆马车遁至澹州……他神情不变,不确定地问道:"陛下您也去过澹州?"

"当然去过。"皇帝微笑道,"朕便是在那里遇见了你的母亲,那时候你还没有出生呢。"

君臣二人同时默然,均觉得这句话有些白痴,当爹的刚遇见当妈的,儿子当然没有生。半晌后,范闲略带一丝惘然之意说道:"原来是在澹州。"

皇帝看了他一眼,似笑非笑地说道:"陈院长和范尚书没有对你说过?朕本以为当年的事情你总该知道一些。"

范闲知道此时只要开口问,沉浸在美好回忆之中的皇帝一定会满足自己的好奇心,但不知道为什么他不想问,那层纱帘后可能隐藏着苍山美景,而在山中……有怪兽,大怪兽。他笑道:"长辈们哪里有闲空和我讲这些,只是小时候就知道朝廷对澹州城有特恩旨意,最开始是免了三年赋税,这次回去,发现还是一直免着。澹州百姓们生活得不错,对陛下都是感激不已。"

"朕爱惜子民本是应有之义,何需感激?"皇帝望着范闲叹了口气,"免了澹州二十年赋税,一是因为姆妈,二来也是为了感谢当年那个海港。"

这话范闲便不好接了,难道要陪着皇帝谈初恋?更何况那个初恋是自己的老妈。恰此时,他的肚子咕咕叫了一声,赶紧说道:"皇上……肚子真饿了,赏碗燕窝吃吧。"

皇帝一怔,旋即大笑起来,指着范闲的鼻子半晌说不出话。他自登基以来便威震四海，天下子民无不悚然而敬惧生，哪有臣子敢在君臣对话之时嚷着肚饿，讨饭吃……便是太子、大皇子年幼时也不敢如此没大没小地说话。

许久后他才止住了笑声，眼里满是盈盈的疼爱，骂道："这个没脸皮的劲儿，和你母亲哪有半分像。"

皇帝用余光瞥见桌上那半碗燕窝，随意指了指，道："还热着，赶紧吃了。"

范闲一怔，屁颠屁颠地上前接过那洁莹一片的白瓷碗，也不忌讳什么，几口便吃完了。他脸上并未刻意露出感激涕零、圣恩浩荡的神情，但吃得也是极顺口。

皇帝十分满意，心道安之果然不是个作伪之人，却哪里知道此时范闲的心里在骂娘，不是骂皇帝小家子气，而是想着那燕窝是对方吃过的，有些恶心。

一旁侍立的姚太监看着这一幕却是心头大惊，他在宫中也有许多年了，今日这种君臣融洽的情形却是没见过几次。上一次好像还是舒芜大学士自北齐归来，陛下为示恩宠以及绝无介怀之意，赏了他半片肉脯……舒大学士可是因为那片肉脯感动得无以复加，跪在陛下面前浊泪纵横，连声颂圣不止，哪里像今日小范大人这般自在、自然。偏生陛下似乎更喜欢小范大人这种做派。

姚太监低着头，心里赞叹着这等君臣，这等……父子，在宫中实在是少见。正思想着，却被陛下唤过神来，他赶紧接过粥碗，退了出去，一路沿着宫檐行走，却还在想着先前那幕，深深畏惧与佩服。

皇帝忽然道："你也是有身份的人了，不能再像以前在太学时那样胡闹……为了一个家养丫鬟把一位官员家的公子踹得半年起不了床，总是失了体面。"

范闲闻得这话，将颈子直了起来，语气平静却带着倔强说道："皇上说得有理，不过如果有下次，我还是要踹的。"

"罢罢。"皇帝笑了起来,"你爱蹿就蹿,只是胡闹总要有个限度。"

范闲察觉到皇帝的话另有别意,没有接话。皇帝皱了皱眉,心想这小子为了一个被赶出家的大丫鬟便闹出这么大的动静,山谷里他的手下被弩箭射杀了十几人,依这小子记仇的性子,要让他强吞下这口气只怕有些难。

"听说晚上你要请客?"

范闲微微一怔,回道:"是,离京一年多,借着这个机会,大家聚一聚。"

皇帝的脸色平静了下来:"还是先前那句话,胡闹可以,有个限度。"

"是,陛下。"

"山谷里的那件事情,朝廷会查,会给你一个交代。"

"是,陛下。"

"少年人,看事情的眼光要长远一些,不要只是局限在眼前。"

"是,陛下。"

"来年找个时间,朕要去江南看看,看看你与薛清打理得怎么样。"

"是……嗯?"

范闲霍然抬首,带着一丝惊讶地看着皇帝,皇帝出巡?这是十几年来都未曾有过的事情,尤其是如今各方势力蠢蠢欲动,山谷之事,胶州之事,都说明龙椅下的火山已然变活,这个时节皇帝居然敢……出巡!

他不明白皇帝心里在想什么,急声道:"臣以为……"

将自称又改成臣,这便是要正式进谏劝阻,但是皇帝不给他这个机会,挥挥手说道:"朕意已决,手中有几个臭虫乱跳,何需介怀……朕要去澹州看看,开年后你回江南,记得准备一下,只是事情需做得隐秘。"

范闲无话可说,只好点头应下。

皇帝又道:"先前说的话你都记住了?"

范闲有些头痛地猜测道:"是指……胡闹的事情?"

皇帝点点头:"朕……就这么几个儿子,你们爱闹就闹,只是不要闹到不可收拾。你的心思朕也明白一些,很好,继续这样做下去。"

儿子，你们，这已经算是点明了……范闲感觉皇帝的那双目光似乎已经穿透了自己的身体，看透了自己的心思——他联想到前年在抱月楼前茶铺里与二皇子的那番对话。如果皇帝是凭那番对话来猜测，那确实猜对了。

"海棠姑娘回北齐了吧？"皇帝忽然又问道。范闲再惊，脸上却流露出一丝无奈之意，点了点头回道："狼桃把她接了回去。"

"最先前朕不喜欢你这般胡闹，毕竟晨丫头许了你也没两天，不过后来觉着，这事倒也不见得一点好处也没有。天一道与各地祭庙关联深，你如果有本事将天一道控在手中，对朝廷来说是件大功。"不等范闲说话，皇帝继续说道，"苦荷死后应该是海棠执掌天一道，你自己要想清楚其中的关联。"

范闲低头默然。皇帝又道："但和北齐还是保持一些距离。朕不疑你，但年内你诸般动作，总会让军中有些人疑心，他们要的便是开疆拓土……你此次回京想必也觉着枢密院对你的态度与以往不同，这便是其中一个缘由。"

这便是所谓鸽派鹰派的冲突？范闲在心里想着，更知道皇帝才是真正的肉食者，便认真应道："是，陛下，臣有分寸。"

看着他的小意模样，皇帝欣慰地笑了笑，挥手说道："难得回京，去宫里各处逛逛……"他沉吟片刻后又说道，"哄太后开心些。"

范闲领旨出了御书房的大门。姚太监在门外候着，领着他往宫里行去。范闲入宫多次，对宫内道路也极为熟悉，但毕竟是外臣，入宫晋见各宫娘娘本就有些不合规矩，格外要小意些，自然需要太监当头领路。

第一处要去的自然是含光殿，太后老祖宗的寝宫。太后刚刚午睡起来，身子骨有些疲乏，没有与范闲说多少话。范闲敏感地察觉到，太后对自己的态度依然冷漠，但比当年吃羊杂汤那时节已经是好了不知道多少。

略说了些闲话，范闲见老人家神态有些不适，便知情识趣地告辞，临行前说待婉儿回来后再一起进宫拜见，老人家听后有些高兴。

出殿前，范闲小声地对女官说了几句话，并开了个方子给老人家调理身体。含光殿里的女官虽然不敢给太后乱用药，但也知道这位朝中大红人的医名，高兴地接了过来，忍不住赞了两声驸马孝顺，只等太医院审后便用上。

范闲笑了笑，没说什么就离开了含光殿，一路向西，路过广信宫的时候忍不住多看了两眼。姚太监在一旁小心翼翼地提醒道："范大人……是广信宫。"

范闲一愣，笑骂道："我当然知道，你这老家伙又在想什么？"

姚太监嘿嘿笑道："要不去见见？不然传到太后耳里，只怕老人家不高兴。"

范闲怔住了，在离广信宫不远的地方停下脚步，望着广信宫下的柱子，心里想着，不知道那柱子上面的洞有没有被石灰填住。

当年他第一次夜探皇宫，便是在这里被那个宫女隔柱刺了一剑。剑尖穿过厚厚的木柱，险些刺入他的腰骨。直至今日，他似乎还能感受到那剑上的杀意。那个宫女当场被他格杀。也就是在那个夜里，他偷听到了长公主与北齐皇室的勾结、言冰云被出卖的真相，挡了燕小乙那宛如天边射来的一箭……

今儿个雪停了，皇宫里吹着寒风，反而比前几日更冷一些，他打了个寒战，自嘲着摇摇头，与姚太监离开了这里，往皇后、太子所在的东宫行去。

长公主是他的岳母，终究是要见的，但对那个魅惑近妖又冷酷无情的女人，他实在有些怕，相见之时能拖一日是一日。长公主的势力早已不如当年，可他依然警惧着，不仅仅是因为她是婉儿的母亲，还因为心中那抹异样的感觉。

前世听过何姑娘的一首歌，把什么什么给了他……范闲也是这般觉着，长公主把内库给了他，把女儿给了他，把姘头给了他，把崔家给了他，明家也将要给他。看样子还有很多东西要转交给他。如果换成自己是长公主，估计也会咬着嘴唇不言语,眼里喷火把这个坏女婿烧死。①

姚太监看了他一眼,没有说什么,小碎步跟了上去。到了东宫,不凑巧,皇后正好在广信宫与长公主聊天,只有太子殿下在太傅的指导下读书。

看见范闲进了宫,太子笑呵呵地迎了过来,问道:"伤怎么样了?本想去府上看你,担心反而会打扰你的休息,便断了这念头。"

范闲依足规矩行礼请安,这才直着身子笑道:"我这身体本来就壮,养两天就好,今儿领旨进宫,便来看看太子殿下,免着您担心。"

"晨妹妹什么时候回?"

"明儿吧。"

太子笑道:"趁着她不在,你是得抓紧时间玩玩。"

两个人笑着坐下,略谈了谈江南风物美人儿,没有一字一句往不快活的地方扯。几年前太子对范闲倒真是不错,虽是听了辛其物的建议想拉拢范闲,但二人相处得倒着实不差,只是谁也没有想到后来的事情竟会发展到如此古怪的地步,范闲居然也是位皇子,而且有历史遗留问题根本无法解决……

双方都心知肚明,因为那个历史遗留问题,二人不可能再携手,不免都有些遗憾喟叹。只是这两年范闲主打的是二皇子一派,没有对太子派系进行太多攻击,所以表面上两人还可以维持其乐融融的状态。

姚太监在一旁看着这一幕,对皇族子弟们的城府都好生佩服。一番温柔对话结束,范闲起身告辞,凑到太子耳边道:"殿下,晚上可得来。"

"说来你那楼子我还真没去过……"太子叹道,"你也知道,这几年里本宫修身养性,极少去宫外游玩,真还是有些好奇。"

范闲不清楚这话里有没有什么隐意,也懒得去猜,呵呵笑了两声,行了一礼便退出东宫,然后在宫外并不意外地看见一位熟人——那个满脸青春痘的太监,如今的东宫太监首领洪竹。

---

① 此语出自某位书友。

洪竹赶紧侧到一边向他请安。

范闲表情很冷漠，嗯了一声便往前行去，心里却有种古怪的感觉，看洪竹的神情，似乎有话想对自己说，眼睛深处却又有些莫名的恐惧。

接下来他又去了淑贵妃与宁才人宫里，给淑贵妃的礼物是一个书单，是在江南天一阁里影出来的古本藏书。淑贵妃非常意外，没想到范闲与自己儿子斗得要死要活，却还如此小意地伺候着自己，很是感动。

在宁才人宫中，范闲却是被好生训了一通。这位出生东夷城的豪爽妇人，还是在知道范闲身世后第一次见到他，看着范闲的眉眼神情，宁才人难以自抑地想起当年救了自己以及腹中孩儿的叶家小姐。她愤怒于范闲不将自己的生命当回事，训得范闲连连点头。

又说了些当年的故事，宁才人的眼神变得柔软温和起来，像看着自己儿子一样看着范闲，轻轻揉揉他的脑袋，嘱咐他以后得闲要带着晨郡主进宫来看自己。

范闲一一应下，出宫时偶一回头，却发现宁才人似乎正在揩拭眼角，心头也不禁湿润起来，说不出的莫名悲哀。

这都是当年的人，当年的事啊。

忙碌着，行走着，范闲有些厌烦起来，这就像是大婚之前第一次入宫拜见诸位娘娘一般，各个宫里行走，说的话，做的事都差不多，连番重复实在是很耗损心神，好在最后的漱芳宫可以轻松些。

将姚太监赶走之后，范闲像一条累瘫了的狗儿般靠在椅子上，乜斜着眼打量忙着给自己端茶的宫女。这宫女眉眼清顺，头一直低着，极有规矩，范闲忍不住心头一动，接茶时在她那白白的手腕上捏了一把。

宫女瞪了范闲一眼。范闲哈哈大笑道："醒儿，第一次见你时才十三，这人随脾气长啊。"斜倚在榻上的宜贵嫔看着范闲和孩子胡闹，忍不住开口说道："你自己外面闹去，别来闹我这宫里的人。"

醒儿姑娘正是当年领着范闲四处宫里拜见的那位小姑娘，被两个主子一说，脸顿时红了起来，小碎步跑着去了后面。范闲喝了口茶，润了润嗓子，认真地说道："姨，我马上要出宫，就不和你多聊了。"

"出宫？"宜贵嫔微微一怔，马上明白是什么事情，眉间堆起担心的神色，问道，"你晚上究竟想做什么呢？"

范闲也怔住了，问道："您知道这事？"

宜贵嫔笑道："小范大人今夜设宴，请的又是那几位大人物……这事早就传遍开来，整个京都都在看着，我虽在宫里，但哪有不知道的道理。"

范闲苦笑道："只是一年多没在一起聚了，想着聚聚，怎么就把动静闹得这么大？"

宜贵嫔正色道："虽说有些话想与你讲，至少也得替孩子谢谢你这一年的管教，但知道你晚上的事要紧，那你就先去吧。"她顿了顿又说道，"请了弘成没有？"

范闲摇摇头说道："改天带着婉儿上靖王府再说。"宜贵嫔点点头。范闲又笑着说道："我是来接老三的，柳师傅还在教他功课，怎么走？"

宜贵嫔一愣，担忧地说道："平儿也要去？"

"兄弟们聚一聚，有我在，担心什么呢？"范闲温和的笑容里透着自信。

时近年关，大雪忽息，不知何日再起，京都一片寒冷，街旁的楼宇却是红灯高悬、红烛大亮，暖笼四处都是，好像那些贵重的竹炭不要钱似的。

抱月楼的大门悬着三层厚厚的皮帘，偶有仆人经过，掀起帘子，楼内的热气便会扑了出来，一时间，竟是让这条街上的空气比别处都暖和一些。

街上没有行人，驻守在外的京都府衙役以及京都守备师的兵士搓着冻僵的手，看着那个亮晃晃的楼子，嘴上不敢说什么，心里却在骂娘。

全天下的酒楼青楼，大概也只有抱月楼才会这般豪奢。

往日里也不至于这样，只是今日不同往常。

抱月楼今日不营业，甚至整条街都被京都府和京都守备的人马封了起来，这是抱月楼提前向官府报的备示，没有一丝耽搁便特批了下来。京都府的大人没资格参加这个聚会，但依然要用心用力地布置好看防。不只是他，其余的官员们也是这般想的，不论他们属于哪个派系，今天都必须为抱月楼服务——因为京都所有称得上主子的人物，今天都要来抱月楼。

太学司业兼太常寺少卿、兼权领内库运使司正使、兼监察院全权提司、兼巡抚江南全权钦差大臣——范闲，小范大人今日请客！而且今日座上客是太子、三位皇子、枢密院两位副使，还有几位位重权高的大人物！

今日之抱月楼，冠盖群集，如果谁有能力将座上客全部杀死，只怕庆国会大乱一场，由不得京都府与京都守备不用心，看防之森严可比重重深宫。

几抬上品大轿乘着暮色来到了抱月楼前，又有几位大人物乘车而至，紧接着又有几位军中实权人物骑马而至。大皇子到了，枢密院左右副使到了，辛其物到了，任少安到了，自有人将这些大人物扶去厢房歇息，等着开宴。范闲与诸人闲聊了几句，说了些玩笑话，便牵着身边的三皇子走到了门口，准备迎接太子。

看着三皇子老老实实让范闲牵着，一旁凝视的枢密院两位副使以及席上另几位大臣心头都是一震，联想到许多事情——古有挟天子以令诸侯，今有小范大人牵着那孩子的手，将来的庆国乃至天下，会不会就是这两个人的？

大门皮帘外有些冷，三皇子打了个寒战，侧头望着比自己高出两个头的老师，眼中闪过一丝崇拜之色，关切地说道："先生，您的伤还没好，何必出迎？"

范闲摇摇头，温和地解释道："来的是太子殿下，国之储君，他的身份不一样，而且又是兄长，不论身为臣子还是兄弟，你都应该尊重些。"

说话间，一辆小轿在十几名侍卫的保护下来到了抱月楼前，不远处还有几名虎卫背负长刀冷然以待。今日抱月楼开宴，为防民议太盛，让朝廷尴尬，一应来宾都撤了往日里的出行仪仗，太子也算得上是轻车简从，不然这条街只怕要堵死。

轿帘掀开，一身淡黄服饰的太子满脸微笑下了轿子，看见范闲与老三在楼外迎着自己，他心情不错，虽说这是应有之义，但以范闲如今的权势也算不易。

范闲与三皇子抢先行礼，太子连忙扶起。众人知道太子到了也赶紧出来迎着，只有大皇子饮得高兴忘了出来，太子知道他就是这种性情，也没有在意。

一群人围在楼前，正准备进去叙话，又有辆马车缓缓行了过来。太子好奇地回头，心想是谁的架子居然比自己还大，会比自己还晚到？

从那辆车上走下来一位清瘦的中年男子，没有穿显示品秩的官服，只是很随意的一件布衣，但众人马上认了出来，不免有些意外与吃惊。

来人正是江南路总督大人薛清。薛清身为超品大臣，手控天下最富庶的江南行路，又在书阁里做过诸位皇子的老师，较朝中这些大臣来讲地位更为尊崇。薛清看着众人微微一笑，先对太子行了一礼。太子连道不敢，以他为首，众人连忙对薛清行礼。范闲笑着说道："薛大人回京述职，晚辈唐突，想着这一年在江南共事，颇得大人照顾，才敢冒昧请了过来。"

众人都笑称小范大人面子大，居然连薛总督也请了过来，心里却在暗诽范闲今日竟连薛清也搬了过来，真是霸道，然而他究竟想做什么呢？

"只是吃吃酒，说说闲话，诸位大人一年忙于公务，时近年关，总要稍息。"

范闲站在抱月楼门口笑着解释，抬眼看见一队人马走了过来，当头的正是那位与范闲长得极像、气质味道宛若一个模子里刻出来的二皇子。他与二皇子对视一眼，极有默契，不分先后，不论尊卑，同时拱手，微弯腰肢，揖拜一礼，然后二人唇角微翘，同时浮出一丝略带羞意的笑容。

二人在心里叹息着，这笑容……久违了。

抱月楼三楼靠东是一大片花厅，半截楼临着空，可以看见楼下一楼的大厅，那张宽大的胡人毛毯在楼下泛着腥膻的红色，别有一番风味。

入花厅的时候，二皇子下意识里往门上望了望，看见上面用金漆新写了两个字"鸿门"，不免有些好奇这两个字所传达的是什么意思。

花厅用屏风和悬绒帘隔开，热气蒸腾，早有各式精致的茶水点心搁在桌上，用的盘碟也是江南的好物件。盛酒的是极品的玻璃杯，酒是天下最为昂贵的烈酒五粮液，身旁服侍的姑娘们个个国色天香，温柔静默。

太子自然坐在最尊贵的位置上，望着范闲笑道："也就是你才有这般好的享受，宫里都指望用这些物件换银子，哪敢这般用。"

众人心知肚明，如今的内库在范闲一手操控之下，调些用度自然没有什么问题，只是不清楚太子殿下笑呵呵地这般说着，是不是在暗指什么。

范闲面色不变，笑道："能享受还是得抓紧享受一下。"

薛清坐在左方的第一张桌子旁，他今日奉旨前来看戏，自然不在意什么，唇角微翘着笑了起来，心想京都居大不易，可惜享受却是远不及江南。

宴起，姑娘们开始为各桌客人布菜斟酒，虽说这两天经过了特训，但猛一睁眼，便看见这么多大人物，她们依然有些紧张，红润的双唇抿得紧紧的。

服侍范闲的是抱月楼的掌柜，桑文桑姑娘。

今天这种场合，自然不好意思一开场便喝三说四，酒令连连，摸乳抚臀，尤其是薛清和枢密院两位副使在此，场间一时有些安静，有些沉闷，只是谈着朝廷里的一些闲散笑话，比如舒大学士昨个儿又醉倒在雪街之上云云。舒芜性情疏朗，不在意晚辈们如何取笑，但没有人敢拿这几位皇子和范闲说笑话，尤其是范闲，所有人都在猜测今天这场宴请的真实目的到底是什么。

薛清自顾自饮着酒，捉着身旁姑娘的小手玩弄着，顿时脱了官场之气，多了几分中年浪子的感觉，看来当年的书阁学士也没少出入这等场合。

二皇子浅浅饮了一口，望着对面的范闲微微一笑，说道："安之啊，一年没来抱月楼，发现楼里的姑娘比以往更漂亮了。"

场间气氛顿时为之一松，范闲与二皇子总得有个人开头说话才是。

"哪里。"范闲笑道，"不瞒诸位，今儿这楼中十三位姑娘不全是抱月楼的，但凡京中最出名的女子我全请了过来……不论是流晶河的花舫还是教坊，今夜出了抱月楼，你们要再能找出一位当红的姑娘，便算我输。"

众人心想好大的手笔，不是说花钱的问题，而是在这短短一天之内让京都的风月行当乖乖地供出自家最出名的姑娘。

姑娘们各自含羞低头，众人仔细瞧了两眼，顿时忍不住乐了起来，认出了此乃流晶河上某人，彼乃教坊司某位小姐，都是老熟人了。

只有二皇子的眼神有些淡，说来荒唐，今天楼上十几位姑娘当中有四位姑娘是他的人，只是后来袁梦死在江南，石清儿反投范闲，李弘成被靖王禁足……他抬起头来看了范闲一眼，只见范闲面色平静，眸子里似笑非笑，一时不清楚范闲是想通过这件小事情示威，还是有什么别的想法。

"抱月楼经营得方，想来全靠桑姑娘巧心慧眼，在下敬你一杯。"说着，二皇子举起手中酒樽，遥相敬范闲身边的桑文。

他以皇子之尊自称在下，倒也符合惯常的温柔做派，风月场中一味论尊卑也没个意思，众人并不在意，只是……为什么这第一杯便要敬桑文？这将今日的主人范闲放在了何处？

桑文正坐在范闲身边，夹了一箸青苔丝往他嘴里送，骤听此言，不由一怔，回头看了范闲一眼。范闲微笑点头，她起身向二皇子微微一福，饮尽此杯，不待二皇子多话，又自斟一杯，请了坐首位的太子殿下。

太子今日有些古怪，只顾着与怀里佳人打趣，根本不理会宴席上二皇子与范闲的暗波汹涌。那佳人被这一国储君哄着，浑身上下早已软了。

二皇子微笑着说道："难得诸朋在场，总要有些助兴的节目。桑姑娘自从成为抱月楼掌柜之后，京都众人便再也没有这个耳福，不知可否请姑娘唱一曲？"

桑文起身准备去取琴，不料却被范闲拉住了。他看着二皇子说道："桑文现在不唱曲了。"

桑文心想何必因为这种小事闹得宴席不宁？她自幼便是个唱家，早习惯了在宴席之中献唱，却忘了范闲最不乐意让自己人去服侍别人。

二皇子好看的脸上闪过一丝不解，似乎没有想到范闲会如此强硬。坐在范闲下首方的太常寺正卿任少安拉了拉他的衣袖，他只是笑了笑。

枢密院副使微微眯眼，说道："小范大人这话说得……以几位皇子的身份，让这姑娘家献上一曲又能如何？"

当日在枢密院前的一番对峙，已让范闲与军方产生了一丝裂痕，山谷狙杀之事一日不查明，双方一日不得安宁。庆国军人向来简单直接粗暴，这位副使姓曲名向东，是当年最后一次北伐的先锋官，军功在身，也不畏惧范闲的权势。

范闲也不动怒，笑道："桑姑娘如今只在陈园唱曲，曲副使如果想听，自去京外问陈院长去，问我却没有什么用处。"

陈院长这三个黑光闪闪的大字抛将出来，二皇子笑了笑没有再说什么，枢密院曲副使也是面色一变，将正准备说出来的狠话硬生生地吞进了肚子里。

"喝酒！"一直沉默的大皇子忽然举杯喝了一声。他行伍出身，性情豪迈，感受着席间的诡异气氛，胸中自有一股莫名的怒气上涌。

首位上的太子无可奈何地端杯向大皇子说道："大哥，我正在喝，你这一大声，险些把我杯子里的酒吓出来了。"

众人大笑。

太子又向枢密院那两位副使笑道："你们也别想着把军中那套搬到抱月楼来，本宫知道你们与安之彼此间有些怨气，可这事情没查明，何必置气？就算置气又何必拼酒？前年在宫里小范大人可是一夜饮尽三千杯，把北齐那位侯爷喝成了个死猪。说到酒量，安之可不会怕你们这些军中的老爷们儿。"

辛其物身为东宫近人，赶紧跟着凑趣道："我倒是觉得与小范大人拼拼酒无妨，小范大人自那夜后不再作诗，如果能灌得他再作三百首诗，让《半闲斋诗集》再有续篇，枢密院可算是有大功于天下，只怕陛下都会高兴无比。"

此话一出，众人齐齐赞同，就连薛清也来了兴趣，邀着范闲喝了几杯，又逼着枢密院两位副使与范闲拼起酒来。一通酒水灌下去，场间的气氛顿时活跃了许多。而范闲喝酒的豪迈劲，也让那两位枢密院的大人心里痛快了少许。

二皇子忽然笑道："安之那夜后不再作诗，实是天下一大损失。不过听说安之在北齐的时候倒给那位圣女作过一首小词，不知是否真有此事？"

这是去年间整个天下最出名的一件绯闻，齐人不高兴，庆人则得意无比，一干饮得有些微醺的大人物们都闹将起来，非要听范闲说说具体。

范闲自然不肯细讲，随意糊弄着，余光却瞥了一眼太子，心中有些诧异，这位太子殿下果然比前两年出息多了。只是如今他手中实权渐少，就这般看着自己与老二斗……想收渔翁之利？可他的信心是从哪里来的？他又不是他爹。

酒宴渐残，众人意气渐发，大皇子站起身来到处邀战。范闲心想这位大约是在王府上被北齐大公主管教得太严，真是可怜。又看到太子似乎有些醉了，二皇子却依然保持着清明的神态，不由挑了挑眉，长叹了一声。

不管看着醉了的或是没醉的，今日席上又有谁是真的醉？都被他的这声叹息吸引了注意力，十余道视线落在了他的身上。

"一年未回京都，颇有些想念京中诸位。只是尚未入京便遇贼人偷袭，我手下亡了十余人，都是监察院属官，在江南为朝廷辛苦办事，好不容易要回京都与家人相聚，却惨死在京都城外十数里之地……那些在家中盼着他们回来的妇人稚童，只怕这时候还在悲苦度日。"范闲举起杯中烈酒一饮而尽，面无表情地继续说道，"一念及此，这酒……还真有些喝不下去。"

抱月楼三楼花厅倏地一下静了下来，人们知道今天晚上的正戏终于上演。

第五章 鸿门宴上道春秋

离抱月楼约有五里地有一条安静小巷。巷口巷尾骤然出现了一群黑衣人,将小巷堵得密密实实。领头的沐铁沉着脸,看着小巷中的那三人,指着领头那人问道:"你可叫杨攻城?"

领头那人的右手缓缓按上腰间鼓起处,冷漠地回道:"正是,有何指教?"沐铁露齿而笑,黝黑的脸上闪过一丝古怪的意味:"确认一下阁下八家将的身份,以免杀错了人。"然后他闪身离开,巷头巷尾的两群黑衣人沉默无声地冲了过去。

杨攻城,八家将之一。八家将,八名家将,听来是很简单的说法,但当这三个字汇作了一处,却有一个完全不一样的意义。人们都知道,这指的是二皇子私下蓄养的八位高手,是二皇子最强大的武力支撑。

前年范闲与二皇子的斗争中,正是这八家将在抱月楼外的茶铺里将范闲留了下来,虽然最后没能留住,依然给范闲留下了深刻的印象。

确实是八位高手。

在京都府外,在那个和抱月楼、范思辙息息相关的案件审理后,范闲凛然出手,击碎谢必安心魄,也因此引发了体内真气的问题,此为其一。

在御山道旁,秋雨中监察院六处杀手出手,以铁钎灭口,惊住了范无救,令此人在事后不顾二皇子挽留,飘身离去,此为其二。

现在八家将便只剩下了六个人。今日二皇子在抱月楼做客,自信范闲不敢对自己如何，为表示心如霁月，竟是一个人都没有带，把那六个高手也遣回去了。

杨攻城便是其中一位。在这样一个举目望去尽白雪，层云已遮银芒月的夜里，他被一群黑衣人阻了去路，断了退路。

白日曾经晴朗过，巷旁街檐上的雪化作了水往下滴落，巷内湿冷一片，入夜水滴渐少，渐凝成一支支冰刺，却依然有一滴水聚于冰刺之尖，垂垂欲滴。

杨攻城眼瞳微缩，反手抽出腰间的佩剑，脚尖在地上一点，掠至半空，一剑斩向檐下的那些冰刺，无数冰刺瞬间从中折断，化作一片厉芒射向那些黑衣人。紧接着，他单脚一踩两个伴当的肩头，身形拔高，将要探出小巷的上方。他知道这是一场狙杀，这是一场针对自己预谋已久的狙杀，对方查清楚了自己日常行走的路线，才会恰到好处地将自己堵死在小巷中。他不想死，所以毫不犹豫牺牲了两个伴当，让他们充当抵挡兵刃的沙包，让自己能有时间逃走。

是逃走，不是抵抗。敢在京都里设伏杀人的没有几个，而与二皇子有仇的只有那个人。那个派出来杀自己的人，不是自己能够抵抗的。

不得不说，杨攻城不愧是八家将，反应速度以及应对的方法均是一时之选。当那些黑衣人将他的伴当斩翻在地，同时劈开那些带着真气的半截冰刺时，他已经掠到了半空中，只需要再有一瞬间，他就可以踩上巷头，遁入夜空。

可惜狙杀者没有给他这一瞬间。一支弩箭飞了过来，悄无声息地飞了过来，直刺他的胸膛。杨攻城闷哼一声，手腕一翻，往下斩去，在电光火石间将这支弩箭斩落。

但弩箭既出，自然不止一支。嗖嗖嗖嗖，十余支弩箭同时射出，人在半空，哪里能挡？！他虽凭着一身高绝的修为挡掉射向要害的几支弩箭，依然有几支深深地扎进了他的大腿中。杨攻城腿上一痛一麻，有些绝望地从半空跌落。

在跃出巷子的那一瞬间,他看到了七个弩手正站在巷上民宅檐角,不同的方位将上方堵得死死的。下有刺客,上有弩手,是为天罗地网,如何可避?在摔落的过程里,他要开口求援,巷中的黑衣人也从怀中掏出了弩箭……一支迎面而来的弩箭射入了口中,血花一溅!他绝望地想着,对方怎么拿了这么多硬弩来对付自己?密集的弩箭攻势,让他人在半空,身上已经被射中了数十支弩箭,看上去此时的他就像是一只刺猬。

啪的一声,杨攻城摔落在雪水中,修为着实高明,受了这么重的伤,竟是一时没有断气,单膝跪于地上,以剑拄地,鲜血顺着浑身密密麻麻的箭杆往下流着,流出他的精气血魄。他喉中呵呵作响,却不肯瘫倒。

他看着离自己越来越近的黑衣人首领,露出野兽毙命前的慌乱凶残之意。是的,他是一名高手,可是被人用数十把硬弩伏击。那除了死还能怎么办?

黑衣人首领走到他身前,反手抽出腰间的直刀,刀身明亮如雪,锋利至极。

巷檐上的冰刺大部分已经被斩断了,只留下几根孤零零的冰柱,那滴蕴了许久的雪水终于汇成一大团圆润的水珠,滴了下来,发出一声轻响。

黑衣人首领沉默挥手,一刀将杨攻城的头颅斩落,干净利落。杨攻城无头的尸身依然跪着。

黑衣人首领一挥手,民宅上站着的弩手翻身落地,巷中的狙杀者们沉默地上前,取走所有的弩箭,然后清理了巷中的痕迹。一群人脱去身上的黑色衣物,扮成寻常模样的百姓,离开小巷,汇入京都的人流。

小巷里一片安静,就像是不曾有人来过,只是多了三具尸首,那个无头的尸首没有身周弩箭的支撑,轰地倒了下去,砸得巷中发出一声闷响。

"我以前从来没有想过,弩箭这东西竟然会这样可怕。"范闲举着酒杯,眼神有些惘然，"诸位大人也清楚，我监察院也是习惯用弩箭的，可依然没有想到，当这个物件多到一种程度之后，竟然会变得这样可怕。"

抱月楼的酒席中，所有人都安静地听着范闲讲述山谷狙杀的细节，都听出了范闲话语中的那丝沉郁和阴寒。

范闲将酒杯放到桌上，轻声说道："漫天弩雨，我这一世未曾见过……这不是狙杀，更像是在战场之上，那时候的我才发觉，个人的力量确实有限。"

大皇子面露复杂神色，或许是想到了西征时与胡人部族的连年厮杀。

"弩箭射在车厢上的声音就像是夺魂的鼓声。"范闲皱了皱眉头，似是在回忆当时的具体情节，"那种被人堵着杀的感觉很不好。"

太子安慰道："好在已经过去了，安之你能活下来，那些乱臣贼子终究有伏法的一日。朝廷正在严查，想必不日便有结果。"

"谢殿下。"范闲举杯敬诸人，微笑道，"对，我活下来了，想必很多人会失望，连守城弩都动用了却还杀不死我范某人，这说明什么？"

没有人接他的话，枢密院两位副使的脸色很不好，山谷狙杀毫无疑问牵扯到军方，虽说朝廷的调查还没有什么结果，可是这一点已然是铁板钉钉之事。

"我是一个很自信的人。"范闲示意众人自己已然饮尽，笑着继续说道，"包括陛下和院长大人在内，长辈们都曾经问过我，你为什么这么自信？"

此时的气氛有些诡异，座上皆是庆国重要人物，还有太子殿下与三位皇子，可只要范闲一开口，众人的注意力便会被他吸引过去。这不仅仅因为他是今夜宴会的主人，更是因为所有人下意识里都承认他才是真正最有实力的人。

这真的很荒谬。历史上或许有权倾朝野的大臣、称九千岁的阉人，但从来没有这样一位年轻而充满了威慑力的皇帝的私生子。众人下意识里看了太子一眼。太子微笑地听着范闲说话，表情没有一丝不豫，反是充满了安慰与了解。

范闲看着眼前一尺之案，似乎在看一个极为漂亮的画面，微笑道："为什么我这么自信？因为我相信，我是这个世上运气最好的人。"

明明已经死了的人却莫名其妙地活了过来，并且拥有如此丰富多彩甚至是光怪陆离的一生，这样的运气理所当然会在以后的岁月里慢慢庆祝。

离皇宫不远的监察院，在陈院长最喜欢待的密室内，言冰云盯着桌上的案卷出神。片刻后他叹了一口气，揉了揉自己的太阳穴，觉着那里酸痛难忍。

这时，二处情报甲司的一位官员走了进来，递了三个蜡封的小竹筒给他。言冰云用手指甲挑开蜡封，取出情报扫了一眼，便凑到一旁的烛火烧了，在那位情报官员异样的目光中，他有些疲惫地说道："今夜之事不记档。"

情报甲司官员一怔，旋即应下，又道："四十三个目标已经清除三个。"

听到这句话，言冰云似乎有些头痛，挥手示意知道了，让他出去。

密室重归安静，他看着桌上残留的那些蜡屑又开始出神。今夜范闲在抱月楼宴客，监察院则已经全面发动起来。在京都的黑夜里，不知道有多少人在行动，不知道多少人会死去，而这一切都是范闲的决定。

今夜的计划是言冰云亲自拟订的——虽然他当着范闲的面表达了坚决反对，可是该做的事情还是要继续做。在这个计划里要杀十一个人，要捉三十二个人。最先也是必须清除的十一个目标当中有六人就是二皇子的八家将。

这是一次疯狂的报复行动。

二皇子的八家将已经死了三个，在监察院全力甚至疯狂的反扑下，区区一个王府根本动摇不了大局，想必接下来会陆续收到其余人的死讯。

言冰云走到窗边，掀起窗口那张黑布的一角，就像陈萍萍以往做的那样——透过那个狭小的窗户往不远处的皇宫望去。皇宫里依然光明，在黑夜中散发着圣洁崇高的味道。他忧虑地想着："陛下让你做孤臣，可不是让你做绝臣。"

京都的夜总是深沉的，尤其是在寒冷的冬季里。入夜后的街巷上没有太多行人，不，应该说根本没有行人。只有夜行人。

不知道有多少夜行人借着夜色的掩护在街头巷角檐下门前出现，用绞索利刃、铁钎门上的链条、怀中的粉末，套住某人的颈、割断某人的喉、撕裂某人的身体、迷住某人的双眼，直至鲜血蒙住了所有人的眼睛。

紫竹苑，一条黑色的吊索从大门上垂了下来，索上一个人正在垂死挣扎，双脚无助地在寒风中踢着。灯笼极暗，与那双脚同时在寒风中摇摆不停。

邓子越站在街角，那张苍白的脸时明时暗，看上去像是黑夜中的魔鬼，他盯着那个人已经很久，直至确认对方的死亡才转身离开。

桂离坊，一座青楼之内，被翻红浪，床上那个肌肉遒劲有力的高手忽然双眼瞪了起来，白白的眼珠子上面渗出了血丝。一个妓女在他身上冷漠地看着，双腿紧紧地夹住了他的腰，姿势淫亵且致命。不知道过了多久，妓女细巧白嫩的双手缓缓地从那汉子的耳边离开，抽出两支极细的小铁钎，钎上泛着幽幽的蓝光和漆黑的血色。

高山塔，一阵嘈乱的追杀声响起。一个人慌乱惶急，满脸惊恐地向着塔下跑来，他身上的衣裳已被斩成无数布条，鲜血淋漓。片刻之后，他被追杀者堵在了塔下，追杀他的黑衣人吐了一口带血的唾沫，挥了挥手，所有黑衣人都冲了上去，将这个人围在了正中。此人武艺高强，极力抵抗，依然像是被群鲨围攻的鲸鱼一样，渐渐不支。黑夜中只能听见金属插入肉身的噗噗闷响以及寒风的呼啸声，黑衣人沉默地刺入、挥打，直到中间那个人再也没有任何反应，像烂肉一般匍匐在地上。

言冰云将手头的回报信息送到烛火上烧掉，双手没有一丝颤抖，眉头也不再皱着。事情已经发生，不能再有任何犹豫，就如同弩机扣动之后，没有谁能够让那支能杀死人的弩箭凭空消失。

二皇子的八家将共计六人，已经全部死在了监察院的狙杀下——以不同的方式，在不同的地点消失于京都的黑夜里。

从今天开始，八家将这个名号便会成为历史上一个不起眼的旧词，也许根本没有资格在历史上留下一笔。

言冰云低头看着桌上的那张纸，下意识里捏了捏鼻梁，让自己清清心神，按照计划，马上应该进行下一步了，还有五个人要死。

这是监察院对山谷狙杀的疯狂报复，但他还是要想办法把事态控制在一定的程度内。二皇子的八家将不是官员，只是王府私蓄的家将，监察院只要杀得干净，没有留下什么把柄，朝廷根本拿范闲没有办法，但那五个人却不一样，接下来要抓的那些官员也不一样。那些官员是各部里不起眼的人物，但毕竟是拿朝廷俸禄的，一夜之间抓这么多，会惹出什么样的乱子来？

他通过暗中的机关通知下属进来，发下了第二道命令。发出命令之后，他又习惯性地走到了窗口去远眺不远处的宫墙一角，心里想着院长大人当初说得很对，范闲在表面温柔的遮掩之下，确实隐藏着极疯狂的因子。只是山谷里死了十几个亲信，范闲就如此可怕，如果真如院长大人说的那般，将来有一日院长去了，范闲又会变成如何恐怖的人？

抱月楼中，范闲的表情很温和，很镇定，双眉向上微微挑着，说不出的适意，似乎根本不知道在楼外的京都夜里正发生着什么。

山谷狙杀的遭遇他讲完了，紧接着，他略说了说江南的情况、明家的情况、内库的情况，然后皱眉说道："其实有件事情我一直不明白，当我在江南为朝廷出力时，为什么总有人喜欢在京中搞三搞四？"

席间的众人微征，心道这说的究竟是哪一出？范闲远在江南的这一年里，要说京都里没有人给他下绊子，那是绝对不可能的，可要说下绊子，三百六十五天每天一个您说的是哪一个？是查户部？还是往宫里送书？

而且这些绊子早就被那些老家伙们撕开了,你一点儿事也没有,在这里号什么丧呢?

太子也忍不住笑骂了一句:"哪里来的这么多委屈?要说不对路的人肯定是有的,可要说刻意拖你后腿的人,你可说不出谁来。"

范闲也笑了,摇了摇头,感慨道:"只是这一年没有回京都,我想,或许京都里的很多人已经忘记了我是什么样的性情。"

二皇子此时正端着酒杯在细细品玩,听着这话,不知怎的心底生起一股寒意来。今夜太子的表现太平和,平和得甚至有些诡异;而范闲的态度却太嚣张,嚣张得不合常理、不合规矩,对他没有一丝好处。

抱月楼下忽然热闹起来,马蹄阵阵,似有不少人正拥向这边。

太子皱了皱眉,不悦道:"谁在喧哗?"

席间诸人都往窗外望去。似乎有人要进抱月楼,并已经通过了京都守备与京都府衙役的双重防线,此时被抱月楼的人拦在了楼外。

范闲看了桑文一眼,桑文会意,掀开悬绒帘,从屏风旁边闪了过去。不一会儿,随着一阵急促的脚步,她带着五个人上了楼。这五个人都穿着官服,想必都是朝中的官员,可是这抱月楼不是论朝廷政务的地方,只是风花雪月之地,他们来做什么?

那五位官员先向席上的贵人们告了罪,又畏惧地向范闲行了一礼,然后不避嫌地自去席上寻了自己要找的大人物,凑到对方的耳边说了起来。

范闲举起酒杯向坐在太子、大皇子身边的任少安敬了一杯,大皇子的禁军系统囿于宫禁,反应慢一些,而太子似乎猜到了什么,今天竟是刻意断了自己的耳目,只是来抱月楼谋一醉罢了。

大皇子看着身周人的紧张模样,望了范闲一眼。

范闲摇摇头,表示自己并不清楚发生了什么事。

那些听着下属官员前来报告的大人物们,脸色渐渐难看起来,尤其是二皇子,那张清秀的面容渐渐变得惨白,迅即涌上一丝红晕,却又立刻平静如初。

范闲斜眼看着这一幕，知道对方已经知道八家将尽数身亡的结果，却没有想到他居然能马上收敛住心神，不由微感佩服。

大皇子皱眉问道："出什么事了？"

所有人都知道出事了，却不是所有人都知道究竟出了什么事。二皇子抬起头来望着范闲，眼中的笑意有些凝重，一字一句地说道："小范大人想必很清楚。"

范闲温和地问道："什么事情？"

二皇子笑了笑，笑容有些苦涩，内心有些冰凉，盘在身下的双脚有些酸麻。他看着对面那位监察院的年轻提司，竟像看到了一个微笑的恶魔，自己身为皇子竟是不知道应该做出何等样的反应。他举杯一饮而尽，顿时胸中又辣又痛。

沉默片刻之后，枢密院曲向东副使盯着范闲的双眼，寒声问道："今夜命案迭发，二殿下王府中的六名家将同时被人杀死，小范大人可知晓此事？"

此话一出，不知究竟发生了什么的大皇子愕然看着范闲，便是一直窝在美人怀里装糊涂的太子殿下也惊呼一声，霍地从美人怀中坐起！他怔怔地看着范闲镇定的面容，心里无比震惊。他知道范闲今天没存什么好心，却没有想到范闲的手段竟是这样的简单、直接、粗暴、不讲道理、不计后果。

其余的人也盯着范闲的脸庞，如此干净利落地杀死八家将，绝不是一般权贵能够做到的，所有人都猜到，这是监察院干的。

在众人的注视下，范闲偏了偏头，轻声道："噢？都死了吗？"

二皇子听着范闲的这一问，胸中一荡，那股愤怒、郁结、不解的情绪终于控制不住，酒杯啪的一声落在案面上，将杯旁的酒樽都打歪了。

从诸人面色中确认那六名家将真的全死了，范闲心中就像有甘泉流过一般畅美，他并未刻意遮掩自己的表情，笑道："二皇子的家将怎么问到本官头上？听闻二皇子这些家将在京都里嚣张得很，指不定得罪了什么惹不起的人。"

这是开席以来他第一次自称本官，至于京都有什么人是八家将曾经得罪过却又得罪不起的人……很明显那就是他自己。

二皇子忽然笑了起来，举杯道："提司大人好手段……好魄力！"

范闲举杯相迎，安慰地说道："殿下节哀，死的不去，活的不来。"

枢密院曲副使看着上首方这两位看上去颇有几分神似的"皇子"，内心深处不由生起一股荒谬的情绪，从权势来说，如今的二皇子自然远远不是范闲的对手，可从名分上说，范闲毕竟是臣，他从哪里来的这么大的胆子？

曲向东忽然觉得自己老了、怯懦了，依然忍不住对范闲开口问道："小范大人，那今夜监察院四处出动缉拿了几十名朝廷官员的事，你总该知道吧？"

范闲将酒杯放回案上，抬起头来微笑着说道："本官乃监察院提司兼一处主官，奉圣命监察京都吏治，本官不点头，谁敢去捉那些蛀虫？"

这世道，无官不贪，只看贪大贪小罢了。满朝尽是蛀虫，只看虫身是肥是瘦。不如此，庆国朝廷为何会出现一个叫作监察院的衙门？

但正如范闲在一处整风时发现的那样，监察院也是人组成的，有人的地方就有官场，监察院想一世这样孤冷强硬下去，基本上不可能。

而且监察院不是神仙，三品以上的它管不着，皇帝不下旨，军方的事情它也管不着。就算陈萍萍和范闲加起来，监察院也不可能改变太多的现状。归根结底一句话，监察院只是依着皇帝的意思时不时清一清吏治，平息一下民怨，腾出一些空子，维持一下统治。若真要查去，陈萍萍园子里的美人儿、范闲在内库里捞的油水，得往外吐多久……遑论那位坐在皇宫里的九五至尊。

别说皇帝不用贪，他是天下至贪，贪了整个天下，监察院能怎么的？

但正因为人人皆贪，所以当监察院要做些什么的时候，便是那样的水到渠成，相当自然。在这个黑夜里，监察院一处全员出动，向着各处府邸扑去，不知道逮了多少与二皇子、信阳方面联系紧密的中下层官员——三品以上自然是一个不能动，可这些下层官员才是朝廷治国、办事的真正力量。

抱月楼中诸人已然知晓了监察院先前的行动，又得到了范闲的亲口承认，不由得无比震惊。曲向东深深地看了范闲一眼，没有再说什么。今夜的消息虽不明确，但监察院的目标应该还是信阳和二皇子一系，与军方没有太深的牵连。不过他还是不明白范闲为什么会忽然使出这种等而下之的手段，但监察院的行动力与范闲的狠厉魄力，已经让他感到了一丝畏惧。

不是所有的人都因为这突如其来的消息陷入了沉默，当那五位报信的官员小心翼翼地退出屏风之后，大皇子沉着脸，望着范闲问道："为什么？"

监察院与信阳一系的冲突由来已久，发端于六年前的内库之争，埋因于二皇子在牛栏街上刺杀范闲一事，又有众人所在的抱月楼引出的那个秋天的故事。在那个秋天里，范闲夺了抱月楼，杀了谢必安，阴了京都府，毁了二皇子与靖王世子李弘成的名声，生生将北方的崔家打成了叛逆。秋天之后的这一年，范闲下江南镇明家，收内库，于胶州杀常昆。在所有人看来，他对二皇子和信阳的报复已经足够严厉，捞回了足够多的好处，没道理在今夜如此强横地再次出手。

对于大皇子的问话，范闲平静地回道："本官奉旨清查吏治，有什么问题？"

太子带着几丝颇堪琢磨的神色望向二皇子。大皇子叹道："京中太平还没两天，你们怎么就不能消停一些？"范闲知道大皇子自幼与二皇子交好，但因为宁才人和婉儿的缘故如今却是站在自己这一方，夹在两边，难免有些为难。他冷笑道："我一年没有回京，看来京都就太平了一整年。莫非我真是个灾星？难怪在京都郊外的山谷里，没有人肯给我太平。"

所有人都懂了，这是范闲在为山谷之事找场面，只是……这场面找得有些太大，太荒唐了。

"世上很多事情都很荒唐。"范闲知道这些人心里在想些什么，自嘲道，"就像山谷刺杀一事，朝廷一直在查，可是就因为没有证据，便始终拿不出个说法来。谁来理会我的属下？先前讲过，我那个车夫在第一支弩箭到来之时，我想将他抢回厢中，他却硬生生站了起来，替我挡了一箭……我时常在问自己，如果一直寻不出什么证据，我便不能为他做些什么吗？"

薛清意味深长地看了范闲一眼。

太子认真地说道："朝廷自然是要查的。"这是他今夜第三次说这句话。

"便是这件事情，让我忽然想到了一个很久以前听过的故事。从前的森林里，有一只小白兔，它一大早就高高兴兴地出了门，路上它遇见了大灰狼。大灰狼一把抓住小白兔，啪啪，抽了它两个大嘴巴，然后说：我叫你不戴帽子！"

众人面面相觑，不知道范闲为什么忽然会讲起这种小孩子听的故事，只听他继续说道："第二天小白兔戴上帽子出门了，走着走着又遇见了大灰狼，大灰狼又一把抓过小白兔——啪啪，抽了它两个大嘴巴说：我让你戴帽子！小白兔非常郁闷，就跑到老虎那里去告大灰狼的状。老虎听了小白兔的哭诉，痛心地说道：你放心好了，我自然会替你主持公道……接着，老虎找来了大灰狼对它说：老狼，今天上午小白兔来投诉你，说你没事找事老是欺负它，你看你能不能换个理由揍它，比如你可以说：兔子，你去给我找块肉来……要是它找来肥的你就说你要瘦的，要是它找来瘦的你就说你要肥的，这样你不就又可以揍它了吗？要不你就让它帮你找母兔子，它要找了丰满的你就说你喜欢苗条的，它要找了苗条的你就说你喜欢丰满的！"

故事讲得很认真，用词却极为幼稚荒唐，席间的众人却露出了深思的表情，包括太子与薛清在内都若有所思，隐约听明白了那老虎指的是谁……

范闲喝了一口酒，认真地继续说道："老狼听了以后十分高兴，连夸老虎聪明。可是它们的对话却被在房子外面锄草的小白兔听见了……

"很巧？不过故事就是无巧不成书。接着说——第三天，小白兔又出门了，又在半路上遇见大灰狼，大灰狼说：兔子，你去给我找块肉来！

"小白兔直接问：你要肥的还是瘦的？

"大灰狼皱了皱眉头，笑了笑心想，幸亏还有第二招：算了算了，不要肉了，你去给我找个母兔子来。

"小白兔问：你喜欢丰满的，还是喜欢苗条的？"

说到这里，范闲摇头问道："你们说，碰见这么一个狡猾的兔子，这可怎么办？"

席间诸人也开始想，大灰狼接下来会怎么做？范闲抿了抿双唇，笑道："大灰狼愣了一下，啪啪抽了小白兔两个大嘴巴，骂道：我叫你不戴帽子！"

我叫你不戴帽子！世间最无理、无耻、无聊、无稽的一个理由，便是最充分的理由，也就是说不需要理由，看的就是谁拳头大一些。

"我不想继续当小白兔，我要当大灰狼。"范闲环视席间众人，最后给出了结论。这是他前世听的一个笑话，今夜讲起来却有些沉重。席间诸人本应是哈哈大笑，此时却没有人笑得出来。

山谷狙杀一事只怕永世也查不清楚，今夜监察院暗杀八家将同样全无证据，也查不清楚。世上的事情本来就是这样，先天敌对的彼此都找不到充分的理由，那何必还找理由？权力场便犹如山野，狼逐兔奔，虎视于旁，自然之理。

酒宴至此，虽未残破，人们早已无心继续，监察院借夜色行事，想必不会惊动太多京都百姓，可他们还是要赶着回府回衙，去处理一应善后事宜，同时为迎接新的局面做出心理上以及官面上的准备。

范闲送薛清到了门口，薛清临去之时，回头温和一笑说道："狼是一种群居动物，你不要把自己搞成一匹孤狼，那样太危险。"

范闲心头温热，一揖谢过。薛清又道："圣上虽然点过头，但还是要注意一下分寸，尤其是朝廷的脸面，总要保存一些。"范闲再次应下。

待几位大人物的车轿缓缓离开抱月楼，太子殿下也伸着懒腰，抱着美人走了下来。他看了范闲一眼，笑道："今夜这出戏倒是好看。"他挥手让侍者们避开，又道，"一年前那个秋天，本宫看你与二哥演的那上半出戏时也觉着好看……仔细想来，倒是本宫与你之间，从来没有任何问题。如果有问题，那是当年的问题，不应该成为你我之间的问题。"

范闲明白了他的意思，其实他与太子一直保持着某种和平，只是中间横亘着皇后当年参与的那件事，所以……只是说说罢了。

三楼屏风内并未人去座空，二皇子奇怪地留了下来。他看着从楼下走上来的范闲艰难一笑，将左手放到案面之上，努力抑制着内心深处的荒谬感觉，用两根手指拈了个南方贡来的青果缓缓嚼着。

范闲坐到了他的对面，端起酒壶开始自斟自饮，转眼干尽十杯。

大皇子抱着酒瓮，于一旁痛饮，似也想谋一醉。

范闲放下酒杯，拍拍手掌，三皇子规规矩矩地从帘后走了出来，有些为难地看了大哥和二哥一眼，然后坐到了他的身边。大皇子不赞同地看了范闲一眼，眼神里似乎在说，大人的事情，何必把小的也牵扯进来。

此时抱月楼三楼花厅内有三位皇子，再加上范闲一个，如果不算先前离开的太子，庆国皇帝在这个世上留的血脉就到齐了。

鸿门宴已然变成了气氛诡异的家宴。

"你害怕了。"二皇子放下啃了一半的青果，盯着范闲的双眼说道。

范闲端酒杯的手僵了僵，应道："我怕什么？"

二皇子轻柔地说道："只有内心畏惧的人才会像你今夜这样胡乱出手，你杀我家将，捕我心腹，难道对大局有任何影响？"

范闲面色平静地回道："此间无外人，直说亦无妨。你的手下今天被我清干净了，但你没有证据，就如同山谷狙杀，我也没有证据，可是你们依然做了。"

"山谷狙杀的事情，我不知情，我未参与。"二皇子盯着范闲的眼睛认真地说道。

"那牛栏街呢？小白兔被扇了太多次耳光……我承认山谷的事情我至今不知道是谁做的，但这并不妨碍我出手。"范闲神情漠然地说道，"四面八方都是敌人，既然不知道是哪个敌人做的，我当然要放乱箭。如果偶尔射中正主儿，那是我得了便宜，射中旁的人，我也不吃亏，也是占便宜。"

"牛栏街……"二皇子的笑容里闪过一丝苦涩，"几年前的事情了，想来，也就这么一件事情，你却一直记到了今天。"

范闲平静地说道："我是一个很记仇的人，而你也清楚，这件事情和记仇并没有太大关系。你一日不罢手，我便会一日不歇地做下去。"

没有大臣在场，没有太子在场，范闲与二皇子这一对气质极为相近的年轻权贵，说话非常直接干脆，都是心思纤细的人，不需要那些言语遮掩。

"有时候，本王会觉得人生不公平……不说崔家、明家，只说这宫中，我疼爱的妹妹嫁给你做了妻子，我自幼友善的两位兄弟，如今却都站在你这一边。"二皇子看了范闲身边的三皇子一眼，带着隐怒说道，"如果是本王能力不如你倒也罢了，可只不过是因为一些很荒唐的理由，一些前世的故事，便造成了如今的局面。如果父皇肯将监察院交给我，难道我会做得比你差？如果父皇肯将内库交给我，难道我就没有能力让国库变得充裕？修大堤你我都不会，只能出银子……安之啊安之，你不觉得很不公平吗？毕竟我才是正牌的皇子。"

范闲心知自己在庆国这光怪陆离的一生，如今获得的这种畸形权势，全然是当年那个女人的遗泽，当然，她也为自己带来了无数的麻烦与凶险。二皇子所言并非全无道理，若易地而处，他不见得比对方做得更好。

他说道："世事从无'如果'二字。"

"不错，所以你如今左手监察院，右手内库……"二皇子微讽道，"如此大的权势，也只有当年令堂曾经拥有过，所以，你现在提前怕了。"

范闲的脸再次僵了一下。

"你想过将来没有？你今日究竟是为谁辛苦为谁忙？"二皇子笑道，"我皇室子弟，没一个是好相与的，你自己也在其中，当然明白其中道理。"

三皇子低着头，根本不敢插话。

二皇子继续淡淡地说道："你是真的怕了……想一想你这孤臣快要往绝臣的路上走，日后不论是谁登基，这庆国怎么容得下你？怎么容得下监察院？你之所以怕，是因为你是聪明人，你知道你如今权势虽然滔天，却只是浮云而已，甚至及不上一张薄纸结实。因为你手头的一切权力，都是父皇给你的，只需要一道诏书，你就可以被贬下凡尘，永世不得翻身……父皇虽然宠爱你，但也不是没有提防你，这几年由着你，却绝不让你染指军队，其中深意想来不用我提醒。"

范闲沉默不语。

二皇子看着他笑了起来，说道："正因为你怕了，所以你要自削权柄？"

大皇子喝了一口酒，冷漠地看着自己的两个兄弟像斗鸡一样对视着。

范闲沉默了很久，没有接二皇子这句话，只是轻声地说道："权力本是浮云，这天下何曾有过不败的将军，不灭的大族？殿下是皇子，心在天下，我却只是臣子，我要保我自身及家族康宁……"

二皇子截住他的话头，冷声说道："本王知道，堂堂诗仙向来不以皇室血脉为荣，反而刻意回避此点，但你扪心自问，若不是你厌恶的皇室血脉，你岂能活到今日，还能活得如此荣光？"

此言一出，花厅里变得异常安静，不知道过了多长时间，二皇子又诚恳地说道："放手吧，你的一切力量都是虚的，你不敢杀本王，便只能眼看着一天一天地过去，你却一天一天危险。既然你已经察觉到了这点，为什么不干脆放手得更彻底一些？以你在这天下的声名，你是婉儿的相公,你是父皇的儿子,你是北齐的座上客……谁会为难你?谁敢冒着不必要的风险为难你?灵儿说过,你最喜欢周游世界,那何必还囿于这险恶京都,无法自拔?"

范闲的眉头渐渐地皱了起来,手指头缓缓捏弄着酒杯,开口说道:"殿下,先前便说过……我与你的想法是一样的。"他抬起头来,望着二皇子平静地说道,"一年前在这楼子外的茶铺里就曾经说过,你不放手,我便要打到你放手,而且事实证明了,如今的我有这个实力……茶铺里的八家将,你再也看不到了,这就是很充分的证明。"

听到"茶铺"二字,二皇子的神情微变,想到了一年多前的秋天,在抱月楼外茶铺里与范闲的那番对话。其时的对话发生在王爷与臣子之间,而一年过去,范闲的权势像吹气球一样地膨胀起来,最关键的是,两个人的真实身份也一样了。

"我为何要放手?"二皇子有些神经质地自嘲说道。

"殿下中了长公主的毒,我来替你解。"范闲一句不让地说道,"今夜之事,殿下应该心中清楚,我便是要清空你的力量,将你从这潭烂水里打捞出来。当初的话依然有效,殿下何时与长公主保持距离、真正放手,本官许你一世平安。"

二皇子想到今夜自己所遭受的巨大损失,终于再也抑制不住内心的那抹凉意,愤怒地说道:"为什么是我?父皇不止我一个儿子,你也是!"

范闲面无表情地说道:"我欠皇妃一个人情,欠婉儿一个承诺。"

"那你凭什么保我一世平安?"二皇子看着范闲的眼睛,带着嘲弄的意味说道,"难道就凭监察院和银子?"

范闲说道:"再过两天,殿下便会知道我的诚意……你说得对,这血脉总是值得尊重一二的,所以我会尽一切力量阻止那种可怕的事情发生。"

屏风中有一个缝隙没有挡好,冬日里的寒风在抱月楼里缓缓飘荡,范闲最后说道:"请殿下牢记一点,陛下春秋正盛,不希望看见这种事情发生。"

二皇子离开了抱月楼。不论从这番谈话中他获取了何样的信息，对范闲有几分信任与畏惧，但今夜他在京中的势力已经被范闲毫不留情地连根拔起，如今摆在他面前的就只有两条路：一条是坚定地站到长公主那边；一条就是如范闲所想，老老实实地退出夺嫡的战争。

大皇子与范闲说了几句话之后，也离开了抱月楼，同时还带走了三皇子。夜渐渐深了，如果天上没有那些厚厚的雪云，一定能够看到月儿移到了中夜应该所在的位置。范闲没有离开，让楼里做了一盆清汤羊肉片吃了，吃得浑身有些发热，又饮了几杯酒，然后走到窗边往下看了两眼。

窗外死般的寂静，京都府与守备师的人已经撤走，抱月楼今日歇业，姑娘们也早睡了，只留了几个机灵的人在侍候他。

楼内红烛静立，范闲让石清儿准备了一桶热水，舒舒服服地洗了一个澡。洗完澡后，他搓着有些发红的脸颊，问道："大皇子这两天有没有去羊葱巷？"

石清儿知道大老板说的是那个胡族公主，摇了摇头，正准备上前服侍他穿衣服，却被他支了出去。不一会儿桑文进来了，微蹲着身子，小心翼翼将他的贴身内衣穿好，手指从他匀称的肌肉表面滑过，微微一僵，再不敢多有动作，又仔细地将仅三指宽的暗弩系在了他的左小臂上。

穿上靴子，将黑色细长的弩首插入靴中，桑文站起身来做最后的整理，确认黑色的监察院官服遮住了范闲每一寸可能受到伤害的肌肤，才点了点头。

范闲确认药丸都在身上，安慰地拍了拍桑文的脑袋，往房外走去。

桑文微微一怔说道："大人，剑？"

范闲回头看着桑文手里捧着的那把大魏天子剑，眼神微显惘然，半晌后说道："这剑太亮，还是不要拿了，就先搁在这儿吧。"

出了抱月楼正门，他将莲衣后帽掀起盖在了头上，踏下楼外的石阶，忍不住抬头看了一眼沉沉的夜,似乎是想确认待会儿会不会下雪。

马车驶了过来,他摇头表示自己要走一走,当先向着东面行去。

今天抱月楼开宴,他没有带虎卫,监察院在京都的全体人员趁着夜色进行了无数次突袭,甚至连启年小组都投了进去,此时跟在他身边的不过是范府的几个护卫以及一个车夫。众人也听说了今夜京都的骚动,以为少爷是要行走思考,不敢上前打扰,只是让马车远远地跟在后面。

往东行出没有多远,一转便进了一条直直的长街。走着走着,他忽然停住了脚步,似乎是在倾听着什么,然后挥挥手,示意后面的车不要跟上来,自己迈步往街中走去。

此时夜已经深了,雪停后的京都街巷里忽然冒出了一股奇怪的雾气,从四面八方汇拢过来,渐渐弥漫在长街之上。微白色的雾,在没有灯的夜街上并不如何分明,却有效地阻碍了人们的视线,令人睁眼如盲,伸手不见五指。后方跟着的马车不敢让范闲一人在这个夜里独行,也不准备听从他的安排,此时却迫不得已停了下来。范府护卫们将气死风的灯笼拨得更亮了一些,可暗黄色的灯光只照见了前雾,宛若苍山头顶的云息,却是探不了多远,已看不见那个穿着黑色莲衣孤独的背影。

长街之上白雾渐弥,只有范闲轻稳的脚步行走,除此之外没有其余声音,似乎这街上没有任何活着的生物。

今夜监察院要杀的人似乎已经杀完,要抓的人也已经被捕进了天牢,由七处牢牢掌管,还不知道发生这些事情的京都百姓们在被窝里沉睡,夜游的权贵们早已惊心回府,打更的人们在偷懒,十三城门司的官兵们只是注视着城门。

脚步声一直向前,范闲似乎察觉到了什么,在白雾中停了下来。一阵冬天的夜风吹过,将街面上的雾气吹拂得稍薄了一些,隐约可以看见长街尽头。

长街尽头应该没有人,但总感觉好像有人守在那里,范闲平静地直视着前方，似乎要看清那里究竟是谁，然后……他看见了一个人。

那人身形魁梧，双肩如铁，宛如一座山般耸立在长街尽头。他背着一张长弓，背负箭筒，筒中有箭十三支。

风停雾浓，不复见。

第六章 黎明前的雪花与豆花

今夜是监察院向二皇子一派发起总攻的时刻，但范闲似乎忽略，当你进攻最猛烈的时候，往往也是自己防御最薄弱的时候，他要为山谷狙杀报仇，某位大都督也要为自己唯一的儿子报仇。此时他的身边没有别人可以倚靠，只有自己，他能躲过对面的那张弓吗？

两年前他被这张弓从宫墙上射落，全无还手之力，那支弓箭已经成为他武道修行上最大的一处空白。可能正是因为这个原因，他在雾后停下了脚步。

雾的那头，燕小乙微微垂下眼帘，感受着雾那边的气机。

作为前任禁军大统领、如今的庆国征北大都督、屈指可数的九品上超级强者，他自然不是疯子，知道在京都长街中暗杀范闲意味着什么。但他依然没有强行压下自己的战意与血性，当他在元台大营帐中看见燕慎独的尸体时就已经下了决心。人生一世，究竟为何？纵使自己日后手统天下兵马，打下这一整片江山来，却托给何人？所以他不是疯子，却已然疯了。

今夜京都不平静，谁都没想到范闲开始猛烈地报复，同时也没有人会想到，堂堂征北大都督，居然会舍弃了一应顾虑，回到了本初的猎户心思，冷漠地观察着范闲、注视着范闲、等待着范闲，一直耐心地将范闲等到了死地之中。

长街的雾能阻止人的视线，却不能阻止燕小乙的箭。

今夜他携十三支羽箭前来，便是要问一问范闲，一处贴着的告示上面那句十三郎是什么意思。当然如果范闲死了，这问题不问也罢——不论范闲这些年里再如何进步，在武道上再如何天才，燕小乙也相信自己绝对可以杀死他。

此事与夺嫡无关，与天下无关，非为公义，非为利益，只是私仇不可解。

雾的那头一片沉默，范闲似乎是在评估自己应该战，还是应该退。

长久的沉默之后，燕小乙往前踏了一步，浑身所挟的杀气令他身前的白雾为之一荡，露出前面一片空地，空气顿时变得寒冷了几分。

然而，他的脚马上收了回来，用余光向左上方的屋檐看了一眼，微微皱眉，用那屋檐上的石兽挡住了自己的身体——以他的身体和石兽为一线，他感觉到那道线条的尽头有异常恐怖的杀机在等待着自己。

这是没有道理的感觉。他自幼生长在山林里，与野兽打交道，也养出了如野兽般的敏感，总能提前感知到真正的危险，从而避开。

长弓在手，箭未上弦，燕小乙低头感受着四周——这究竟是谁在埋伏谁？

他是真正的超级强者，除了那四个老怪物，在世上没有多少忌惮，甚至每当状态晋入巅峰时，他的心里总会强烈地升腾起向大宗师挑战的想法。

以他的境界，可以确认长街上只有他与范闲二人，才会不怕被对方发现，用气机锁定范闲，时刻准备发出致命的一箭。但先前当他踏出那一步时，却感知到了那个不知在何处的恐怖杀机，同时发现雾气的味道似乎有些变化。

是味道，不是味道。

是风和雾的最细微触感变化，不是入口后的感觉。

燕小乙知道了，在自己身后一直隐藏着一位极为强大的人物，这人的武道修为不知具体到了什么境界，但能够瞒过自己这么久，一定有能力伤到自己。他此时如果发箭，存蓄已久的精气神便会为之一泄，生出缺口，再没有把握能够在身后那名高手与远处不知名的危险合击下全身而退。

长街寂静，雾里的人们都没有动。

不能动脚，却能动手。燕小乙深深吸了一口空气，整个人的身形显得更加魁梧高大，手指看似无意落下，在弓弦上拂过。他的手指很粗壮，但这个动作却很轻柔，就像是柔毫扫过画纸，葱指拂过琴丝，兰花微微绽放。

嗡的一声轻响，弓弦颤了起来。似乎有一种奇特的魔力在他的弓弦上产生，微微颤着的弓弦带动着四周的空气，绞着微白的淡雾，渐渐凝成实质，悄无声息地向着雾的那头袭去。

雾那头传来一声闷哼，紧接着便是有人坠地的声音。

燕小乙霍然翻腕，长弓直立，不见他如何动作，箭羽已在弦上。

无箭之射已有如此威力，更何况此时他的弦上已经有了箭！但他没有发箭，因为他判断出雾那头的人不是范闲。他看着范闲出了抱月楼，不知道对方何时调了包，但他明白今夜狩猎已经转换了猎人与猎物的角色。

燕小乙没有畏惧，长弓在手，就算是两个九品高手来伏杀自己又如何？相反，他有些久违了的兴奋，随时准备用弓弦上的箭来开始，然后结束这场战斗。

他的心神已经锁定了遥远的那处，还有一部分精力，放在身后那曾经改变过刹那，现在又恢复如常的雾气味道里，至少现在谁都不会先动。

也不知道过了多久，长街上这奇怪的雾依旧没有散去，燕小乙如山般的身躯依然挺拔，没有丝毫疲惫之意。可是他清楚，雾里的那两个人也没有疲惫，至少没有让自己察觉到对方的心神有任何松懈——能够和自己比耐心以及毅力，这是很了不起的事情，他终于认可了对方的境界、实力与意志。

这场深夜里的长街狙杀已经陷入了僵局，他用那座石兽护住了自己，却也挡住了自己的箭，这样僵持下去，只怕天亮的时候双方依然无法动弹。

但对方可以撤走，他却不行，这表明他已经陷入了劣势。

又是很久过去了，燕小乙依然稳定地站在街头的一角，就如同一座雕像般不可撼动。长弓在手，箭在弦，纹丝不动，有一种很奇异的美感。

白雾弥漫的长街上忽然传来一阵咳嗽声。伴随着这阵古怪的咳嗽，一道淡淡的灯光也映入了雾中。光线渐渐地亮了起来，走近了街角，离得近了些，才发现是两个灯笼。

灯笼被提在两个小太监的手上，小太监脸色冻得发白，身后是四个杂役抬着的一顶小轿，咳嗽声正是从那个小轿里不停响起。

轿子停在燕小乙的身旁，轿帘掀开，露出一张苍老且疲惫的脸。洪公公混浊的双眼眨了眨，对轿旁的燕小乙轻声说道："临街赏雪夜，大都督好兴致。只是夜已经深了，还是回府吧，老奴送您。"

轿子缓缓离开了长街，燕小乙也随之走了，空余地上残雪，弥漫白雾。

咳声渐远，长街上雾气渐散，一片一片的雪花悄悄从苍穹撒落下来，温温柔柔、飘飘摇摇，就像是高空上有神人在轻轻摇晃着梨花树。

雪云忽然从中裂开一道大缝，露出银色的弯月，清光渐弥，将长街照得清清楚楚。街后头那些民宅伸向街中的檐角，在地上映出了一些形状古怪的影子。

有一道黑影忽然颤动了一下，就像是某种生物般扭曲起来，然后缓慢而悄无声息地向后退去，缩回到那一大片影子之中，再也无法分离出来。

范闲趴在远处的一幢门楼角上，身上穿着件黑中夹白的雪褛。他将视线从被石兽遮挡住的街角处收了回来，轻轻叹了一口气，在黑夜中喷出白雾，睫毛上凝成的冰丝嗤嗤几声碎开。他有些疲惫地向天仰躺，舒展了一下浑身酸痛难抑的肌肉，看着夜空里的那弯银月发呆。

摸摸身边那发硬的箱子，他下意识里摇了摇头。今夜下了大本钱，准备得如此充分，眼看就要成功，却被那位洪公公破了局，真是失败。

他没有准备动用箱子，毕竟这东西太敏感，不到最后一刻不能轻用，然而要狙杀燕小乙这种巅峰强者，摸不到硬硬的箱子，他的心无法平静下来。

有人爬了过来，范闲一掀雪褛，将那物件掩住，眼里生出复杂的情绪。

王启年凑到他身旁低声道："是洪公公。"

范闲点点头："今天辛苦你了。"

今夜监察院所有人都在忙碌，范闲最信任的心腹王启年却显得有些无所事事，因为他交代的任务是让王启年盯着燕小乙的动静。他知道燕小乙不会错过这个机会，他也不想错过这个机会。

王启年没有让他失望，燕小乙这个九品上的强者居然一直没有察觉。监察院双翼，号称世上最擅长跟踪觅迹之人，果然不是浪得虚名。

王启年的脸色很白，比楼顶的残雪、街中的银光更白，跟踪燕大都督无疑是他人生中最恐怖的任务，这位四十岁的中年人快要承受不住了。而且他不知道自己是不是看见了什么不应该看见的东西。

范闲盯着他说道："准确地说，我的很多事情都建立在对你的信任之上。"

王启年明白这句话是什么意思。小范大人初入京都便撞见了自己，以此为中心开始组建启年小组，再由小组而扩散，渐渐将监察院掌控在手中。自己无疑是天底下知道小范大人秘密最多的人，比如殿前吟诗后的那个夜，那把钥匙……第二天便传来了宫中刺客的消息，王启年当然知道那个刺客是谁，至于钥匙……肯定是用来打开某样东西的。

在此之后，范闲一直没有杀他灭口，王启年有些意外，非常感动，年逾四十的中年男人，心里竟然生出了一种叫作士为知己者死的冲动。

门楼下传来两声夜枭鸣叫的声音，范闲掀开雪褛，指了指那个箱子。王启年很激动也很恐惧，他隐约听说过那个传说，知道自己的命从今天起就已经完全交给小范大人了，这种信任本身就是很恐怖、很要人命的。他从门楼上滑了下去，滑动的姿势很怪异，也很滑稽，就像是一只大螳螂，长手长脚，却悄无声息。不一时便下到了地面，走到了街正中蹲下来察看了一下伪装者的气息，确认他还活着，对着空中比了个手势。

被燕小乙箭意所伤的伪装者，正是当年出使北齐时范闲随时带着的那个替身，当年这个替身帮了他很大的忙，今天也差点诱得燕小乙进入死地。

门楼下又响起了几声怪鸟鸣叫，几个穿着黑色莲衣的密探带着范府的马车寻了过来，将王启年和那个替身接上了车，一切都显得是那样的自然。

清晨前最黑暗时，雪花再起，范闲一个人来到城西的一个铺子前。人们还在沉睡，商铺依然关闭，便是最早起的面摊者还没有开始准备臊子，只有这个铺子已经开了，用诱人的豆香味驱散黎明前的黑暗，等待着朝日来临。

范闲坐在铺子外的小桌上，手里端着碗豆花缓缓喝着。豆花的味道不错，没有渣感，没有太多的豆味，清香扑鼻，甚至比澹州冬儿做得还要好些。

这是京都最出名的豆腐铺，是司南伯府范大少爷入京后办的第一项实业。

范闲缓缓喝着豆花，心想自己还真真是个无用的二世祖，重生二十载，给这个世界根本没有带来任何改变，最大的改变……大概就是这豆腐的做法吧？

母亲太能干、太神奇，在那短暂的岁月里竟是抢着把所有能做的事情都做完了，那还有什么事情能留给自己干呢？像历史上的那些权臣一样，玩弄权术，享受荣华富贵，不以下位者的生死为念，就此浑浑噩噩过完一生？

如同以前思考的那样，范闲总觉得自己内心深处有一个大渴望，却始终抓不到那个渴望究竟是什么。他有些烦躁，有些郁闷，想到街头的那个场景，想到燕小乙身后负着的长弓，心情更加低落。

今夜有雾，其实并不好，虽然是影子早已判断出来的环境，可是他没有想到燕小乙的心神竟然强大到了那样的程度，可以准确地判断出自己所在的位置。

隐在雾里的那些药粉，似乎对这位九品上强者也没有丝毫作用。真气深厚到了一定程度，一般药物确实用处不大。即便如此，今夜他还是想杀死燕小乙。

他的自信来自实力以及运气，不像皇帝那么莫名其妙。所以他习惯于抢先出手，将一切可能威胁到自己的厉害人物除去，燕小乙当然是排名最前的那个。

如果日后庆国发生动荡，范闲始终坚持，哪怕削弱对方一分实力对自己这一方来说都是美好的。燕小乙不在军中，并且抢先出手，这是再好不过的机会。所以此时坐在桌旁，他感觉很失败，很愤怒。

为什么洪老太监会出来破局？！

范闲端着碗的右手有些颤抖，他眉头一皱，将手中的碗摔到了地上，瓷碗破成了无数碎片。他极少有这种控制不住情绪的愤怒表现，由此可见，今天洪老太监的突然出现，确实让他恼火到了极点。

洪老太监出宫破局，很明显不是皇帝的意思就是太后的意思，可是这对母子究竟在想什么？难道他们还没有看清楚当前的局势？如果自己能够把燕小乙杀掉，又已经将老二的势力清扫一空，长公主那边愈发弱势，那么就会让整个局势平缓下来，那道隐藏在庙堂江湖深处的暗涌，也许就此渐渐平静。

皇帝非常清楚这一点，为什么会让洪老太监出面阻止自己与燕小乙的对战？难道皇帝是个疯子，就是喜欢自己的妹妹一步一步走向造反？他是个自虐狂吗？

范闲有些恼火地想着，帝王家果然容易出变态。可是皇帝难道就不怕自己被人从龙椅上赶下来？这就是那个困扰了他许久的疑问，皇帝究竟在想什么？

皇帝在想什么只有他自己清楚，陈萍萍可能也清楚一些，正如陈萍萍说过的，一个人站在什么位置上便会有什么眼光，然后做出相应的判断与选择。

那道暗流还在水底，范闲想冒险终止这种过程，以免日后被惊涛骇浪拍死，而今天洪老太监的出现，表示皇帝并不需要范闲操这个心。

所以他很苦恼。

新出的第一格鲜豆腐端了出来，上面还冒着热气，豆腐铺子里的伙计小心翼翼盛了两碗，分别放上净白糖、榨菜丝、香油、葱花、酱油送到了小桌上。

豆腐铺的人都知道小范大人这个古怪的习惯，东家没有因为豆腐铺子挣不了多少钱而扔开不管，也从来不会白天来这里看看，只是每隔一两个月便会在凌晨最黑的时候来点两碗豆腐。

范闲今天晚上很累，甚至有心力交瘁的感觉。他用瓷勺胡乱扒拉着豆腐，送了一口入唇，甜丝丝的很有感觉。此时有雪花落进碗中，让他忽然间联想到"刨冰"这个忘却很久的名词，感觉好了些，又"刨"了几口，仿佛收回了许多精神。

还有一碗他没有动。

三辆马车打破了京都的平静缓缓驶到豆腐铺前，前后两辆马车上面的剑手跳下车来，警惕地观察四方，布置起了防卫。

言冰云掀开车帘从中间那辆马车上走了下来。忙碌了一夜，这位范闲最倚重的大脑明显也非常疲惫，苍白的脸上有着明显的憔悴。

他走到桌边，有些吃惊，范闲居然会一个人在这里吃豆腐。

范闲点点头，示意他坐下，将那碗拌着香葱、榨菜丝的豆腐推了过去。

言冰云没有吃，从怀中取出卷宗，开始低声说明今夜的情况。等听到要杀的人、要抓的人基本到位，范闲满意地点了点头。

"黄毅没有死。"言冰云看了他一眼。

范闲抬起头来问道："怎么回事？"

"钉子下的毒很烈，但公主别府里有解毒的高手……"言冰云道。

黄毅是公主府的首席谋士，虽然一直以来没有对范闲造成什么伤害，也没有表现出什么过人之处，可范闲既然开始动手，肯定要将所有潜在威胁全部除去，所以此人也是今夜的目标之一。他可不喜欢在以后的岁月里，因为自己一时心慈手软，而导致什么人质被抓之类的狗血戏码上演。

"不是解毒高手。"范闲摇摇头，"三处师兄弟的手段我很了解，东夷城里那位用毒大师和我们的派系不一样……看来长公主当年在监察院的渗透很有效果，除了死去的朱格，还暗中备了不少解毒丸子。"

言冰云道："公主别府里的钉子还没有暴露，我自作主张让他撤了。"

"很好。"范闲赞赏地点点头，"这种事情你自己决定，不要冒没必要的险，能活着最好。"

言冰云又道："你要拿口供的那个活口死了。"

范闲抬头看了他一眼，知道他说的是山谷狙杀里的唯一活口——那个秦家的私兵。山谷狙杀案一直没有线索和证据，唯一的希望就是那个活口，而且既然关在监察院天牢里，有七处和三处同时护持，根本不可能就这般死了。他强行压下心中的古怪情绪，似笑非笑地看了言冰云两眼，很奇妙地没有大发雷霆，转而问道："刚才洪公公来了，你怎么看？"

言冰云微微一惊，半晌后轻声道："一，主子觉得你今天晚上做得过了线；二，不论他死或者你死，都不是主子想看到的。"

"不要说主子，我会想到老跛子的可恶口吻。"范闲有些厌恶地说道。

言冰云笑了笑，转而道："虽说陛下点过头，但你借机把事情闹得太大，明天大朝会上一定会被群起而攻之，只怕舒大学士和胡大学士都要开口……陛下在这种压力下必然要给出一些态度，你最好做足准备。"

"怕什么？"范闲看了一眼小言公子苍白的脸，自嘲道，"陛下早就想削监察院的权了，这不给了他一个好机会？如果不是知道这点，我今天夜里也不会急着做这么多事，都要被削权了，总得把敌人先扫除一些，至于陛下……"

当的一声脆响，他将勺子扔到瓷碗中，面色微沉道："前些日子，陛下让你们这些年轻官员进宫，意思很清楚，只是那些老家伙哪里舍得让位？今天夜里监察院大肆清查，就算我们事后会被惩罚，那些不干净的家伙也要退几个，腾出些位置，陛下才好安插人手。我们是替陛下做事，他总要承我们的情。"

言冰云依然很难适应范闲对陛下的不敬，有些不悦，只好沉默。

范闲却懒得看他的脸色，自顾自轻声说道："今夜的事情差不多了，我只是有些遗憾，一直等着的那家人始终没有出手。"

言冰云虽知道他说的是哪家人却要装成不知道，一时间表情有些尴尬，旋即苦笑道："你还嫌不够热闹？你此时身边一个人都没有，总要注意些安全。"

范闲冷笑道："都是一群只会在暗中杀人的懦夫。我在这铺子里单人坐了半个时辰，却始终无人敢来，倒让我有些小瞧那所谓的铁血军方了。"

言冰云摇头无语。范闲回头看了眼黑夜中的一条小巷，用指头敲敲豆腐碗旁的桌面，说道："吃掉，冷了味道不好。"

离范氏豆腐铺有些距离的小巷里，七个穿着夜行衣的人正在往马车上搬着尸体，有血水从车上缓缓滴了下来，落在雪上散发出淡淡的腥味。

三具尸体被砍成十几坨大肉块儿，明显是长刀造成的结果。夜行人中领头的那位坐上了车夫的位置，看了眼远处豆腐铺子隐约的灯火，用缰绳摩擦了一下虎口有些发痒的老茧，咧开嘴笑着低声说道："少爷，慢慢吃吧。"

清晨时分，范闲回府换了一身行头，吩咐了几句，便坐车去了皇宫。

他到的时候宫门处已经是热闹非凡，三两成群的大臣们聚在各处窃窃私语着什么。

他掀着车帘望了一番，忍不住摇了摇头，看来昨夜的故事已然成了今日的八卦，自己自然是大臣们议论的中心。一夜未睡，又折腾了那么多事，他的精神难免有些不济。从藤子京手里接过冰水浸过的毛巾在脸上使劲儿擦了擦，面部皮肤如同被针刺过一样痛，精神终于振作了少许，他吐了几口浊气，走下车去。一路踏着宫前广场的青砖而行，引来无数目光与议论。

这是范闲任行江南路钦差后第一次上朝会，按理讲大臣们应该前来寒暄问候才是，但此刻人们的眼中充满了复杂的意味，只是远远看着，并未过来亲近。

原因很简单，昨天夜里监察院杀人逮人，虽然都是些下层的官员，但人数太多，不知道牵涉多少朝官。今日朝会上大臣们肯定要参范闲几本，既然如此，此时自然不好来打什么招呼。

范闲有些不悦，觉得自己快要变成被文武百官唾弃的孤臣了，虽然这是他自己造成的，可这种没人理睬的感觉就像是幼儿园时被小女生们杯葛一样，满怀委屈。直到走到宫门前，侍卫与太监才向他请安行礼，这让他感到安慰，心想这世道，果然还是残障人士比较有爱心。偏过头来，他便看见文官班列领头那两位大人物正鼻孔朝天，似乎在端详天象有何异处。

他很熟悉舒芜，心知右边那个中年人肯定就是当年文学改良运动的发起人胡大学士，也知道他们抬头望天，只是不想理会自己，便觍着脸凑了过去。

舒、胡二位大学士依然抬头望天，没有理他。他也不说话，学着二人的模样也抬头望向天空。

这幕画面真的有些奇怪，很引人注意，等着上朝的大臣们也都纷纷望了过来。

第七章 澹泊公

两位大学士是文臣领袖，在昨夜监察院暴行逆施之后，自然不愿与范闲打交道，却没想到范闲的脸皮如此之厚。舒大学士最先忍不住了，冷哼一声道："小范大人在望什么？"

胡大学士也收回了望天的目光，咳了两声，没有说话。

范闲笑道："二位大人望什么，下官便望什么。"

舒芜望着他欲言又止，但还是忍不住训斥道："监察院正因权重，故而行事要稳妥小心，且不论你意图为何，这般如虎狼般驱于京都，让百官如何自处？天下士绅的颜面你不要，朝廷还要！你说六部的衙官让你抓了那么多，还怎么办事？不说办事，官员们的心都寒了，糊涂啊！"

大学士痛心疾首，愤怒不能自已。不过如今的范闲已经不仅仅是太学里的那位教书先生，也不是个娶了郡主、只能在鸿胪寺里打浑的无用权贵。监察院提司的品秩不高，实权却极大，更何况他还是行江南路的钦差。舒大学士再德高位重，这样训斥也着实有些说不过去。

"别骂了。"范闲赔笑道，"怎么说您也是位长辈。"

舒芜大学士对着范闲那张疲惫里夹着恭敬的脸，实在是无法继续骂下去，只好恨恨地冷哼一声，将袖子一拂道："今日朝会之上，你就等着老夫参你。"

范闲一揖为礼道："意料中事，还请长辈疼惜则个。"

舒芜又气又怒又想笑，恰在此时宫门开了。一声鞭响，礼乐起鸣，他便与胡大学士当先走了进去。

今日是大朝会，上朝的官员比平日里要多不少，即便如此，以范闲的品秩依然不足以进殿，只是他如今有个钦差身份，又要上殿述职，所以无须陛下特旨。

入宫也需排列，范闲只好站在最后面。他在宫门处一站，自然有一股阴寒的味道渗了出来，让那些从他身边走过的大臣们不寒而栗。

先前人多时，还可以绑在一起，对范闲不闻不问，可此时一对一对往宫里走，那些大臣们估量了一下自己的分量，自然远远不及舒大学士，又在心里默算了一下范闲承载的圣恩与手段，再也无法，过他身前时只得轻声问候一声。

"小范大人别来无恙？"

"见过范提司。"

"……"

范闲一一含笑应过，知道今天朝会上肯定要被落了脸面，得抓紧时间捞些面子上的好处。

他站在队列最后，偷偷打量着龙椅之上的皇帝老子，一股疲倦涌来，看着皇帝精神的面容，便是一肚子气，心想你倒是睡得安稳，老子替你做事却快要累死了。

果然如同众人所料，大朝会刚开始，还没有等一应事由安排进入正轨，站在舒、胡二位大学士下首的三路总督还未来得及上奏，针对范闲和监察院昨夜行动的参奏大战就突如其来地开始了。

范闲没有听具体内容，也不关心，看着前方的三位总督大人，毫不意外地看见薛清排在首位。庆国疆土颇广，稍远些的四路总督两年才回京一次，他好奇地想着，薛清昨天夜里在抱月楼奉旨观战，按理讲应该是连夜进宫向皇帝汇报，不知道皇帝听完之后是否有什么新的想法。

他是真的很疲倦，走神很彻底，可有些话不是他不想听便听不到的，满朝文武的攻击言语不断往他耳里灌进，罪状也越来越大，比如什么藐视朝廷，不敬德行，国器私用，结党云云。

监察院和文官系统本来就是死对头，不论文官内部有什么派系，面对监察院时总是那样的团结，从林若甫时到现在，只要监察院这个皇帝的特务机构做事过界，文官系统们便会抱成一团进行最有力的反击。

监察院确实有监察吏治之职，但一夜间逮了三十几位官员，这种情况已经很多年没有发生了，此次真真可以称得上是震动朝野。尤其与往年不同的是，一向与监察院关系亲密的军方，此时不再保持沉默，枢密院两位副使也站了出来，对监察院的行为隐晦地表达了不满。

太极殿里的气氛充斥着一种冬日里特有的燥意。

范闲依然保持着平静，不言不语不自辩，只是唇角微翘，带着一丝嘲讽的笑意，注视着大朝会上的戏码。也许是他唇角的这抹笑意，让某人看着不大舒服，让某人觉得自己这个儿子太过孟浪，太过嚣张了些，龙椅之上传来一声怒斥："范闲！你就没什么说的？"

范闲整理了一下官服，出列行礼，禀道："回陛下，昨夜监察院一处传三十二位官员问话，一应依庆律及旨意而行，臣不解诸位大人为何如此激动？"

"一个晚上就抓了三十二人，你真是好大的气魄……"皇帝冷笑道，"难道我庆国朝廷，全是贪官污吏不成？"

范闲不慌不忙地说道："我大庆朝确实蛀虫遍是，那三十二个官员只是些小角色，若陛下下特旨，微臣定能让监察院再抓十倍之数的贪官出来。"

群臣心头一寒，旋即生出不屑，心想你这话说得再狠也没用，朝廷是什么？朝廷就是官员，都让你抓光了，谁代陛下去治理天下，牧守万民？

果不其然，皇帝将范闲劈头盖脸地骂了一通，无非是什么不识大体，胡乱行事，有污圣心……尽管范闲知道这是在演戏，但依然不爽，悻悻地退回到队列中。

今日朝会上没有人蠢到提及二皇子八家将之死、燕大都督独子之死、长公主谋士黄毅中毒吐血于床的事情，只是希望陛下能控制一下局面，所以当满朝文武听到旨意的时候，都震惊得无法言语，因为陛下削了监察院的权！

监察院品秩不变，权属上却有了大幅度的限制，尤其是京都一处，虽然仍保有抓人的权力，却在时限上做出了详尽的规定，与大理寺之间的人犯交接必须在四十八个时辰之内完成。也就是说，一处再也没有了暗中审问京官的权力。同时，旨意里对驻守各州的四处权限也做了大致上的限定，而具体的规章如何，则要范闲回院后自行拟条陈，再交由朝会讨论。这两个变化看似不大，实际上却是给监察院安了个笼子，以后做起事来会有诸多的不方便。

范闲听着这旨意，像吃苍蝇一样恶心，却依然要出列谢恩。

文武百官惊喜万分，他们只是想让陛下下旨贬斥范闲，同时约束一下监察院，再让那些无辜被抓的下属官员们有个活路，却没有料到陛下竟然对监察院动了真格。如果按这个趋势走下去，监察院的权力还真有可能被削掉很多……于是太极殿上山呼万岁，群臣齐道陛下圣明。

可旨意里的第二部分，却让他们觉得陛下虽然圣明，可还是太护短了。旨意中言明，昨夜被捕京官不为新条例所限，由监察院审问清楚，再交由大理寺定罪问刑。同时，陛下大发雷霆，怒斥殿上的大臣们御下不严，枉负国恩，只知结党营私，好不无耻。群臣闻言惶恐，不知如何自处。

因山谷狙杀诸事，枢密院右副使曲向东被贬；京都守备秦恒被撤，调入枢密院，守备师由当年的西征军副将接替。同时刑部侍郎换人，大理寺副卿换人，都察院执笔御史换人。接替者都是前些日子入宫的那些年轻官员。

天子雷霆手段，实在是让官员们有些措手不及，这般大范围的换血，如果不是因为最近这几天京都里的风波，一定无法进行得如此顺利……

众人忍不住偷偷看了一眼队列最后方的那位年轻人，心里涌起了一股复杂的情绪，这才明白，原来小范大人昨天夜里做的那些事，竟是在为今天朝会上的旨意做伏笔。

舒大学士出列与陛下争了几句，认为如此大范围的官员任命，没有经过廷议，没有吏部与监察院事先审核，实在是有些匆忙。然而皇帝今日决心下得大，竟是连他的面子也不给，直接驳了回去。因此，这道圣旨便板上钉钉，无法更改。

秦恒有些愕然地跪下谢恩，军方将领们看着范闲的眼神，显得越发愤怒起来。谁都清楚陛下调整枢密院和京都守备是为了替范闲撑腰，为范闲出气。

被撤换的文官人数最多，基本上都是二皇子一系的官员。令人不安的是，看样子，昨天夜里被范闲抓的三十二名官员再也没有出来的机会了……

没有在旨意上听到言冰云的名字，范闲有些意外，但转念一想也对，皇帝就算要重用言冰云，也不可能把他调到别的地方，升官也不可能，因为他如果再升就顶了范闲的位置——除非皇帝准备把监察院给废了，不然怎会做出这种决定来。

忽然，他有些意外地听到了成佳林的名字，心里有些不安地想着，佳林如今远在异地为官，怎么却落入了皇帝的眼中？而且是进自己一直无法插手的吏部……这是怎么回事？

朝廷诸臣听到成佳林的名字时也有些骇异。众所周知，此人是范闲的门生，出仕不过两年，就要调回京都？众人望向范闲的目光里警惧更增。

范闲有些不自在，皇帝给的这份人情太大了，按照那厮的习惯，先给个甜枣，之后便有一棍子，却不知道这棍子会落在哪处？在这时，他便听到太监接下来的宣读：“……申冲文已调都察院执笔御史，令左都御史贺宗纬兼看监察院事宜，协范闲行事，向内廷负责。"

棍子来得真快！范闲冷冷看了一眼出列谢恩的那个年轻人，左都御史入府院？监察院虽说一直在名义上受内廷的监管，可是宫里向来严禁太监掌权，加之陈萍萍太过厉害，所以监察院近乎一个独立王国。现在让左都御史盯着监察院，同时向内廷汇报，这等于是让监察院直接处于了皇宫的注视之下。

范闲的后背有些发冷，他知道因为自己的身份，皇帝肯定不可能像信任陈萍萍那样信任自己，可他没有想到皇帝会下手这么狠，事情远远没有结束，就先给自己套了一个头绳，扎得自己的脑袋痛得不行！

贺宗纬是什么人？是当年与自己门生侯季常齐名的京都才子，妹妹若若的追求者之一。此人先在太子门下，后投长公主，如今却成了天子门生。不经科举直接简拔入朝任御史，因有功任左都御史，负责清查户部一案……如果不算范闲，此人绝对是这两年里庆国朝廷上最红火的人物。而就是这样一个让他极其恶心的人，要成为皇帝注视监察院的眼睛，范闲无来由地愤怒起来。

"陛下！"范闲出列，站在贺宗纬的身边平静地说道，"臣有异议。"

贺宗纬看了他一眼，每每想到在范府被对方一顿痛打，他内心深处的羞辱感与愤怒便不可控制。可他遮掩得极好，眼里恰到好处地流露出异色与佩服，似乎是在向殿上诸臣表明——他很佩服小范大人敢当面顶撞圣上。

殿上一片大哗，帝有命，臣受之，除了舒芜这种老家伙敢当面顶撞皇帝之外，从来没有谁敢在官员任命上直接表达出自己的异议与怨气。

皇帝皱了皱眉，毫无情绪地说道："你有什么异议？"

范闲抬起头来，面无表情地回道："监察院不需要一个御史来指手画脚。"

"大胆！"皇帝一拍龙椅喝道，"朕意已决，休得胡言乱语！"

一时间，范闲心头怒火起，知道自己今日不能再退，不然这监察院真要在自己手上败了，到时该怎么向那个女人和陈园里的老跛子交代。

"敢问陛下，监察院负责监察官员吏治，由内廷约束监察院，这忽然间多了个御史，如果这御史贪赃枉法，院里查还是不查？要查又该怎么查？"

群臣大哗，皇帝冷笑道："枉你聪明一世，却在这里强装糊涂，退下。"

贺宗纬在范闲身边也假意劝说了几句，范闲却是都懒得看他一眼，也不退下，眼珠子转了几圈，忽然高声喊道："臣反对！"

他这样就有些过界了，皇帝决定什么事情，哪里容得你一个臣子反对，这又不是在公堂之上打官司，你又不是宋世仁，皇帝也不是知府。皇帝被气得不善，居高临下地指着范闲的鼻子吼道："朕倒要看看，你能怎么反对？"

范闲将心一横说道："臣自然不敢抗旨，只是臣仅为监察院提司，院长大人还在陈园里待着，这个旨按理来讲轮不着臣议论，可今日殿上监察院以我为首，我是接了有问题，不接也有问题，看来看去……臣只好辞了这监察院提司，陛下直接发旨去监察院，如此最佳。"

他要辞了监察院提司？辞官？

太极殿里一片大哗，小范大人不愧是一代诗仙，骨子里的傲气确实不是一般世人能比，竟然……胆敢在大朝会上以辞官威胁，不接旨意！

这样的态势，庆国开国以来可曾有过？群臣望向范闲，眼神里的警惧已经变成了佩服，当然还有几抹荒唐的意味。

舒大学士与胡大学士看不下去了，赶紧出列。舒芜把范闲骂了一通，说他不知臣子本分，胡乱说话。胡大学士却是和声安慰着，替陛下详解旨意。一个扮着黑脸一个扮着红脸，但范闲就是直挺挺地站着，不肯接旨，也不肯说话，看着就像是餐盘里少了果子吃的幼稚园大班生，正在接受两位老师的哄骗。

舒、胡二位大学士又转身替范闲向皇帝请罪，言道小范大人年轻如何云云，他们担心皇帝在朝会上碰到这么大根钉子，只怕要被气疯。

皇帝被气得笑了起来，寒声问道："范闲，你是要用辞官来要挟朕？"

"臣不敢。"

"好好好。"皇帝连说三个好字,接着幽幽地说道,"你仗着朕疼爱你,便以为朕不敢责罚你……你要辞官,朕便……"

皇帝话还没有说完,范闲已经感动谢恩:"谢陛下,臣愿回太学教书去。"

皇帝被他这来得极快的应对噎得不善,立即大怒道:"朕偏不让你辞!"

大殿陷入震惊的沉默中,谁也没想到今儿在大朝会上居然能够看到如此精彩的戏码。众人心里清楚,陛下对范闲的宠信根本没有一丝削减,只怕也不会对范闲有任何实质性的惩罚,只是不知道这个僵局如何打破。

众人最不明白的是为何范闲会对都察院御史旁问监察院一事如此愤怒冲动,以范闲的手段日后有的是法子应付,更何况监察院那位老祖宗还没有发声。

其实皇帝也不清楚此时范闲心里究竟在想什么,只听他喝道:"给朕滚过来!"

范闲没有滚,而是屁颠屁颠地跑了过去,凑到了龙椅下面,一脸倔强与狠劲。

皇帝压低声音问道:"你究竟接不接旨?"

"不接。"

"为何?"

"臣,不喜欢贺宗纬。"

皇帝大怒道:"不喜欢也给我忍着!"

范闲老老实实地退了回去。

姚太监在一旁苦着脸,端着拂尘,忍着笑,那模样看上去十分难受。

大臣们看范闲的眼神越发古怪,大朝会上居然和陛下说起悄悄话来,这份恩宠实在是……皇帝没有再给范闲任何说话的机会,也不管他接不接旨,直接对姚太监点了点头。姚太监马上用有别于戴公公余姚口音的公鸭嗓子喊道："行江南路全权钦差范闲上前听旨！"

范闲怔了怔，一掀前襟跪了下去。旨意没有再提御史入监察院一事，将范闲这一年在江南所做的事情列了个大概，将重点放在了内库转运司上，表扬了他为国库做的贡献，兼带着提了一笔范闲协助薛清总督清查江南吏治一事，又扯了些有的没的。

旨意还没颁完，皇帝便道："朕以为，范闲公忠体国，应该重赏。"

群臣默然，虽然他们不愿意范闲再得赏赐，可是内库运回京都一千多万两白银，这实在是堪敌军功，如果不重赏，朝廷该如何向天下人交代？

薛清出列对范闲在江南的事务做了些补充，满是赞美之辞。胡大学士出列，也认为应该对小范大人进行重赏。舒芜这老家伙眼珠子转了几圈，又看了范闲一眼，忽然说道："陛下，半年前门下中书曾有议，以小范大人的声名学问实绩足以入门下中书议事，只是监察院院官向来不得再任朝官，不过先前小范大人曾有意辞了监察院提司……"

皇帝咳了两声。胡大学士也忍不住用古怪的眼神看了舒芜一眼，心想老大人果然执着，明知道陛下不可能允许范闲入阁，却依然不肯放弃那个念头。但舒芜已经开了口，他当然也只能跟着开口，表示愿荐范闲入阁。

此前范闲从院报里听说过此事，今日亲眼见到还是有些吃惊，心想自己不过二十岁，这也未免太荒唐了些。果不其然，皇帝依旧不允，让姚太监继续颁旨。

听完旨意，大殿上满是惊叹之声，范闲怔在原地，半响之后才想起来谢恩，心想自己当大学士确实荒唐，可皇帝给的封赏更加荒唐——澹泊公！

怎么就忽然被封了公爵？这岂不是比老爷子的爵位还要高？皇帝的棒子下得狠，这给的甜枣个头也不小啊！离王爷只差一步，无比尊贵之爵——他偏头看一眼贺宗纬，心想以后是不是可以随便打着这人玩了？

他原先的爵位是一等男爵，正二品，公爵却是超品，中间隔着侯伯二层。以他的年龄直接封了公爵，实在是极罕见的事情，就连他一时都反应不过来。而场间的众人反应过来时，自然想明白了原因，一方面是朝廷要酬其江南之功，而最重要的原因，则是陛下要给自己的私生子一些补偿。大皇子与二皇子早已封了亲王，范闲只不过是个澹泊公，这又算得了什么呢？

一念及此，本打算出声激烈反对此项封赏的大臣们都沉默了下来——这是皇族的家事，不是朝廷的国事，轮不到自己这些做臣子的多嘴。

范闲很快就平静了下来，对殿上的大多数人来说，公爵确实是个金光闪闪的字眼，可他手上的权力早已超出了这个范畴，而且皇帝没有给自己打个招呼就让御史台挤进监察院的势力范围，这才是他真正关心和警惧的。更何况他也清楚，公爵便是自己在庆国所能抵达的最后位置，如今的澹泊公是三等公，还有两级可以爬，再然后……自己年纪轻轻看来就要养老去了。

一念及此，他忍不住笑了起来，引得众人瞩目。大家看着这位开国以来最年轻的小公爷，思绪复杂，更觉着这笑声无比刺耳。

大朝会一直折腾到下午才结束，这还是三路总督的事情放到了以后的原因，皇帝快刀斩乱麻，圣心独裁定了大部分安排，便让诸大臣散了。大臣们早已饿得不行，赶紧各自回府。还有些人走不得，在门下中书视事的宰执人物、三路总督大人、各部尚书都跟着皇帝陛下去了御书房。范闲满脸无奈地跟在最后面。

就像一年多前从北齐回到南庆时一样，御书房里依然给范闲留了个座位，上次是因为庄墨韩的那车书，这次则是因为内库里送来的无数雪花银。

他坐在圆圆的绣墩儿上沉默不语，政务这块儿不是他的长项，皇帝清楚他的能力，也不想让他对国事发表太多的看法，所以今天没有点他的名。

不过他这位新晋小公爷依然有位置坐，就在皇帝榻旁，太子等几位皇子还得老老实实站着，像学生一般认真听闻学习，这让他感觉不错。

主要的事情在大朝会上已经说完了，御书房会议里没有什么新鲜内容，只是薛清提到杭州会在江南赈灾一事中的优良表现时，众人才表现出了一丝惊讶。他们听说过杭州会，却没有想到杭州会竟有如此大的财力与势力，竟可以在官府赈灾途径外，做了这么多事。

皇帝让范闲起身解释了一下。听着范闲的解释，舒芜这些人才知道原来杭州会的背后是宫里的娘娘们，难怪杭州会能做到这种程度。但众人也心知肚明，宫里只是挂个名头，得些怜惜子民的名声，真正做事出银子的还是范闲。

皇帝笑了笑，说道："真正辛苦的可不是范闲，是晨丫头。"

大臣们对娘娘们高声赞颂，颂圣自然更不可免。皇帝正在高兴，忽然看着范闲走神的脸，微微皱了皱眉。大皇子赶紧说道："郡主今天回京。"

皇帝喔了一声，再看范闲的眼色就柔和了起来，却没有说什么，也没有让范闲提前回宫，又与大臣们讨论了一番南方的雪灾，终于开始放饭。

范闲昨夜忙了一宵，羊肉片、豆腐花早就消化得干干净净，此时听着放饭，不由精神一振，接过太监递来的食盒便开始风卷残云，再次引来众人瞩目。皇帝有些无奈地皱了皱眉，待众人用完饭后便结束了御书房会议，却将最想回府的范闲留了下来。

御书房内的宁神香缓缓飘着，白烟如乳，香味清淡至极。只剩下皇帝与范闲二人，范闲稍微有些不自在。皇帝吃下一口燕窝，抬头看了范闲一眼，示意他是不是也要来一口？范闲赶紧摇头。

"非澹泊无以明志，非宁静无以致远。"皇帝放下碗，缓声道，"不烦不忧，澹泊不失……这是两年前你在京都做那个书局时对众人的解释。"

范闲点了点头，心想只有若若深知己意，明白那是"漂泊在澹州"

的意思，一念及此，他忽然有些想念那个黄毛丫头，不知她在北边可好。

"朕很喜欢你的这两句话，让你做这个澹泊公是什么意思，你应该清楚。"

"要明志，少虑。"

"不错。你要清楚自己应该做些什么，却要少考虑自己能够做些什么。"

这番对话的意思很简单，你就好好做皇帝的臣子，不烦不忧，澹泊度日吧。范闲不知道在想什么，脸上的笑容显得极为放松，开口道："知道了。"

君臣应对，说"知道了"这三个字的角色应该是皇帝，但范闲就这样随随便便说了出来，皇帝也没有什么不高兴的神色，一旁服侍的姚太监同样平静。这两年里，他早已见惯了陛下对范闲的与众不同。

皇帝挥手让姚太监退出御书房，沉声道："御史入监察院，势在必行，朕知道你的心是好的，只是朝政之事，不能以人心为转移。"

此时御书房里就他们二人，范闲知道无法撒泼撒娇硬抗，只得沉默。

皇帝又道："还是那句话，朕知道你的心，所以昨天夜里的事情，朕很满意……只是朕未曾想到你会如此用力，有些意外。"

范闲应道："大河还未决堤，我先把水引走，免得黎民受苦。"

皇帝看着他一言不发，许久后才怜惜道："你这孩子，面上扮个凶恶模样，心中却总有柔软处。不过你想过没有，水就算被你抽干，日后总又有活水汇入，会不会再次漫过江堤？所以朕以为总是要看下去，看到山塌地陷，堤岸崩坏的那天，才知道那河中的水是会顺着向下游去，还是会如何。"最后他沉声道，"朕这一生所图不过二事，天下、传承，不将他们的心看得清清楚楚，如何能放手去打这天下？你不要再动了，陪着朕看一看。"

范闲内心惊惧，不敢回话，皇帝的话语警告味道十足，澹泊公永远只能是个公爷，而要自己陪他看下去，这又算是许了自己一世的荣华，真是无上的信任。

"另外，不要和小乙折腾了。小乙于国有功，朕不愿他折损在这些事里。"

范闲心想自己与燕小乙已成血仇，如何缓和？而且燕小乙就算于国有功，毕竟与长公主交往太深，难道皇帝就一点不害怕？他终于确定，昨夜派洪公公前来破局的不是太后，正是皇帝本人，因此更觉困惑，沉默片刻后问道："武议上，如果大都督向我挑战怎么办？"

今年武议再开，如果燕小乙殿上向范闲挑战，皇帝总不可能当着百官之面说范闲乃是皇子，不得损伤这种话。

"武议未开他便会离京。"皇帝随意说道。

范闲有些犹豫地说道："可大都督将他儿子的死记在我的账上……"

皇帝似笑非笑地看了他一眼，问道："是你杀的吗？"

范闲老实应道："此事确实与臣无关，臣不敢阴杀大臣之子。"

皇帝大声笑了起来："好一个不敢阴杀，昨天夜里杀的那些算是……明杀？"

范闲脸色微红，回道："昨夜动的都是些草莽人物，和朝廷无关。"

皇帝微笑道："在元台大营动手的是东夷城的人，朕也有些好奇那边会不会出什么问题，也想看看小乙究竟是不是个聪明人。"

范闲暗自叫苦，十三郎可算是把皇帝陛下也骗着了。很明显皇帝因为这个错误的信息来源而做出了一个错误的判断，但他无论如何都不能提醒什么。

"朕必须提醒你，军队不能乱。"皇帝的眼神变得幽深了起来，"西边的胡酋们又闹起来了。"

西边胡人闹事？范闲愕然抬头，看着皇帝微有忧色的脸颊，震惊得不知该说什么。二十年前皇帝带兵亲征将西胡杀得花果凋零，前几年大皇子又领着大军在西边扫荡不停，让西胡好不容易凝结起来的一些生气全数碎散。怎么又闹起来了？而且就算闹起来，以庆国的军力之盛，皇帝也不至于担心才是。

他自幼在庆国长大，当然知道庆国建国之初很是被西胡欺凌了些岁月，胡人始终是庆国的大患，只是这二十年间才变得连庆人的谈资都说不上。

皇帝看着范闲吃惊的表情，说道："我大庆连年受灾，旱洪相加，雪灾又至，偏生西胡这两年风调雨顺，草长马肥。若仅是如此，区区胡蛮也不至于让朕如此小心，北齐北边的那些蛮子也遭受了数十年来最大的一次冻灾。"

范闲忽然想到大半年前在杭州湖边，海棠朵朵曾经忧心忡忡地向自己提过的那件事情，那些北蛮子们确实遭了雪灾，牛羊马匹冻死无数，只是……北蛮西胡相隔甚远，这和庆国又有什么关系？

皇帝道："北齐敢把上杉虎留在上京城中，不担心北蛮南下，原来是老天爷帮他们。北蛮被冻得活不下去，又碍于上杉虎多年之威不敢冒险南下，只好从祁连山处绕行去觅水草。经历半年的大迁移，如今终于到了西胡境内，虽说二十万部族只活下来四万多人，但能在风雪中活下来的都是精锐。"

范闲眼前宛若浮现出无数部族驱赶着瘦弱的羊马，卷着破烂的帐篷，在风雪中，沿着高耸入云的祁连山拼命寻找着西进的道路，一路冻尸不断，秃鹫怪叫亦是不断。这是何等样壮观惨烈的景象，这是何等样伟大的一次迁移。

"西胡怎能容忍北蛮过来？"范闲关心地问道。

皇帝笑了起来，笑声里夹杂着自信与骄傲："西胡早就被咱们打残了，哪里奈何得了这些雪狼……虽然人数多了许多，几场大战下来终究还是只能认了。"

范闲叹了一口气，如果西胡与北蛮真的结盟，邻近西胡的庆国自然会受到最大的威胁，难怪皇帝对军方的处置显得如此小心。

"若大战来临，臣愿上阵冲锋。"范闲说的不是假假的漂亮话，而是真的很想纵马草原。不过朝廷内部的问题似乎还没解决。

皇帝嘲笑道："不要以为你是个武道高手便可以领兵打仗求军功……大战一起，千万人厮杀，除非你是流云世叔，不然仍是个被乱刀分尸的命。"

范闲嘿嘿笑了两声。皇帝顿了顿，又道："胡蛮不足惧，朕从来没有将他们放在眼里……只是北蛮迁走，北齐的压力顿时小了。"

范闲立刻明白了，这个世上真正有资格做庆国敌人的只有北齐，如此北蛮既去，北齐没了后顾之忧，谁知道那个小皇帝会不会动什么别样心思。

皇帝最后道："小乙不日内便会北归……因为小皇帝终于说服了太后，让上杉虎起复，大营正冲燕京。"

听到这话，范闲眼里惊色一现，但马上又敛了回去。

黑色马车上，范闲揉着自己的眉心，有些难受，一方面是疲惫过头，一方面是今日在宫中听到了太多的坏消息。正如皇帝所言，西胡那边没有几年的休养生息，不可能对庆国造成实质威胁，可是北齐那边……上杉虎复出！

上杉虎，范闲想到这个人便头痛，他虽然没有亲眼看见那一场雨夜长街上的刺杀，但当然知道这位天下名将的厉害。燕小乙去北方，能挡住上杉虎吗？更何况大都督新近丧子，只怕会与朝廷逐渐离心，难道皇帝就不怕燕小乙发疯投敌？

皇帝在宫中说过一句：他要用燕小乙，敢用小燕乙。当时，范闲恨不得伸一个话筒过去问他，你的心情究竟是怎样的？你就不怕把自己玩死？

范闲对皇帝只有那么一抹似有若无的感情，按理讲，本不需要如此操心庆国的存亡。可是皇帝的生死，关系自己和亲人的将来，他不得不如此。

在上京城中他狠狠地阴了上杉虎一道，那一声"杀我者范闲"，只怕直至今日还回荡在北齐上京城里，更何况肖恩被他逮了再逮，杀了又杀……从这个角度来看，范闲才是上杉虎最大的仇人，沈重只是个小角色。上杉虎为了复仇在雨夜中一枪挑了沈重，日后若真在疆场上相见，他会轻易饶了自己？

马车出了南城门，四个轮子依次被硬垄颠了一下，有些迷迷糊糊的范闲醒了过来，掀开车帘走了出去，一面打着呵欠，一面望向南边的官道。

时已近暮，进城的人不多，城门司与京都守备的兵士百无聊赖地站着，骤见一辆黑色马车在十几名监察院官员的保护下来到了城门口，顿时心头一惊。

看着那个打着呵欠的年轻官员，众人马上猜到了他的身份，南城门司的城门领参将得了消息赶紧跑了过来，给范闲端来长凳，奉上热茶。范闲也不客气，抱着茶碗咕嘟咕嘟地大口喝着。

没等多久，官道尽头便出现了一道车队的身影，沿着地平线上的那一排野树，渐行渐近，不一会儿便来到了城门前。

范闲迎了上去。车队停下来，高达等七名虎卫走了下来，与各处会合过来的六处剑手齐齐半跪于地，向他行礼。范闲挥手让他们起来，自然还要温言赞赏几句。嘴上说着，脚下却未停，他直接登上了中间的那辆马车。

一掀车帘，只见婉儿正抱着一个蓝布包裹在打瞌睡，长长的睫毛安静地伏在白皙的肌肤上，一缕刘海儿温柔地垂在额下，遮住了她的倦容。

范闲没有喊醒她，轻轻地坐在了她的身边，把她怀里的蓝布包裹取了过来，看了对面一眼。对面的思思眨着眼睛，小声说道："昨夜里弄久了，今儿精神不大好。"范闲笑了笑没有说什么，示意车队入城，小声提醒高达等人入城门的时候仔细些，别颠醒了车厢里的人。

马车穿过京都街巷，来到南城那条寂静的长街上，停在了范府正门前。这时，婉儿睡得迷迷糊糊的，下意识里抱着身边那条并不粗壮却格外有力的胳膊蹭了两下，觉得有一种久违的温暖回到了自己的身边。她往那

127

个更温暖的怀里钻了一下，竟吓了一跳，发现身旁是已经睡着了的范闲，才将那颗心放回肚子里。看着久未见着的熟悉容颜，婉儿忍不住可爱地笑了笑。

"啪啪啪啪……"热闹的鞭炮响起，惊醒了睡梦中的范闲，他有些恼火地咕哝了几句，睁眼一看，却见妻子正缩在犄角里看着自己。

婉儿看了范闲半晌才发现思思坐在对面，这时候又被范闲看到，羞得脸蛋儿通红。范闲望着妻子笑了笑，牵着她下了马车，抱怨道："哪家府上娶新嫁妇，怎么搞得这么热闹？"

婉儿指着范府的大门说道："我也觉着奇怪，是咱们家在放炮，也不知道是有什么喜事？"

思思看着范府门前人来人往、红灯高悬、鞭炮齐鸣的热闹景象，也是被吓了一跳，哎哟一声惊道："少爷、少奶奶，这是欢迎咱们从江南回来？"

范闲对着出府相迎的清客郑拓问道："郑先生，这搞的是哪一出？"

郑拓哈哈一笑道："少爷您今日封了澹泊公……这可是天大的喜事，各部来道喜的大人不计其数，此时都在宅子里等着您，当然要好好庆贺一番。"

范闲这才想到自己已经是小公爷了，他抬头看着范府匾额上挂的那块红布，忍不住自嘲一笑。林婉儿看着他吃惊地问道："相公封了公爵？"

说这话时，她的眉眼里全是喜色，连思思都不能免俗，兴高采烈之极。

一路往里走，到处都有前来贺喜的官员行礼，范闲忙不迭回礼，范府的下人仆妇们更是满面春风，不停地向范闲下跪磕头，他只好让藤大家的媳妇先将婉儿、思思和那几个丫鬟接进内宅。

赏钱像雪花一般飞了出去，范闲当然不心疼，只是觉着至于这么高兴吗？连婉儿和思思都乐成那样，如果妹妹在家里，不知会不会也如此？

第八章 归宗

直到送走来客,范府一家人才齐聚在园内的花厅里。柳氏端坐在范建身旁,眉眼间也尽是笑意。思思刚回范府便被派了一个很光荣的任务——安排饭席——以往这都是柳氏负责的。

范建和儿子、儿媳妇略说了几句,又说了说思思的事情,反正在澹州已经办过了,有老祖宗点头,他也不会再说什么。

饭席弄好后,花厅里没有什么闲杂人,一直被憋在家中的范思辙屁颠屁颠地跑了出来,见过嫂子之后便坐到范闲的身边,死皮赖脸地讨好处。

婉儿吃了一惊,心想小叔子不是在北齐吗,怎么偷偷摸摸地跑回来了?

范闲开口骂道:"不就是一个破爵位吗,值得你馋成这样?"

范思辙缩了缩脖子,说道:"你倒是不稀罕,可这天下拢共能有几个公爷?"

范闲笑道:"那也不至于找我讨赏,你如今的银子还少吗?我看再过两年,我和父亲就得伸手找你要钱。"

范思辙嘿嘿一笑,说道:"银子也买不来大哥的名声,您将来是要做王爷的,什么时候也想办法给弟弟我谋个爵位才好。"

范闲这才想起来,去年秋天抱月楼案发后,思辙被刑部发了海捕文书,自幼得的龙骑尉爵位自然被削除了。听到"王爷"二字，他的心情有些诡异，和父亲对视一眼，清楚了彼此心中的判断。以他的身份，一等公也就到头了，怎么也不可能成为王爷，除非……席间顿时沉默起来，范思辙知道自己的话有问题，不敢再胡吣什么。婉儿看着这一幕，嘻嘻一笑，对小叔子说道："回来了就别忙着走，待会儿吃完饭之后，陪着父亲母亲多玩几圈。"

范思辙一听要玩麻将牌，而且还是嫂子提议，顿时精神一振，这一年多他在北齐牌桌上未遇敌手，今夜终于要和身为天下第二高手的嫂子对阵，自然兴奋。

后几日京都一应太平，并无故事可讲。

范闲偶尔想到太子在抱月楼上的表现，心中生出一些疑惑。太子是庆国龙椅名正言顺的继承者，如此应对确实最佳……可看着局势这么走，他的把握来自哪里？他想不明白，范建也没有想清楚，长公主早已被范闲挑明了与二皇子的关系，太子凭什么再次相信长公主，又有什么底气来冷眼旁观？

想不明白便不再想，年节后还有陈园、靖王府、大皇子府这些地方一定要去拜访，所以过年前这几日，范闲没有去监察院，也没有入宫，只是老老实实地待在范府里，孝顺着一年未见的父亲，管教着久在北方的弟弟。

一家团圆的气氛真是不错，只是少了若若和澹州的老祖宗，范闲私下对父亲说，祖母一直没有见过思辙，是不是得找个时候让思辙回澹州去。

范建想了想，确实也是这个道理，让他安排。

直到腊月二十八，范府来了位不速之客。这位客人是北齐驻南庆使节，身份有些敏感，专门在鸿胪寺报备之后，登上了范府的大门。

范府众人均觉古怪，也只好开正门相迎。这位使节对范闲好生恭敬，代北齐朝廷转达了对范闲的慰问，说关于山谷狙杀一事，北齐百姓感同身受，深为小范大人不平。放下一大堆礼物之后，使节便离府而去，只剩下范建、范闲这对父子大眼瞪小眼，不知所以。

当天夜里，鸿胪寺便来了人，内廷也来了一位公公，向范闲解释了为什么北齐的使节会登门上访。原来他被刺杀的消息传到了北齐，不知为何，北齐小皇帝竟是亲笔修了一封私信，带给庆国皇帝陛下，对范闲遇刺表达了自己的关切，对庆国朝廷不注意范闲的人身安全也表示了隐晦的批评。

范闲听着这话，对着那位公公和鸿胪寺的少卿倒吸了一口冷气，说道："吹皱一池春水，干他……鸟事！"

鸿胪寺少卿与那位公公尴尬地对视一眼，小意地安慰道："北齐人存着什么心思，咱们都明白，小范大人也不用过于愤怒，这等腌臜伎俩能有什么用？"

那位公公也奸笑道："他们要送礼，您就接着。"

送这两位出府后，范闲匆匆跑进书房，对着父亲问道："北齐人究竟想干什么？这事轮得着他们表示关切？"

范建笑道："有件事情一直忘了和你说，陛下似乎也忘了这茬儿。当初你出使北齐，曾经答应了他们的皇帝，说有空的时候，就去他们的太学讲讲课？"

范闲认真地回忆，似乎还真是有这么一句话，可是自己好像没有答应吧？范建接着说道："你在江南时，北齐向鸿胪寺发了份文，说是聘你为上京太学客座教授……我们以为那小皇帝无聊，也没有当回事，谁知北齐却是当了回事。如今你既然是上京太学的客座教授，他们表示一下关切与愤怒似乎也说得过去。"

范闲气恼地说道："这时候阴我一道，对他们又有什么好处？"

范建摇头说道："虽说是很粗糙的手段，有脑子的人都不会相信这种挑拨，但积毁能销骨，谁知道将来会不会让陛下疑你？他们只需要送些礼物，带两句话，丢些脸面，便可以扎根刺在你喉咙里，这买卖划算得很。"

范闲皱着眉头说道："小皇帝横生一事，看来朝廷不会再继续查了。"

这说的是山谷狙杀的真相。范建看了他一眼，神情微冷地说道："陛下本来就不想查，如今又多了这么好的一个理由，怎舍得不用？"

范闲沉默半晌之后说道："父亲大人，初一的时候，我要进祠堂。"

范建并不如何吃惊，从皇帝授范闲澹泊公开始，他就明白了皇帝的想法，但此时他并没有立刻应下来，只对范闲说了一句："这件事情，我要入宫问清楚。"

正如抱月楼上那些人曾经说过的，京都太平了一年，最大的原因自然是因为范闲被放逐到江南整整一年。而随着他的返京，京都再也无法保持表面上的平静，因为他恰好处在所有势力的对冲点上，也是因为他做事的风格和所谓诗仙的美誉完全不对称，行起事来甚至比庆国大部分权贵都更加狠厉。

某些人悄无声息的死亡，某些官员大受屈辱的入狱，一桩一桩，让京都权贵们再一次深切地感受到了范闲的力量和决心，让他们确认小范大人在江南春光明媚地养了一年，心性并没有变得温柔一分。

最近北齐朝廷觍着脸凑将过来，无耻地表示了对范闲的爱意，批评南庆朝廷没有把小范大人的安全保护好，所有人都觉得荒唐无比，愤怒无比。

范闲一下子就被推到了风口浪尖上，虽说聪明人并不相信他与北齐有什么见不得人的勾结，因为北齐这手段太幼稚，可人们还是有些不舒服。这件事情风波未平，大年初一，整个京都又被和范闲有关的另一件事情震惊了。

天上一丝亮光都没有。范闲坐在车上，揉着有些发涩的双眼，心想祭祖用得着这么偷偷摸摸吗？昨天是除夕，一家子人打了通宵麻将，范思辙和林婉儿瓜分了全家人手头的财产之后牌局方终，然后全家人又立刻上了马车，出府而去。

一路都有别房的马车汇到了一处，虽然刻意保持着安静低调，但如此长的车队，阵势确实显得有些大。

范闲有些隐隐的兴奋与紧张，第一次祭祖，他不知道祭祖应该在五更。去年范府祭祖时，他与婉儿待在园中，隐约记得应该是下午才对。他看了一眼身边沉沉睡着的思辙，忍不住笑着摇了摇头，在自己的马车上，想来没有哪个衙门敢不长眼来缉拿钦犯。

想到今天终于可以入祠堂，他的笑容一直浮现在脸上。他也不清楚父亲入宫是怎样和皇帝谈的，反正皇帝老子无奈地点了头，太后也保持了沉默。说来也是，既然皇室不能给自己一个名分，难道还想让自己一辈子都没个姓氏？

而且皇帝应该也愿意看到这一幕，在他看来一个澹泊公已经给足了面子，范闲需要明确身份，免得把局面弄得更复杂——监察院削权是不够的，范闲想在权臣的路上继续走下去，首先便是把自己从皇子们的队伍里择出来。

车队不知道行了多久，又在城门处等了一会儿，城门甫开，便在兵士们的敬畏目光中驶了出去，沿着官道一路向西，到了范闲曾经来过的那个田庄。

三十几辆马车依列停在了宗族祠堂外面的平坝上，田庄里的人们早就来接应了，年年如此早已做成了熟练工种。提供给女眷们歇息的竹棚昨天就搭了起来，柳氏、婉儿、思思，还有其他几房的长辈妇人则是被接到了院子里歇息。

如今的范族族长、户部尚书范建站在祠堂的台阶下，穿着三色交杂的正服，平静地看着眼前的一切，心里却涌起了一股温暖和快意的感觉。自己终于把陛下和她的儿子养成了自己的儿子，这算不算是人生当中最成功的一件事？

各房里的头面人物都已经下了马车，依着辈分、年龄站在祠堂外，望着范建，各自心里有着复杂的情绪。三十年前范氏就已经是京中大族之一，范建这一房只是偏房弱门，如果不是那位老祖宗抱大了如今的皇帝与靖王，范建又怎么会站在那里？范建成为族长之后，官越做越大，对族人的约束越来越严，谁敢有半点不服？更何况如今那一房里又多了个范闲。

宁香点了起来，祭物已经准备好了，祠堂宗庙里的僧侣恭敬地铺开毡毯，然后缓缓地将祠堂的大门拉开。吱的一声，厚实的黑木做成的大门向着两边滑去，内里一阵寒风涌出，似乎是范氏的祖先们正冷漠地注视着后代。

范族上百男丁低首。众人身后的一辆马车打开了车门，一身布衣的范闲沉稳地走下车来，顺着父亲的手势，缓缓地在两队男丁中间往前行去。

祠堂前的气氛一片肃穆，范氏族人们大气都不敢出一声，唯恐惊动了祖先。但当他们看到范闲时，依然忍不住瞪圆双眼，张大了嘴，发出了无数声惊叹。最后方那些十几岁的少年郎们，看见范闲更是吓得不轻，双腿直抖，心想这位祖宗怎么也来了？

范闲平稳地往前走着，渐要接近祠堂，只见石阶下父亲正在与几位老者低声争执着什么，那几位老者是范族里德高望重的长辈，有一位他还要叫伯爷。

那位辈分最高的伯爷满脸忧色，对范建轻声说道：“亦德……此举不妥。”

范建温和地问道：“二伯，有什么不妥？”

那位伯爷眼中满是惊恐，压低声音说道：“这孩子……”

难道要他当着族长的面说又不是你亲生的？他只能闭上了嘴，但依然惊恐不已。其余人也是如此，心想又不是我范家血脉，凭什么来祭祖？更担心的是，范闲是龙子龙孙，如果让宫里知道今天的事情，这可怎么得了？

范闲没有给这些长辈开辟论会的机会,走到父亲身前,先是给诸位长辈恭敬行礼,然后便站到了父亲的身边。范建微笑地指着队伍的某处说道:"你的位置在那里。"

没有人再敢表示反对,他们害怕宫里,但其实更害怕范闲。

"祖有功,宗有德。"

"万物本乎天,人本乎祖。"

祠堂内外白烟缭绕,器物上陈,男丁们依次叩拜,在一声起伏一声落的吟唱里,范族祭祖平稳地进行着,只是人们总是忍不住会偷偷看上范闲几眼。

范闲跪过拜过,便出了祠堂,看着漫天纸花与远处山头上的积雪,表情有些发呆。他知道自己的名字终于可以记在范氏的族谱上,内心深处多了一抹光亮的颜色。

范思辙在马车上对着祠堂所在的方向磕头。范闲走到马车旁,忍不住叹了口气,心想自己重生一世,在北齐西山的山洞里、在垂死的肖恩面前认同了对这个世界的归属。今日终于再次确认对这个世界的归属。自己的生命终于打上了挥之不去的烙印,与这个世界紧密地连在一起,再也分不开了。

晨光早至,田庄里的白雾与祠堂里的烟雾混作一块,同样也分不开了。

当范闲站在范族祠堂外的马车旁喟叹时,几乎在同一时间,跨越半个庆国,江南苏州城外那座天下最大的庄园里,夏栖飞跪在祖宗的牌位前正无声哭泣。

明青达用一种很复杂的眼神望着哭泣的他。明兰石站在四叔身旁,看着这位从来没有进祠堂祭祖的"七叔",面色平静,内心深处却是充满了挫败感。

明四爷半年前就被苏州府放了出来,从那之后就与夏栖飞绑在了一起,处处与明家作对,毫无疑问,那次未遂暗杀让他对明家已经死了心。

如今明家的情况很困难，流通的银两太少，只好向外伸手。虽说招商钱庄提供了极大的帮助，可如果行东路和海上的生意无法好转，再继续借银子就会生出极大隐患……而且家族内部也越来越不稳，庶房自然站在了明四爷的身边。

想到此节，明兰石便极为痛恨远在京都的那位钦差大人，如今的局面都是他一手造成，夏栖飞今日入祠堂祭祖归宗，也是当年协议里的一环。直到今天，明兰石都不清楚父亲为什么会答应范闲提出的这个要求。

夏栖飞抹去脸上的泪痕，跪在地上，对着列祖列宗的牌位，用只有自己才能听到的声音喃喃说道："父亲，母亲……那个老妖婆死了，儿子终于回来了。"

他自幼被明家赶出家门，无数次死里逃生，哪怕后来成为江南水寨统领，也只是想着有一日能够凭借武力复仇，从来不敢奢望……自己居然可以光明正大地重返明家！如今的他不只是江南水寨的统领，更是不为人知的监察院四处驻江南路监司，还是夏明记的大东家、负责内库货物行北齐路的行销，今天他又重新获得了明家七少爷的身份，将来明家的家产总有他的一份。

甚至……有可能全部是他的。

当然，夏栖飞心里明白，就算日后明家成了自己的，可那也是小范大人的，自己眼下所获得的一切都来自小范大人的厚赠。他是个知恩图报的人，也是一个知道分寸的人，只要能复仇，能回到明家，就一切都好。

早已没有当年狠劲儿的明四爷上前将他扶了起来，安慰道："七弟，回来了就好。"

"谢谢四哥。"夏栖飞站起身来，对着明青达怔了怔，旋即笑了笑说道，"大哥，那我先出去了。"

明青达微微一笑说道："七弟，时日还长，今天就不留你用饭了。"

夏栖飞知道明青达话语里隐着的意思。江南与明家如今已经分成了两方，至于将来谁执牛耳，最终还是要看京都、宫里斗争的输赢。明青达这一年无比隐忍,为的就是争取时间,等着那边的结果,而他相信不用再忍太久。夏栖飞也在等,他等着小范大人全盘胜利的那一天,他从来不相信小范大人会失败。

走出明氏祠堂,夏栖飞看了眼园子里面色各异的族中子弟,脸上流露出一丝自嘲的笑容,想来这些人没有谁会真把自己当七爷看吧。

明四爷一直跟在他的身边,轻声道:"虽说我们这边已经有三个人了,可他毕竟是家主,有些事情是瞒不过他的。"

"生意上我们不要管。"夏栖飞回道,"园子里的护卫能掺多少人就掺多少人,我会派人盯着,大势定后他还想苟延残喘,就不要怪我下重手。"

明四爷吃了一惊,赶紧说道:"可不要胡来,全江南都盯着明园,就算是小范大人也不敢做这等事情。"

夏栖飞没有再说什么,向明园外走去。

园外马车旁,断了一臂的关妩媚正等着他,她看着夏栖飞脸上残留的泪痕,知道他今日定然受了极大的情感激荡,便强压着激动说道:"恭喜大当家。"

"嗯?"夏栖飞笑着回道。

"恭喜表哥。"关妩媚笑道,"恭喜明七爷。"

京都王府,二皇子正在与叶灵儿下围棋,忽听得书房外传来一阵急促的脚步声,不由微微皱眉。管事叩门而入,也顾不得皇妃正在座上,急急凑到二皇子耳边,将才听到的那个惊天消息说了出来。

二皇子脸色微变,手指拈着的黑色亚光棋子落入茶杯中,发出了噗的闷声。

管事出去后,叶灵儿关切地问道:"又出了什么事?"

在这位未满二十的年轻皇妃看来,夫婿被自己的师父打得越惨越好,最好是打得他心灰意冷,再也不去理会那把龙椅的归属。

范闲在京都打老虎,她在王府里偷着乐,此时看着夫婿脸色有些震惊,以为师父又在出手做什么事情,所以并不担心,反而有种看好戏的冲动。

二皇子看着妻子愕然地说道:"范闲他……今日祭祖去了。"

叶灵儿吃惊得说不出话来,她对范闲的心志有所了解,可是怎么也没有想到,在如今这当口,他竟然会如此勇敢地选择了归宗。

二皇子苦笑道:"范闲是不是发疯了?"

"为什么这么说?"叶灵儿眸子里闪过一丝疑惑,既然范闲敢去祭祖,定是太后与陛下都默许的,为什么夫君认为范闲是在发疯。

二皇子百般不解地说道:"他如今权势太大,得罪的人太多,孤臣之势已成……将来要不然和我们抢一抢那把椅子,要不然扶老三上台,自己隐在幕后做位摄政王爷,只有这两条路才能保证他家门安宁。可他如今既然归了范氏,便自然断了继位的可能,想用皇族子弟的身份摄政,也不可能。"

叶灵儿补充道:"就算他不认祖归宗,以他的身世,陛下不会让他继位,文武百官也不会同意,这第一项本身就没有什么可能。"

"什么是可能?"二皇子说道,"他一天不归于范氏,就有被宫里重新接纳的可能,加上他手头的权力,谁敢说他要争这天下没有可能?"

"那第二项呢?"

"一位摄政王爷,或许能让宫里的贵人和宫外的皇族军方保持沉默,只要他姓李……可是一位姓范的权臣,要挟天子以令诸侯,这就不可能。他今天归宗,直接断了前面说的这两条路,所以我不明白他究竟在想什么。"

"还有两条路是什么?"叶灵儿忽然觉得一阵寒意涌上心头。

二皇子停顿了片刻后说道:"父皇百年后,不论是谁登基都会对范闲和范族进行大清洗,不然谁也没有把握能够完全控制住大局。"

这正是在抱月楼中他对范闲说过的那些话,所以他一直以为范闲会逐渐往皇族里融入,争取明面上的地位——不论是范闲自己去抢龙椅,还是帮老三都是可行之途。以范闲如今的实力,以及他身前身后所连带影响着的那些老家伙们,没有一个新登基的皇帝能够放心看着他活下去。

"他将来只有两条路可以走了。要不然就是束手待缚,满门被抄斩,就如同当年的叶家。要不然……就是凭借他手中的实力造反,叛出国境。"说到这里他摇了摇头,"只是他现在手中的权力掀不起多大风浪,父皇是个谨慎的人,范闲没有军队,就永远无法成事。"

叶灵儿一惊,细细品味着他说的这几句话,发现如果以后的局势真的这样发展下去,自己的师父果然不可能有什么好下场。于是她有些紧张地说道:"你忘了一个可能性,如果真是三殿下日后继承大宝,以他和范闲的师生情谊,并不见得会让事情发展到不可挽回的地步。"

二皇子笑了起来:"这话我也对范闲说过,三弟年纪确实还小,不过我可是看着他长大的,这小子哪里又是省油的灯,更何况在什么样的位置上就要考虑什么位置的事,有些时候不是你我不想做就可以不做的。"说到这里,他笑容忽敛,情绪复杂地继续说道,"最重要的是……不论是谁继承大位,我们那位父皇在离开这个世界之前,都不会眼睁睁地看着范闲给他挑选的继任者带来无限麻烦。"

妄论帝王生死,不管是子是臣都是大忌讳,叶灵儿沉默了一会儿,没有接话,转而问道:"可这又不是范闲想过的生活,这是他的那些长辈安排的,如果你是范闲,你又能怎么做?"

二皇子怔了怔,片刻后自嘲道:"我也不知道会怎样做,大概和他现在的情况差不多。天下之争,不进则死,他自己放弃了前两条路,就应该退得彻底一些。如果是我,这时候就应该进宫请辞了,不论是监察院还是内库他总要放一个出来……然后他与我走得更近些。不要这样看着我,这是最明智的选择,想必他也明白,我是敢接受他的,而姑母毕竟是他的岳母。"

叶灵儿叹了口气,她知道自己的家族早已因为这门婚事成了夺嫡中的重要筹码,如果范闲再过来,自然……她忽然觉着有些头痛,难过地皱紧了眉头。

"范闲如果不转变，日后只有走入死局，他若有勇气转变，或者眼下会吃亏，将来却可以谋取更大的好处和更稳定的和平，这要看他怎么想了。"二皇子站了起来，看着窗外的淡淡天光，有些出神地说道，"不过……这两年里早就证明了，范闲他是一个不按常理行事的疯子，所以我没有这种奢望。"

在庆国绝大多数人看来，范闲温柔的外貌之下确实有几分疯狂的意味，这说的不是京都夜里的那些鲜血，而是让世人震惊的归宗一事。

五更，范氏祭祖开始。午时这个消息就已经传入了各大府邸，不知道多少人在猜忖事态后续的发展，猜测他的前景。

如二皇子一样，没有人明白范闲为什么要这样做。以往他顶着皇帝私生子的名义，虽根本看不到任何入主宫中的希望，可毕竟也是个身份，很久以前陈萍萍就曾经想过，只要一天没有说死，一切皆有可能。太后离世，他也不是没有重新列入皇子队伍中的可能。而他今天搞的这一出，断绝了回归皇族的所有可能，在绝大多数人的眼里这举动未免显得愚蠢或者说是冲动。

深宫中的那些贵人们，也被这个消息惊住了。淑贵妃正在用娟秀的小字抄录着范闲送过来的天一阁善本，听着宫女的回报，她纳闷地摇了摇头。此时宁才人正在她的小院里围着树打转练剑，听到这个消息之后，眼中光芒一现，赞了声有骨气。

漱芳宫中，宜贵嫔正在看着三皇子练字，听着醒儿小声地说话，没有说什么，只是看着儿子的眼神复杂了起来，片刻后才认真地告诉了他。三皇子听后悚然一惊，马上明白了许多事情，先生归宗，很大程度是为了自己。

宜贵嫔盯着他的眼睛说道："平儿，你要牢牢记住范先生为你所做的一切，如果日后你敢做出那些事情来，母亲饶不了你。"

广信宫，一直幽居于此的长公主李云睿最先得知了这个消息，先是怔了怔，然后笑了起来。一笑百媚生，竟将殿里那些白幡清光、纸花玉树的美全都压了下去。

宫女小心翼翼地问道："公主为何如此高兴？"长公主缓缓敛去笑容，轻柔地回道："本宫忽然觉得，我那女婿真是位可人儿，识分寸，懂进退，说来只与他见过一面，真是可惜……明日召他与婉儿进宫，本宫要瞧瞧这两年不见，小家伙怎么成长得如此迅速。"

宫女一怔，心想小范大人此举冲动有余，利害考虑不足，难道长公主是因此而高兴？可看长公主的脸色确实是极为欣赏，这到底又是怎么回事？

含光殿，太后正在抠着念珠碎碎念着什么，洪老太监佝着身子服侍在旁。许久后，太后叹了口气说道："那孩子也算识大体，不容易了。"

洪老太监声音微哑着说道："小范大人不错。"

皇宫深处的那座清幽小楼里，皇帝一身黄袍，负着双手，看着画中那位黄衫女子出神半晌后轻声说道："我们的儿子确实更像你一些，骄傲到居然不想回来……姓范也好，当年你和亦德曾经以兄妹相称，就算随母姓吧。"

一阵寒风穿楼而入，掀得那幅画微微飘动，画中黄衫女子清丽的面容稍一扭曲，像是唇角泛起一丝嘲讽的笑容，在嘲笑皇帝刚才说的话。

大年初一下午，范闲坐在前往靖王府的马车上。这是多年来范府与靖王府之间的老规矩，年后总要择一日两府人聚在一起热闹一下。李弘成被禁足一年，是范闲的手笔，实际上却是靖王爷狠心决断，防止王府被拖入夺嫡一事，两边府上并没因为子侄间的问题而影响感情。

马车微颠，婉儿出神地看着范闲，半晌后忽然笑了起来："我在想，今天京都里一定都在议论你，都在骂你是个蠢货。"

范闲微笑道："我能瞒天下人，我不瞒你。其实我选择归宗的原因很简单，第一我从来都把自己看成范闲，因为我从小是奶奶养大的，不会再接受任何别的姓氏，归宗祭祖，我一直愿意，所以要去做。第二这是

141

在明志。澹泊以明志，宁静以致远，要想致远，就必须明志。"

婉儿不解地问道："明什么志？明志给谁看？"

范闲沉默了，想到了皇宫里与皇帝的那番对话，澹泊公啊澹泊公……他笑了笑说道："我要表明自己不想当皇帝，那当然就是给陛下看的。"

林婉儿担心地看了他一眼。她很少与范闲讨论这些事情，但以她的聪慧，自然早就看到了范闲与范府可能面临的灭顶之灾。

"逆流而上，不进则退，船倾人亡，这个道理我懂。所有的形势都在逼我应该去争一争，可是皇上却警告了我，我只好不争了。"范闲安慰道，"没事，顺流而下终究还是舒服些，这天底下我没有几个怕的人，可对你舅舅、我那个便宜老子还是有些害怕。"

林婉儿担心地问道："可是将来呢？"

"陛下至少还能活二十几年。我用一个不可知的将来的危险，换取了二十几年的太平，或者说是二十几年陛下的信任，这个买卖很划算。而且我不能暧昧，必须明确态度与心志，因为只是站在老三的身后不足以说服很多人。"

范闲揉着自己的眉心，有些疲惫地说道："男女之间可以搞暧昧，君臣之间这么搞，那就容易死人。我相信陛下一定喜欢我现在这样的做法。"

他没有对妻子说，所谓暧昧必然是双方面的，今天认祖归宗，是他向皇帝表示赤诚，也自然看清楚了，皇帝不想让他接这个天下。

这个事实让他有些放松，放松之后却多了些悲哀，不在当下而在当年，正如陈萍萍那个夜里确认的那样，范闲也终于确认了天子有疾，有心疾。

马车停在靖王府的门口，早有人在府外候着将范府贵客们接入王府。范闲领着婉儿跟在父亲和柳氏身后迈步而入。一眼望去，府中园景依旧，只是湖那边的白纱却没有悬起来，如今是冬日，自然不会挂纱遮光。

"你这个小东西，还知道来看老子！"靖王爷怒气冲冲地瞪着范闲，但那双瞪得极大的眼睛里，不知为何却饱含着伤感与怀念。

入王府热闹了一番，连柔嘉和弘成都还没看见，靖王爷便忽然提出让范闲跟自己在府中走走,范闲看父亲大人点了头,也就随他去了。

京都雪在腊月二十九便停了,三天内靖王府的仆役就将草地上的雪扫得干干净净,只有湖对面的亭上还残留了一些雪块。天寒地冻,自然没有什么新鲜嫩活的草尖,有的只是死后僵直着身躯的白草,显得有些荒败。范闲跟在靖王爷身后往园子深处行去,向那微佝着的后背看了两眼,一时间竟莫名地有些伤感。

这位王爷不寻常,史书上也有过一些自敛乃至自污的荒唐王爷,可做得像他这样彻底、对权力竟似真的完全没有渴望的人物实在少见。尤其是他的年龄并不大,容颜却是如此苍老,谁知道当年究竟经历了怎样的精神打击?

二人在菜地边停住了脚步,靖王爷说道:"第一回见你就是在这菜园子里。"

范闲想到那个诗会,想到自己当时幻想菜地里有位语笑嫣然的白衣女子,然而却看到了一位农夫,便忍不住笑了起来,说道:"王爷总是喜欢戏耍晚辈。"

"京里的人不止我一个人喜欢种菜。"靖王爷忽然说道。

京都虽然富庶,依然有许多穷苦百姓,百姓们在院角墙下整治些菜地,补充一下日常的饮食很是理所当然,但他这么说想来自有后文,范闲认真地听着。

"秦家那个老家伙也喜欢种菜,只不过他只种白菜和萝卜。"靖王爷带着讥诮说道,"当兵的家伙只知道填饱肚子,根本不知道种菜也是门艺术。"

范闲心头一惊,细细感受这两句话,一时间不知如何应答。

靖王爷走入烂泥场般的菜地里,双手叉着腰,看着四周的荒败景致,沉默半晌后说道:"你查清楚山谷狙杀是谁做的了吗?"

范闲当然知道山谷狙杀是军方领袖秦老爷子一手安排,问题在于这是如今庆国最大的秘密,除了陈萍萍与自己没有几个人知道,而靖王爷先谈秦老爷子种菜，此时又说山谷狙杀，难道是在暗示什么？靖王爷常年不问政事，与文武官员都没有往来，他……凭什么确定山谷狙杀是老秦家做的？

靖王爷没有说明，范闲也不知道自己的猜想是否正确，也不可能把秦家的事情告诉对方——因为那涉及监察院最深的死间，于是装作不知道地说：「院里一直在查，只知道一定和军方有关，只是那人证已经死了，没有新的线索。」

靖王爷回头看了他一眼，有些意外于他的无动于衷，以为这小子没有听明白自己的意思，恼火地哼了一声：「蠢货！」

范闲心想，这种事可不是得装蠢。

「守城弩是叶家的。」靖王爷盯着范闲的眼睛说，「但你不要忘了秦家。」

这话就说得太直接了，范闲无法再装下去，对王爷的回护之意十分感激，认真地说道：「我和秦家没仇，所以我不懂。」

王爷哼了两声，没有再说什么，抬步出了菜地往园子深处走去。

范闲看着他的背影，隐约猜到了些什么。靖王爷敢推断是秦家，必然是因为当年的事情。只是秦家和太平别院血案的关系连父亲大人都不知道，陈萍萍也是在那之后查了十几年才查到了真相。他为什么知道？一时间他身体骤寒，再也顾不得那么多，赶上前去抓住了靖王爷的袖子。

靖王爷停下了脚步，二人站在寒冷的田垄上，不远处便是王府的墙，墙外即是京都一成不变的凄冷天空。范闲望着他，极为诚恳地说道：「为什么天下没有谁知道秦家参与当中？为什么京都流血夜的时候，这个底幕没有被掀出来？」

「你问得太多了。虽然我只是个不务正业的闲散王爷，但毕竟也是皇族的人……至于我为什么知道范建和陈萍萍都不知道的事情，道理也很简单，因为当年我年纪尚小，跟在母后身边，又喜欢到处躲迷藏，所以有时候很容易听到一些对话，至于偷听到了什么话，那就不能让人知道了。」靖王爷感慨地说道。

范闲欲言又止，王爷肯点出秦家已经算是对自己异常爱护，那件事情如果涉及太后——那可是王爷的亲生母亲，他怎么能说下去？

"云睿那时候年纪小，这件事情和她没关系。"靖王说道，"这一点我想和你讲清楚，你自幼跟着范建和监察院学会很多，但也会犯他们一样的错。"

"什么错？"范闲不解地问道。

"不论是陈萍萍那条老狗还是你父亲，都是玩弄阴谋的高手。他们总喜欢把事情搞得很复杂，而且他们谁都不信。最愚蠢的是，他们最不信任的就是彼此。"

靖王爷冷笑道："这些年因为互相猜忌，他们多年不往来，甚至隐隐成仇。以前陈萍萍还怀疑过云睿，也不想想那时节云睿才多大年纪。"

范闲苦笑无语，父亲与陈萍萍之间的互相猜忌与防范，从母亲死后便一直存在，而且越来越深，直至自己入京后才渐渐缓和了很多。

"我把老秦家的秘密守了这么久，今天讲给你听，不是要你去报仇。我只是担心你不知道自己在军中真正的敌人是谁，有一天会轻易死去。"

"轻易死去"四个字，靖王爷说得很沉重，因为他不想再有谁这样轻而易举地死去。

范闲一揖及地，然后直起身子微笑着问道："王爷，您为何对我这般好？"

靖王爷怔了许久之后，忽然笑了，笑声越来越大，越来越尖，越来越凄厉，直笑得他肚子都痛了起来，蹲在田垄上，捂着小腹半晌都抬不起头来。

范闲心头微乱地站在一旁，看着这位王爷头上与实际年龄完全不相符的花白头发在寒风中飘拂着，看着他眼角因为笑容而挤出来的泪水。

许久之后，靖王爷直起身子走下了田垄。

范闲依旧沉默地跟在他的身后。

靖王爷脸上恢复了平静，说道："那时候的诚王府不起眼，在京里无人问津，所以皇兄与我可以自由出入。当时你父亲天天跟着我们，再加上宫……伴读陈萍萍，我们四人终日一起玩耍，我年纪最小当然最受欺负。后来皇兄、范建和陈萍萍去姆妈老家澹州玩耍，回来后乐滋滋地说在那里认识了一个很有趣的姑娘。后来没过多久，那位姑娘便到了京都，找到了诚王府。"

范闲微笑道："想来是我母亲。"

"是啊。"靖王爷悠悠地说道，"当时年纪小，我天天缠着叶子姐玩……你母亲很疼我的，所以皇兄再也没办法让陈萍萍来欺负我了，这样很好。"

二人边说边走，不一时来到了一间书房。很明显这间书房平时很少有人过来，靖王爷开锁都用了一会儿时间，走进书房他对范闲说道："坐。"

范闲没有理会座上的灰尘，平静地坐了下来。靖王爷在书柜里翻了半天，终于翻出了一本厚书，递给范闲说道："看。"

范闲双手接过，看封皮是农艺讲习，不由得郁闷地看了王爷一眼。

"关于你的母亲，我没有太多的话想说，你问我为什么对你这么好……其实我做得根本不够，我被他们瞒了将近二十年……我一直以为她没有后人。"

靖王爷摸了摸他的头，佝着身子走出了书房，背影萧索。

范闲随手翻阅着那本厚厚的农艺讲习，心里却在想着靖王爷。他明白那一抹青涩的不能言于口却铭记终生的心思。当一个少年初始萌动时，身边忽然多了一位温柔美丽、无所不能、无所不容的姐姐，难免会有这样的事情发生。他重生到这个世上时，已经是一个成熟的灵魂，但前世何尝没有这样的经历，哪位男子没有过这样的经历？只不过正常人成长后会有真正甜美的果实填补进自己的精神世界，靖王爷的成长经历却被历史打断了。老叶家一朝覆灭他却不能怒，无处怒，故而早生华发，身影微佝，只敬田园不敬宫廷。

他翻动着微微发黄的书页，忽然手指僵硬了一下，因为看到几张薄纸夹在厚厚的书中，他心头一动，快速地向后翻动，又翻出了几张薄纸。

纸上的笔迹很陌生,又有些熟悉,书写人的毛笔明显用得不够好,笔画支支棱棱,就像是火柴棍在搭积木。纸上的内容也并不出乎范闲的预料,上面记着某人对某人的某些建议,比如监察院,比如商贾事,还有几张便条说今天想吃什么,明天大家打算到哪里去玩……

范闲笑了起来,对着那几张纸自言自语道:"你写的别的东西大概都被这天下人烧尽了,没想到当年的小男生还留了几张下来。"他偏偏头,又道,"不过你的字真没有我写得好,而且把气力尽放在大处却不放在小处,毛笔用不惯就用鹅毛笔好了,这又不难。对了,我在内库那边做了个小坊专门做铅笔,在这些事情上我比你还是要聪明很多……"

这是母亲的东西。他毫不客气地把这几张纸收入怀里,走出了书房。

第九章 宫里的那些破事

靖王爷不在书房外,范闲来过多次,也不需要丫鬟带路,自行去了一座院前,只见院门上挂着一把大大的铜锁,他看着这把锁忍不住笑了起来,喊道:"不开门,我就走了啊!"

"别走!别走!"院内传来一连串急促的呼喊声,有人急速跑了过来,大木门发出砰的一声,想必是那人撞在了门上,由此可以想见其急迫的状态。

大门开了一道缝,范闲向里面看去顿时吓了一跳,发现对面也有一只眼睛在往外面看着,那人眼角上有眼屎,头发胡乱系着,看着憔悴不堪。

"见鬼!"他仿佛觉得不吉利般往地上啐了一口。

"你才是鬼!"被关在房内的李弘成破口大骂道,"还不赶紧把我捞出来!"

范闲看着他也着实可怜,笑骂道:"王爷禁的足,我有什么办法?"

"给我求情去!"李弘成已经快被关疯了,好不容易看到了一个不怕父王的家伙,哪肯错过,骂道,"你小子还有没有良心?你阴我黑我骂我我都认了……可我被关了这么久,你就没点儿同情心?"

范闲正色道:"王爷关你也是为了你好,不然你若再出去和那几个家伙折腾,折腾到最后,也不见得有什么好下场。"

"死便死了!"李弘成冷笑道,"总比被活活憋死强。"

范闲退后看了看院子格局，有些吃惊地问道："你在这院子里关了一年？"

李弘成无奈地说道："那不早得疯了，平日里只是不让出府，虽说都是坐监，但王府这牢房总是大些。"

范闲赞道："以王府为囚牢，心不得自由，世子此句有几分哲理。"

李弘成叹道："本来在府里听听戏也不错，结果你小子一回京就被人刺杀，又去杀人，我家老头子二话不说把我又关回了小院，你说我招谁惹谁了？"

范闲当然清楚这是为什么，自己一回京便对二皇子一派大打出手，靖王爷不想让自己儿子牵连到这些事情里，肯定会管得更严。他看了看四周无人，轻声道："成，我把你弄出来，但你可别去见那些家伙。"

李弘成大喜过望，连连点头，又提醒道："你可别把锁弄坏了。"

范闲从腰带里掏出一把钥匙，嘲讽道："说什么呢？我可是监察院出来的。"

大铜锁咔嚓一声开启，李弘成终于得见天日。他大步迈出，看着四周开阔的环境，深深吸了一口气，重重一拍范闲的肩膀："算你小子还念旧情。"

这么大动静，王府里的下人们哪里会不知道，只是开锁的是小范大人，救的又是自家世子爷，谁也不敢去阻拦。就在这时，忽然一道着急的声音响了起来。

"哥！你怎么自己跑出来了？"院落侧方走出位身穿杏红大罗袄的贵族小姐，小脸急得通红，"当心爹爹打死你！"

范闲一怔回头，发现这位小姐依然是那副柔弱温顺的模样，只是眉眼间较诸往年多了几丝清丽与婉约，不由心头一惊，心想才一年不见，小萝莉怎么就变成如此清纯可人的少女了？

那位小姐也看清了范闲的面容，大吃一惊，掩住了自己的嘴唇，那双眼眸惊喜之余，忽然间想到了什么，马上便生起一层水雾。

在京都，范闲最害怕的除了宫里的皇帝老子，便是面前这位对自己情根深种的小姑娘，好在如今早已尘埃落定，而且自己是她……堂哥，他不再像过往那般害怕。不过今日骤见姑娘伤心的模样，心情还是有些怪怪的。

小姑娘终于平静下来，微微一福，用蚊子一般的声音说道："见过闲哥哥。"

听着闲哥哥三字，范闲倒吸一口凉气，心想来了，又来了，却是别无办法，只好用长兄一般沉稳和蔼的语气问候道："见过柔嘉妹妹。"

范闲一扯李弘成的衣袖便准备逃跑，不料一位下人不知道从哪里钻了出来，苦着脸对二人行礼说道："世子爷，王爷知道你出来了，让你去见他。"

李弘成听着这话，倒吸了一口冷气，却又无可奈何只好走了。临走前他看了范闲两眼，苦笑了一声，有着无比复杂的情绪。范闲明白他是在记恨自己破坏了他与若若的婚事，可是这事他也没辙，只好摇了摇头。

院外石阶下便只剩下他与柔嘉二人。范闲知道再也跑不了了，笑了笑，看着李弘成的背影说道："你哥当年一个翩翩贵公子，如今怎么变成这副模样了？"

柔嘉见他开口与自己说话，高兴又紧张，略有些结巴地说道："……哥被关久了，天天骂……人，越来越像爹。"

范闲心想确实，看来李弘成放下了那些事情，这种品性自然是靖王爷遗传的。柔嘉一拉自己大红袄下的襦裙，羞羞地低着头，在前面慢慢地走着。范闲跟在她的身后，看着风中她鬓角处的绺绺青丝，心头微动。

"柔嘉妹妹，最近女学里有什么新鲜事没有？"

"闲哥哥，没有。"

"柔嘉妹妹……"

"闲哥哥……"

二人有一搭没一搭地说话，柔嘉妹妹喊得越来越顺口，闲哥哥也没停过,就这般缓缓向前府走着,一路走过冷园寒径、残雪亭榭、积水假洼。

柔嘉郡主低头行走,低声回答,不时回头望上一眼,旋又受惊般扭回头去。范闲在心里叹息了一声,加快几步,走到她的身边,与她并排而行。柔嘉郡主吃了一惊,走路的姿势都僵硬了起来,捏着襦裙的手指头微微用力。

范闲微笑着说道:"世道还真奇妙,当时哪能想到原来你是我堂妹来着,这一声闲哥哥喊得倒是贴切。"

此话一出,柔嘉郡主心里一阵慌乱,小脸蛋涌出几道红晕,不再说话。她心知肚明范闲此言何意——庆律里写得明白,似他们这种关系,不理会范闲究竟有没有那个心思,但终是不可能了。

柔嘉自十二岁初见范闲之后,小女儿家的心思全放在了对方的身上,不论是在王府的葡萄架下,范府的秋草园中、苍山别院里,她总是喜欢看着范闲。这缕情思在范闲成婚之后也未曾淡过,她不敢去求父王,但总存着闲哥哥将来有特例双妻的可能,可是谁知道——闲哥哥竟是自己的亲堂哥!

从那日起,她便知道这件事不可能了,只是两年情思怎能一朝淡化,今儿个见着他便又是一阵慌乱,此时听范闲如此说,自然知道那是在提醒自己。

她毕竟是个只有十四岁的小姑娘,被范闲看似温柔实则冷酷的提醒,她没有幽怨地瞪他一眼,也没有冷哼……而是将头埋得更低了,一滴晶莹剔透的泪珠从长长的睫毛下垂落下来,滴在脚边的青石板上。

此时范闲完全不知道该怎么办,赶紧跟了上去。柔嘉一路低头哭着,却是倔强地咬着嘴唇,死也不肯发出一丝声音。他正不知如何开解时,柔嘉忽然停住了脚步,回头认真地看着他。范闲伸出手指,把小姑娘脸上的泪珠子弹落。柔嘉定定地望着范闲,小脸微红着说道:"闲哥哥,求你件事。"

"什么事?只要我能做到的。"范闲认真地应道。

"我知道……若若姐和哥哥的婚事,是你想办法破掉的。"柔嘉低着头,手指头绞弄着襦裙,直将那淡粉色的襦裙一角绞出无数烦恼的褶皱。

范闲没想到这小姑娘竟然将这件事情看得如此清明,赶紧问:"如何?"

柔嘉犹豫了片刻后咬着牙勇敢地说道:"日后宫里肯定要给柔嘉指婚……如果柔嘉不乐意,还请闲哥哥多费心。"

权贵联姻牵涉太多政治交易,范闲的婚事、范若若的婚事都是如此,以柔嘉的身份,她的婚事自然会由宫里的贵人,甚至是太后亲自安排。

范闲无语半晌后无奈地点头,知道自己又被迫挑起了一个极重的担子。这世道着实古怪了一些,旁人都是在做媒,却只有自己要被逼成破婚的强者。

柔嘉说完这句话,又见他点了头,似是将勇气全数用完了,又难过起来。她深深地看了范闲一眼,转头提着裙子加快速度往前府走去,再也不理会范闲。

皇宫太极殿的长廊遥遥对着高高的宫墙和宫墙下的冬树。宫中禁卫森严,接近内宫更是严禁喧哗,没有人敢在此做出什么太过放肆的举动。但宫女太监们看到长廊下那个正在伸懒腰、做压腿运动的年轻官员时,却没有一个人敢上前呵斥,连轻声提醒都没有,因为那人是范闲。

范闲收回腿,回头看着满脸别扭、想笑又不敢笑的中年太监骂道:"笑个屁!皇宫这么大,自然腿会酸,也不知道你们这些家伙的腿脚功夫怎么这么好。"

天下皆知他是皇帝的私生子,加上这些年来圣宠无以复加,并且与宫中各位贵人、大太监的关系很融洽,还曾经在宫中养了一个月的伤,所以宫女太监们都习惯了他在宫中的存在,也只有他才有这种胆子在这里做广播体操。

今天他陪婉儿回娘宫,甫一进宫,婉儿便被太后留在了身边,再也不肯放走，说是要留最疼的外孙女过夜。范闲无可奈何，只好带着各式礼物去各宫拜见，回京后他就走过一道，如今再来一道，实在是有些无趣。他早就想偷懒了，这时候找了个理由，便在太极殿后的长廊下歇歇脚。

陪着他、抱着一大堆礼盒的太监是戴公公，听到范闲骂自己，他不惊反喜，笑嘻嘻地说道："小范大人可是九品高手，我们这些奴才哪里能比？"

戴公公当年极得圣宠，虽是淑贵妃宫里的人，但宣旨都是他在做，然而因为侄子的关系，又牵扯进范闲与二皇子的斗争，才放了闲职。后来又因为悬空庙的刺杀被逐到了浣衣局那边，若再耗个两年，他只怕就要死于一床草席之中。

当时全亏范闲为他说好话，皇帝也记得他当年服侍得好，这才饶了他一命，让他回了内宫做些闲差。对戴公公而言，范闲就是他的救命恩人，甚至是他的半个主子，比淑贵妃更重要的人物，哪里敢不服侍周到。

范闲觉得靴子有些热，干脆不好好穿，就这样趿拉着往长廊那头走去。戴公公看了他脚下一眼，为难地说道："大人，在宫里还是讲究些。"

范闲正想再调笑几句，忽然瞧见走廊那边走来了几个太监，领头那个年纪轻轻，有几分脸熟，脸仰得极高，一身的骄横。

"是小洪公公。"戴公公敛神静气在范闲身后提醒道。

范闲眉头微挑，也不说什么，直接迎了过去。

两边人便在走廊中间对上了，范闲清清楚楚看着那骄态十足的年轻太监脸上的那几颗青春痘，也不说话，就站在原地一动不动。

洪竹怔住了，他知道范闲是等着自己向他行礼，只是……他如今是东宫的首领太监，陛下偶尔也会让他去御书房帮忙，比当年在御书房抱册时更加风光，宫里谁敢不敬他！就算是朝官入宫对自己也是客客气气的，除了两位大学士还没有哪位大臣会等着自己先行礼。他当然知道范闲不是一般的大臣，看着范闲冷漠中夹着不屑的神色，他的脸虽涨得通红也不肯先低头。

双方僵持在这里。跟着洪竹的那三四名小太监职位低，根本没有见过范闲，哪里知道这个年轻官员的真实身份，看着这一幕，急着替小洪公公出头，尖声说道："这位大人怎么在宫禁重地里乱走？"

戴公公躲在范闲身后偷笑，他早已没有当年的地位，在宫里被欺压得不善，此时见这些蠢货要得罪范闲，心里说不出的开心，根本不想说话。

范闲微笑地看着那几个小太监说道："入宫没多久？这宫里不认识本官的人倒是不多……好吧，本官没有乱走，只是奉旨去漱芳宫晋见。"

那小太监居然没有听出这话里的意思，直着脖子说道："好大的胆子，漱芳宫在哪里？你们怎么在这长廊里停留？仔细小洪公公唤侍卫来将你打将出去！"

他本想替主子长声势，却哪里知道这是在给主子惹祸，洪竹又惊又惧又恼，回头痛骂了那几个小太监两句，才缓缓地对范闲行礼道："奴才见过小范大人。"

"小范大人"四字一出，那几个小太监顿时知道……自己完了！满脸惊恐，赶紧跪下求饶。范闲却是懒得看他们，只是盯着洪竹冷声问道："家父范尚书，故而世人称我小范大人，你又是哪门子的小洪公公？洪公公知道吗？"

洪竹满脸畏惧与戾狠，恨恨地盯着范闲，一声不发。

"自己掌嘴。"范闲神情漠然地命令道。

洪竹的声音微微战抖，说道："奴才是东宫的人，您乃是朝臣，这……"

范闲也不说话，只是冷冷地看着他。被那两道目光所逼，洪竹的脸色越来越难看，最后无可奈何，只得轻轻往自己脸上拍了一下。

这一耳光落下，范闲身后的戴公公乐开了花，他准备在宫里好好宣扬一番。那几个小太监则已经吓得半死，在他们想来，以小洪公公在宫里的地位，这天下谁敢得罪他，哪知道小范大人只是一句话，小洪公公便只能自打嘴巴。

范闲侧了侧身子，挡住了戴公公的视线，趁着那几个小太监跪在地上的机会，向洪竹使了个眼色。洪竹看得清楚，眼神里却在叫苦，表示自己此时无法找到方便的地方说话。范闲点点头，冷漠地吼道："滚！"

洪竹一拂袖子，又恼又羞地带着几个小太监往长廊那头去了。戴公公对范闲媚笑道："让这狗奴才再嚣张，仗着皇上和皇后都喜欢他，在宫里净瞎来。"

"确实，我也得注意下仪容。"范闲不等戴公公再大义凛然地说什么，蹲下去把脚下的长靴往上拉，声色不露地将靴下踩的那张纸塞进了靴子里。

漱芳宫里，宜贵嫔眉开眼笑地看着书桌边的两个人。范闲正在盯着李承平抄书，书的内容是什么不重要，关键就在这个盯字——只有老师才会盯着学生抄书。

宜贵嫔并不精于算计，相反，由于她在阴森森的皇宫中一直保持着黄花闺女时的疏朗与开明，才会受到陛下的宠爱，生下了三皇子。

庆国皇帝毫不在意男女之事，皇后生下太子后，只怕就没有准备再要孩子了，以此可见，宜贵嫔的心性确实投了皇帝的性情。宫里的人也一样总觉得这位出身柳氏的贵嫔，一天到晚精力十足，娇媚活泼，让人看着便身心舒畅。她和宁才人一样都是皇宫中的另类，不过她更讨人喜欢些。即便皇太后因为柳氏范族外戚势力的缘故，对三皇子不怎么亲近，但对宜贵嫔也没有什么恶意。

宜贵嫔御下极宽，待人极厚，从来没有什么害人的心思，这是宫中的共识。但是不愿意算计，不代表宜贵嫔真就没有自己的盘算，不然当年也不会借着范闲救了三皇子的机会让三皇子拜范闲为师，将漱芳宫向范闲敞开。

她知道范闲对漱芳宫的重要性，所以在无人处总是刻意笼络——皇室对外戚盯得严，范闲却有个横亘在外戚、朝臣、皇族间的复杂身份，漱芳宫与范闲交往，别人无法说什么。

范闲在朝中的地位越稳固，漱芳宫在皇帝心中的地位也就越稳固。

只是偶尔想到他的权势与圣眷，宜贵嫔会有些惊异，陛下也太宠这个私生子了。她不是没有警惕过某种危险，只是那种警惕绝对不能形之于色，直到范闲归宗，她才真正确认了范闲的心思，从内心深处涌起无限感激。

"听说先前在殿后长廊上你碰着一个人。"宫女醒儿得到一个风声，宜贵嫔将范闲招至偏殿，睁大眼睛问道。

范闲揉了揉有些发酸的手指头，笑道："洪竹那奴才现在越来越放肆了，见着我居然不行礼，走路都是在用鼻孔看路，所以我代陛下教训了他一下。"

用鼻孔看路，这形容有趣俏皮，宜贵嫔忍不住笑了起来，旋即将笑意一敛，轻声说道："他如今是宫里的红人，而且陛下似乎准备让他回御书房。"

宫里所有人都将洪竹的晋升履历摸得清清楚楚，知道洪竹在御书房当差、眼看着就要爬上去的时候，是范闲让他丢了差使，被赶到了东宫。

宜贵嫔知道范闲与洪竹不对付，也不害怕对方，但洪竹如今在东宫又爬了起来，她不得不提醒范闲一句，身为外臣总要防着宫里这些太监吹阴风。

范闲冷笑着说道："纵容家人强霸百姓田产，他想回御书房哪有那么简单？"

宜贵嫔软声劝道："你何必和一个奴才计较？如果他真回了御书房……再说宫里都在传，他是洪公公的什么人，这位你总得敬三分。"

庆国自开国以来便严禁太监干涉政务，轻者逐出宫去，重者当场杖死，只是数十年间总有一两个异类，在含光殿养老的洪老公公就是这么一位特殊人物。

这位老太监也不知在宫中待了多少年，深得太后和陛下信任，本身也是个神秘至极的强者。如果洪竹真是洪老太监的什么人，只怕范闲也要忌惮三分。但他当然清楚这其中的缘由，只是不便对宜贵嫔讲，只得笑着说道："您就甭担心了，我自有分寸。"

宜贵嫔见他不在意，忍不住又劝说了两句，看没什么效果才悻悻然住了口。范闲说了几句话，便在老三依依不舍的目光中离开了漱芳宫。

今日婉儿要在太后的含光殿里留宿，还不知道住几天，范闲只得一人回去。走在神武门阴沉的门洞时，他孤家寡人看着身后模糊的影子，心里老大不快活，心想那个老太婆只知道祖孙怡情，却哪想过自己夫妻也是久别重逢。他满脸不爽地出了宫，看着大皇子似笑非笑地看着自己，没好气地说道："自开国以来，禁军大统领兼侍卫大臣没有几个像你一样天天守在宫门口……这不是行军打仗的时候，太平盛世守皇城，这是准备看谁的笑话？"

大皇子敛了笑容，沉声说道："你有什么笑话可以看？是不是觉得晨丫头不随你回府丢了脸面？别忘了我那妹妹自幼可是在宫里长大的。"

范闲回京后和大皇子见过两面，只是一直都有外人，不好说话。而且虽然在陈萍萍和宁才人的亲切关怀下，两兄弟组成了无须言明的结盟，但毕竟大皇子与他的想法不一样，两人之间还是有些隔膜。

"今儿不和你多说，我急着回府办事。"范闲看着大皇子的神情，就知道这位军中猛将、政治上的处女准备和自己说什么，连连摆手。

大皇子说道："我不打算教训你，可是你北边那个女人究竟准备怎么处理？"

范闲这才知道原来又是家务事来了，不由笑了起来，回道："我说大殿下，这是为臣的家务事，婉儿既然嫁给我，就不需要你再来操心了。"

大皇子强行压下怒火说道："谁耐烦管你！是王妃说过年后你还没有去本王府上坐坐，让我来问你，是不是不打算来了？"

王妃自然就是范闲亲自护送南下的北齐大公主，范闲摸摸脑袋说道："殿下的府上我自然是要去的，大约便在后日，对了……我把弘成也带来。"

一听这话，大皇子神情微异，心想弘成那小子不就是因为你的缘故才被禁足吗？范闲没有解释，只是有些为难地说道："话说回来，羊葱巷那宅子你到底还要不要？人家堂堂一位胡族公主，总不能就搁在那院子里发霉吧？"

大皇子半晌说不出话来。看着他的反应，范闲确认了，当初西征军回京的途中，大皇子肯定与那位胡族公主玛索索有过无数夜露水上的故事，不由笑了起来，也不给大皇子发脾气的机会，迅速地跳上了那辆黑色马车。

回到范府，进了园内三角区那间最隐秘的书房，确认四周没有耳目，虎卫和那位皇帝埋在范府里的仆妇也都离得极远，范闲这才叉开双腿，舒服地躺在矮榻上，脱掉内库出产的纯羊毛袜，让脚上的热气蒸腾，让酸胀的脚丫子歇息。

那双靴子摆在榻下。那张纸条已经被他拿在了手中。

他与洪竹之间的关系没有任何人知道，甚至连陈萍萍和父亲都不知晓，便是亲手处理了颖州事宜的苏文茂也不知道他是在为洪竹报仇。可以说那个小太监就是他埋在皇宫里最深的一颗钉子。也正因为如此，双方之间根本不敢冒险建立常规的情报系统，洪竹有什么消息都很难传递出宫。

当然，皇宫内的一般消息都有宜贵嫔和范闲交好的几位大太监打理，他不怕耳目不通。洪竹冒险传消息给他，这个消息就值得重视，更何况年前入宫里所看见洪竹的那一丝恐惧，更让范闲有些好奇这张纸条的内容。

时间缓慢流逝，他看着纸条，眼睛慢慢眯了起来，等看到最后，更是压抑不住心中惊骇，直接从榻上坐了起来！

他开始看这张纸条时，还有些不以为意，觉得洪竹太过行险，可是看到最后，明白了洪竹话语里隐着的意思，吓得他再也躺不住了。

纸条写得很简单，具体人物代称，用的也是范闲最开始和洪竹商量好的隐语。

最开头的一段写的是太子行房时的古怪习惯，他总喜欢将宫女和侍妃的衣裳掀起来，蒙住她们的头，只露出赤裸的下半身。第二段内容笔迹有些颤抖，显然洪竹写的时候也在害怕。上面写着，在范闲离开京都的这一年里，太子的身体渐渐好了，花柳病似乎也被治愈，只是行房时的习惯依然不改，而且有几次太子饮醉了，在销魂那一刻隐约听到喊出了"姑姑"二字。

姑姑？

姑姑！

如果仅限于这两段内容，范闲只能通过这个情报确认太子殿下对于长公主殿下的美丽容颜、完美身躯有无限的遐想，虽然显得变态，但是对于前世曾经历无数肥水文洗礼的范闲来说，实在是算不得什么。

真正把范闲吓得从榻上跳起来的，是洪竹信中的第三段，只有一句话——这几个月太子很少亲近东宫里的宫女和侍妾，而且精神很好。

很简单甚至看来很没意思的最后一句话，却把范闲吓得不轻，洪竹肯定是看到了什么，或者听到了什么，却不敢写在纸上……

姑姑？他在书房里急走数圈，终于在桌前站定，一搓手将这张纸毁成碎末，脸色古怪，许久后才低声骂了一句："你他妈的以为自己是杨过啊！"

他彻底傻了，虽然金先生、仲马先生都曾经教过他世上最肮脏的地方就是皇宫和妓院，前世的历史也曾经用脏唐臭汉四字给过他一些心理建设，可真正接触到这些，他这位庆国最大妓院的老板依然瞠目结舌，震惊无语。

他端起杯冷茶一饮而尽，试图浇熄内心的震惊与荒谬感，终于知道了洪竹的恐惧从何而来，任何人知道了这件事，第一反应当然就是害怕。同时他也知道了太子为什么最近如此平静，显得胸有成竹，原来……他有把握让长公主舍弃二皇子，转而支持自己。可如果长公主是在玩弄太子的感情呢？

范闲给了自己一个轻轻的耳光，这么大的事，自己究竟在想什么？难道还要替老二考虑，当然要想着为自己谋些好处。

虽这般想着，但他脑海里依然忍不住不时地浮现出广信宫里的画面，不由好生不舒服。一方面是很莫名其妙地替长公主不值，这位庆国第一美人儿、未有丝毫韶华渐褪之迹的绝世佳人，怎么能用自己的身体当武器？纵使坊间一直传言长公主殿下养了许多面首，可范闲从心里依然不想相信这是真的。不爽的第二个原因是——不管怎么说长公主都是自己的丈母娘，太子这个小王八蛋居然和自己的丈母娘有一腿，那在梧州的老丈人的脸往哪里放？自己又他妈的算什么！

明明是个可以让他大做文章，直接把太子整垮的内幕，他却一点都开心不起来，他也有些恼火于洪竹的胆大，其时踩在靴底的纸片不知道有没有被那些跪在地上的小太监们看到一角，这事如果传了出去，范闲也很难保住他。

他沉默许久，终于从荒谬的愤怒中摆脱了出来，决定好好地利用一下这个惊天消息。只是……如果不能和洪竹当面交谈、从皇宫内部着手，根本没有法子把这件事的影响发挥到极致，总不可能让监察院八处再去市井里散布流言。

长公主与太子有染？范闲可不想冒着陛下震怒、太后老羞成怒、清查监察院的风险扔出这些流言，他必须让皇帝或者太后亲自发现这个宫廷内的丑闻。

他要好好地安排一个计划，离京前与洪竹商定计划实施的所有细节。而说到计划、阴谋这些字眼，擅长狙杀和小手段的范闲并没有太多信心，此时他立刻想到了自己最得力的助手，那位白衣飘飘的公子，于是他马上走出书房，穿过后园上了马车，竟是连范府前宅传来的宣旨声音都没有听到。

车至监察院，范闲跳下来，皮靴踩在天河大道两旁堆着的残雪上，发出咪的一声。他一路往院里走，监察院官员满脸震惊地行礼、让路。人们看着提司大人阴沉的脸色、匆匆的步伐，心想不知是京里哪位大人物又要倒霉了。

推门进入密室，他并不意外地看见桌后坐着一位穿着素色厚衣的年轻官员。监察院里，不喜欢穿官服、也有资格不穿官服的就只有言冰云，小言公子。

范闲将身上的莲衣扔到椅子上，将门关好，看着窗上的黑布皱了皱眉头，直接走到窗边，将那块黑布扯了下来。天光和残雪反光一下子涌入了阴沉的房间里，言冰云的眼睛被刺了一下，下意识里抬手去挡了挡。

"你又不是陈院长。"范闲皱眉道，"不用总把自己藏在黑暗里。"

言冰云把手放了下来，有些无奈地摇摇头，这块黑布挂在密室窗上有好些年了，已经成为监察院最别致的风景，谁敢轻易去动？

范闲看着言冰云有些苍白的面容，不由摇了摇头。如今的监察院，陈萍萍不怎么管，他也懒得管，所有事情都堆在言冰云身上，看这模样，他只怕很多天没有好好睡一觉了。他也没有安慰小言公子，站在窗边眯眼看着远方的皇城，说道："你说……院长用块黑布遮着那边，究竟是什么意思呢？"

言冰云没有说话。范闲看着远方巍峨的宫城，忽然间对自己的决定产生了一丝怀疑，那件事涉及皇室尊严和庆国的将来，而小言公子向来以庆国的利益为最高准则。他在很短的时间里便改变了自己的决定，回身将手指头搭在了言冰云的腕间。言冰云心头一惊，脸上却依然冰霜一片，没有反应。

"身体怎么差成这样了？"范闲皱眉说道，"听说你这几天都没有回府？"

言冰云随手整理着桌上的卷宗，应道："天牢里关着三十几个京官，天天都有人上大理寺喊冤，要快点把案卷弄完，哪还有时间出院子。"

范闲注意到密室内一片整洁，大木桌上的卷宗分门别类，摆放得极为整齐，不由笑了起来："比院长在的时候清爽多了，看来你确实挺适合坐在这里。"

言冰云确实有些乏困，用两根指头用力地捏揉着眉心，直将那片白皙全捏成了红色，精神才恢复了一些。

"回去吧。"范闲道。

言冰云没有理会他，又取出一封卷宗开始细细审看，轻声说道："你和院长大人都爱偷懒，可是监察院总不能靠懒人撑着。"

范闲听出隐含的埋怨情绪，反而笑了起来。言冰云很不适应范闲盯着自己办公，合上卷宗，抬头说道："我想提醒大人你一点，你只是砍去了二皇子身边的枝叶。他头顶最茂密的那棵树，你的斧子并没有砍进去。"

范闲知道言冰云说的是叶家，那个远在定州牧马，但五天可至京都、家中供奉着一位大宗师的叶家。二皇子与叶灵儿成亲后，毫无疑问，他的靠山除了长公主，更多了叶家这么一棵参天大树。此次京都夜袭计划，只是将二皇子在朝中的中坚官员和随身的武力清除干净，却没有对叶家造成任何损失。只要叶家仍然立于定州，二皇子的实力便没有受到真正的损害。

范闲也有些无奈，他本指望用山谷狙杀时缴获的三座城弩把叶家也拖进水里，但没有想到北齐小皇帝遥自万里之外的问候，却逼得朝廷中断了调查。

"叶家的事情以后再说。"

言冰云看了他一眼，说道："二殿下的根基在叶家，不过正因为如此，他如今对于长公主的依赖程度就降低了……"

范闲心中微动，联想到今天得知的那个绝密消息，嗅到了一些不一样的气味——长公主当年明着扶持太子或暗中支持二皇子，这个疯狂、厉害的女人所为的自然是两个侄子日后登基，却依然在自己的控制之下。长公主李云睿是个眼光极深广的厉害人物，所求自然不小，如今的二皇子有叶家做靠山，对她的依赖度降低，日后若是二皇子登基，她想隐在幕后操控难度也会大上许多，难道……

"太子那边没什么前途了，你把老二盯得更仔细些。"

言冰云狐疑地看了他一眼。监察院一向不参与皇子之争，可是这条隐形规矩在范闲接手监察院以后逐渐破了。然而范闲凭什么就认定圣眷尤在，太后格外疼爱的太子殿下就没有一点机会？

范闲没有解释什么，说道："传话给苏文茂和夏栖飞，让他们准备收网。"

言冰云盯着范闲的眼睛回道："江南事尽在掌握中，可毕竟京里在看着……除非京里的局势忽然出现什么大的变动。"

范闲知道让心思缜密的小言公子猜到了什么，赶忙解释道："只是提前准备，京都局势就算一年间不变，可明家的事情陛下不想再等。"

言冰云听着是陛下的意思才稍减心头疑惑，问道："收到什么程度？"

范闲微微有些走神，这一年在江南的幕幕画面，走马灯似的在他眼前翻转，内库三大坊的人头、小岛上漫山遍野的死尸、内库里明青达的晕倒、苏州府的官司、明老太君自缢死亡、明六爷入狱被刺、明老七的突然现世……明家已经是他手中提着的一只蚂蚱，做到什么程度现在只需要他一句话。

"那个天下第一富家比皇宫也干净不到哪里去。"范闲在心里想着，轻声说道，"收到底。你安排钱庄的人做事，另外明园里的人可以杀几个。"

听到"钱庄"二字，言冰云知道埋了一年的那条线终于要动了，招商钱庄名义上源自沈家与东夷城，实际却是他的安排。他自然知道应该怎样去对付明家，只是他一直没有查清楚那个钱庄真实银两的来源，此时终于忍不住说道："我不理会江南那笔钱到底是从哪里来的，但是请大人注意，千万不要是……北齐的。"

言冰云并不知道自己已经一语猜中，范闲自然不会承认，微嘲道："不要忘了我母亲是谁，除了内库总还是要给我留些碎银子花花。"

言冰云没有怀疑范闲的解释，毕竟谁都知道当年的叶家是什么样子。

坐在回府的马车上，范闲有些失落，不是因为跑了一趟监察院，却不敢让言冰云参与到那件事情中，而是他终于确认对言冰云这些年轻一代来说，庆国和皇帝的利益，一统天下的荣光才是真正至高无上的准则。

言冰云一直为范闲尽心尽力，那是因为范闲做的事情无不合乎庆国的利益，而一旦范闲将来……他会怎样看待范闲呢？

范闲理解，所有人都是生活在自己的时代当中，自己有前世的经验，可以把家国天下看得淡些，但不能就此来要求别人，那是不合理，也不合情的要求。

问题是这会带来很大的麻烦，言冰云不是启年小组的人，却是他的心腹亲信，参与了绝大部分行动，尤其是江南的规划基本上是他一手做出来的。范闲下了决心，自己与北齐的交易等秘密，不能让言冰云再碰了。

既然不敢用言冰云，那该如何和洪竹接头，去做那件事情？范闲想着便觉得头疼，不料刚回范府便听到了一道意外的旨意，他马上意识到今晚就是机会。

下旨的不是皇帝陛下，而是皇太后。庆国以孝治天下，皇帝为万民表率，所以皇太后低调多年，却没有任何人敢轻视那位垂垂老妇真正的影响力。

范闲听着柳氏在耳边轻声的话语，看了眼早等得心焦如火的姚太监，忍不住笑了起来。以他的能力如果想摸进皇宫，除非五竹叔在，才有把握瞒过洪老太监的耳目，如果今天晚上自己就住在宫里……想和洪竹碰头难度就会小很多。

不过他此时并不知道，皇太后急着宣自己进宫究竟是为了什么。

等到和婉儿牵着手从含光殿里退出来时，范闲为难地叹了一口气，老人家让自己入宫，居然是为了逼自己和婉儿去广信宫拜见长公主！

太后不希望后代们乱成一团，范闲回京后入宫几次，一直避着长公主，这让太后有些不愉快，她决定用自己手中的权力弥补一下晚辈们之间的缝隙。

天时已暮，宫里有些昏暗，婉儿看了一眼范闲，说道："我可不想去广信宫。"

范闲苦笑着安慰她道："长公主毕竟是你母亲，怎么说也是要见的。"

林婉儿看着他认真地说道："我知道你也不想，要不然咱们偷偷出宫吧？"

范闲忍不住失笑道："仔细太后老祖宗打杀了你我这两个不懂事的小混蛋。"

前方不远的广信宫宫门已经开了一角，几个宫女低眉顺眼地候着这二位的到来。仔细说来，范闲与婉儿理应是广信宫的半个主人才是。

范闲看了看那几个宫女，确定这几个宫女都有极强的修为，就与当初他第一次进广信宫里看到的那些宫女一样。从宫门一角穿进去，扑面便是一阵微风，风意极寒，他想到宫里的那位女子，忍不住打了个寒战。

"晨儿过来，让我瞧瞧。"

长公主李云睿在殿外就迎着了，语气虽然平常，范闲还是听出来一丝极细微的异样。他微讶地抬头望去，只见长公主正望着身旁的妻子发怔。

婉儿咬了咬厚厚的下嘴唇，手掌攥着相公的手，死死不肯放。范闲轻柔地拍了拍她的手背，给她以足够的鼓励。婉儿定了定神，走上前去，对着石阶上的那位宫装丽人微微一福，轻声道："见过母亲。"

她的声音极低极细，说不出的不自然。李云睿怔怔地看着自己的亲生女儿，本来略有几分期待的面色平静下来，淡淡地问道："最近可好？"

范闲有些不自在地咳了一声，凑到婉儿身边，笑道："见过岳母大人。"

李云睿清美绝伦的面容上浮现出诡异的笑意，问道："你还知道来看本宫？"

不知为何，她与婉儿母女间显得非常生疏冷漠，偏偏对范闲说起话来却是十分随便。也幸得被范闲这么一打岔，石阶上下的气氛才放松了些。李云睿牵着林婉儿的手，对院中的宫女吩咐了几句什么，便准备往殿里行去。

范闲发现婉儿和她母亲长得不太像，长公主不知如何保养得如此年轻，二人站在一排不似母女，更像两朵姐妹花。只不过婉儿虽已嫁为人妇，依然脱不了三分青涩，长公主早已盛放，却经年不凋，如一朵牡丹般夺人眼目。

广信宫里安排了晚宴，没有外人，就是一家三口。在席上略说了会儿话，婉儿终于放松了些，母女天性，看着长公主的目光也温柔了起来。

李云睿似乎很高兴婉儿的变化，说话的声音也开始表现出一种真实的柔和，不知道说到了什么，她叹道："在你眼中，我这个母亲只怕做得是相当差劲……"

林婉儿眼圈一红，直欲落下泪来。她自幼在宫里长大，虽然备受太后疼爱，可哪有不思念自己母亲的道理，此时心绪百般复杂，不知如何言语。

范闲看着并排坐着的这对母女，有些赏心悦目，他不得不郁闷地承认妻子确实不如丈母娘长得好看。尤其是今日长公主朱唇明眸依旧，如黑瀑般的长发盘起如旧，较往日流露出难得一见的真实情绪，不再一味恶意的娇怯，反而让她的绝世美丽生动了起来。

李云睿与婉儿说话的声音越来越轻，也越来越自在了。他并不意外能看见这种场景，因为他对人性始终还是有信心的，长公主再疯也是个母亲。

宫女为他斟满了杯中酒，他一杯饮尽，喉间泛起丝丝的辣痛。这五粮液的味道果然醇美无双，只是……怎叫人有些失落？

广信宫外的寒意渗了进来，试图强横地把宫殿变成嫦娥姐姐的住所，然则红烛在侧，暖香升腾，酒意烈杀，春意盎然，这种图谋始终是种妄想罢了。

范闲看着长公主与婉儿在轻柔说话，不再像入宫时那般警惕与别扭。长公主如此美丽动人，即便范闲知道了洪竹所说的那件事情，可震惊之余却生出了些淡淡的怜悯。

当然，这种情绪本身就是很妙的。他搁下酒杯，自嘲一笑，心想这何尝不是一个可怜的人儿,只是可怜之人必有可恨之处。

李云睿是皇太后最疼爱的幼女,皇帝这十年间倚为臂膀的厉害人物,对范闲来说,这位宫装丽人给他的印象就是如毒蛇般的信子,她有杀人不见血的本事……

十三岁时,范闲便遭遇了她的第一次暗杀。入京后,双方更是势若水火,只是这几年他的势力逐渐扩展,长公主的实力却日见衰弱,此消彼长,然而……他很清楚太子殿下与二皇子不过是长公主的卒子,自己重生以来最厉害的真正敌人便是这位宫装丽人。所以这几年,监察院将视线集中在信阳和广信宫里。范闲甚至比她自己还要更加了解她。

这是心理层面的问题,在他思考这位绝世佳人为何走上这样一条人生道路的过程里,他发现了长公主对自己母亲的异样情绪,甚至是对那位畸形的情感,不如此,不能解释庆国这些年来诡异的政治格局。

可恨之人想来也有可怜之处。但他不会对长公主投予一丝怜悯,在这方面,他比任何人都要冷漠无情,正如说过无数遍的那句话——醉过方知情浓,死后才知命重——他要活下去,谁不想让他活下去,那就必须死。

"江南如何?"李云睿轻舒玉臂,缓缓放下酒杯。

时值冬日,宫中虽有竹炭围炉,但毕竟气温高不到哪里去,她穿的宫装是冬服,有些厚实,却依然遮不住身体起伏的曲线和无处不在的魅惑之意。

婉儿已经睡了,宫女们退出殿去,闭了宫门。

范闲眉头微皱,却没有出言拦阻什么,微笑道:"江南挺好的,风景不错,人物不错。母亲大人若有闲趣,什么时候去杭州看看。"

"母亲大人"四个字他说出来格外别扭,可是也没有办法。

"几年前就去过,如今风景依旧,人物却是大不同,何必再去?"李云睿离席往殿外行去,语带讥讽,自然是指属于她的内库,如今却被范闲全部接了过去。

范闲并未离座，说道："生于世间，人物是要看的，风景也是要看的，人物总如花逐水，年年朝朝并不同，风景在人间却是千秋不变。人之一生短暂，却能看万古之变之景，这才是安之以为的紧要事。"

李云睿微怔，回头看着范闲，露出一丝笑意问道："你是想劝本宫什么？"

"安之不敢。"范闲苦笑地应道。

李云睿微嘲一笑道："这世上你不敢的事情已经很少了，只不过妄图用言语来弱化本宫心志，实在是一件很愚蠢的事情。"

在皇太后的面前，她是一个乖巧甚至有些愚蠢的女儿，在皇帝面前，她是一个早熟甚至有些变态的助手，在林相爷的面前，她是一个怯弱甚至有些做作的佳人，在皇子们的面前，她是一个温婉甚至有些勾魂的妇人，在属下面前，李云睿是一个不敢直视甚至仿若神明的主子。

只有此时此刻在广信宫里，在自己的好女婿范闲面前，她什么都不是，她只是她自己，最纯粹的自己，没有任何媚态怯态，坦然用本相面对。

敌人才最了解自己，不需要做无用的遮掩，所以范闲也没有用微笑掩饰，沉默半晌后说道："夫光阴者，百代之过客，天地者，万物之逆旅。安之不敢劝说什么，只是觉着人生苦短，总有大把快乐可以追寻……"

没有等他说完，李云睿冷声打断："词句果然惊人，但诗仙怎敌得过一两把刀？睁开你的双眼，看清楚你面前站的是谁。不要总以为说些酸腐不堪的词儿，沾沾自喜地卖弄几句看似有哲理的话，就能解决一切问题。"

这话说得寻常，内里的那份骄傲与不屑却是非常深刻，因此显得格外尖刻。

"不要总以为女人就是感性胜过一切的动物。你自己写的书里也说过，男人都是一摊烂泥，既然如此，就不要在我面前冒充玉石。"

说完，李云睿走到殿门前，掀帘望向四周寂静的皇宫夜色。

范闲无言以对，沉默起身走到她的身后。

"看清楚你面前站的是谁。"李云睿再次说出了这句话，然后又轻蔑地说道，"我可不是海棠朵朵那个蠢丫头。本以为北边终于出了位不错的女子，结果还是个俗物。"

她没有回过身来，身躯在寒风中略显单薄，却无由地令人心悸，其间似乎蕴藏着无限的疯狂。

范闲无语苦笑，心想谁敢和您比，在这个男尊女卑的世界里也只有你敢行人之所不敢行，敢和男子一争高下——在所有的方面都和男子一争高下。他隐约明白了，李云睿根本没有将那些事当回事……是的，就是这样的，面对着这样一位女子，他竟是生出了束手束脚的感觉，不知如何应对。

"母后宣你进宫，还有今夜的赐宴……"李云睿的语气平静了下来，"你我心知肚明，以后多少还是遮掩些吧，本宫不想母后太过伤心失望。"

范闲一躬及地，诚恳地回道："遵命。"

李云睿唇角微翘，夜色里隐约可见的那抹红润曲线格外动人，"不得不说你的能力超出了本宫最初的预计，你是她的儿子更是让我吃惊。难怪陛下宠你，老家伙们疼你，我奈何不得你，只是很遗憾……你终究也就是个臭男人。"

范闲笑着说道："这是荷尔蒙以及分泌的问题。"

"贺而？"李云睿微怔，那双迷人的眼睛里难得现出一抹疑惑，但很快便冷静下来，微嘲道，"你和你母亲一样，总是有那么多新鲜词儿。"

范闲心头微动，赶紧问道："您见过家母？"

李云睿像看白痴一样看着他，回道："废话，她当年入京后就一直住在诚王府里，哪里能没见过？就算我不想见她都难。"

范闲发现当年的那些故事真的很有意思，李云睿轻轻哼了一声，又说道："本宫当年很欣赏她，甚至可以说是嫉妒她，但最后……我却是瞧不起她。"

范闲眉头微皱，立即说道："我不认为您有这个资格。"

这句话说得极其大胆，李云睿却丝毫不怒，面无表情地说道：“本宫年少时便开始辅佐皇兄，为庆国做了无数事情，谋了无数好处，可只要和你母亲比起来，从没有人认为我是最好的那个，即便如此，我依然瞧不起她。”不等范闲说话，她有些神经质地笑了起来，“因为……她死了。”

范闲忽然有些紧张，不知道自己今天是不是可以确认那个已经消失在历史里的真相，可是长公主接下来的话还是让他失望了。

"而本宫没有死，那么谁能预知将来本宫能不能比她做得更好？"李云睿回过身来，看着他轻声说道，"比如她没能一统天下，你看本宫能不能做到？"

范闲沉默了很长时间后说道："评价一个人并不见得要以疆土和史书上的记载为凭。"他忽然想到那个雨夜里看到的那封信，有些出神，"就像我母亲，她没能一统天下，但谁知道她是不能做到，还是她不屑做呢？"

李云睿的心防终于被这句话敲出了一道裂口，略带一丝不忿地回道："做不到的事情就是不屑？如你先前所说，人生不过匆匆数十年，想长久地在后人的心中烙下印记，不依史书，能依什么？"

"我母亲在史书上没有留下一个字的记载。"范闲深深地看了她一眼，"但谁都不能因此否定她在这个世界上的存在，不论是内库的出产还是监察院，都在对这个世间述说着她的事迹……史书总有一日会被人淡忘，黄纸会被扫入垃圾堆中，可她对这个世界的真正改变却会一直存留下去。"

李云睿听了这段话后沉默了许久，然后又轻声说道："说得也对，我并没有让这个世界产生过某种真正的变化。"她顿了顿，又自嘲道，"除了让这天下国度间的疆域界线不断地发生变化，庆国的土地不断地往外扩张。"

"便是打下万里江山，死后终须一个土馒头。"范闲认真地说道。长公主先前已经无情地讽刺过他，他依然这样说。

李云睿回头望向夜里的皇宫，轻声说道："你这想法倒与世间大多数男人不同。有些男子怯懦无能，才会美其名曰看开，云淡风轻……像你这等已经拥有相当地位与可能性的男子却不想着建功立业、史书留名，着实有些少见。"

"我自知没有这种能力。像陛下这样雄才大略的人物，放眼历史又有几人？"

微笑着说完这句话，范闲不着痕迹地看了她一眼——李云睿的神情有些惘然，似乎因为这句话里的某个人陷入了某种奇怪的情绪之中。

不知道过了多长时间，她醒过神来，抬起手，哈了几口暖气，动作像小姑娘一样可爱，轻声说道："本宫是个权力欲望很强烈的人，但这并不代表我喜欢权力这种东西，我只是需要权力来达成某种愿望，女人也是可以做事的，本宫一直想证明这一点。为什么这个世上总是男人在利用女人？为什么女人不能利用男人？这一点，是本宫从你母亲那里学到的。而我瞧不起你的母亲，就是因为她到了最后依然逃不开被男人利用的下场。你去吧，本宫乏了。"

"这种对话，应该没有第二次了。"她最后说道。

范闲行礼退下，回思长公主最后这段话，心想这是千古不易的男女战争常态，即便是您，何尝不是被男人利用而不得之后的反动？

李云睿看着他的身影远去，希望今天的话能在小家伙的心里种下那颗毒种子。旋即她抬起头来，看着皇宫上方的夜空，手指头轻轻搓动，似在回忆着某种曲线，眼神微痴地想着，今天晚上皇帝哥哥会在哪座宫里过夜呢？

没有怜惜，没有触动，没有反思，范闲平静地离开了广信宫，在太监手提的灯笼照耀下，往着皇宫前城行去，只是内衣有些湿了。

不是因为害怕，是因为某种很复杂的情绪。

长公主今天晚上很平静。但范闲清楚，正如同自己脸上的微笑越温柔内心里的杀意越浓一样，长公主的神情越平静要做的事情便……越疯狂。至于她想种在他心里的那颗毒种子，其实他自己早已种上了，只不过一直遮掩得极好。

她会怎样疯狂呢？是岳父猜想的那样？他依然想不明白她能到哪里去寻找这种机会……忽然他想到今天晚上，长公主居然没有一字提及远在梧州的林若甫。

以范闲对那段旧事的了解来看，长公主当年对林相爷应该有情，今夜的表现确实有些古怪，看来最近这些日子她的心态有了变化。

"替代品？"范闲自言自语道，他和二皇子有几分神似，奇怪的是和皇帝长得却不怎么像，相反是一直显得懦弱的太子倒与皇帝的容貌相近。

"大人，什么品？"领路的太监讨好地问道。

范闲笑了笑回道："废品。"

皇帝陛下十几年前忙于政务时，时常连夜办理国务，当时的宰相公卿也必须在宫里候着，往往来不及回府，所以皇帝特旨腾出了前城的一片区域给这些大臣们休息，这里与内宫隔着一段距离。如今庆国正逢太平盛世，又暂时无边患烦心，朝廷早已不如当年那般忙碌，这里也安静了许久，直到今天范闲住了进来。

没过多久，范闲便出了那道厢房，借着宫墙的阴影像鬼魂般悄无声息地前行。他在宫墙下抓了把残雪，仔细擦掉了手指上的迷香味道，继续前往九棵松。

如果按照正常思维，于夜深人静时出动，其时宫中的防卫反而严密。此时虽已入夜，宫中还有许多人未曾入睡，出人意料的夜行比较安全。

他靠近九棵松的浣衣坊，依旧在皇城范围内，是最初浣衣局所在地，只是后来宫中的太监越来越多，那处修了不少住所，才逐渐演变成现在这样。

那处也有通往宫外的门禁，依然由禁军侍卫把守，可太监宫女混居，人气杂腾，要松懈许多。那些冒险给宫里送东西的大臣们也往往是经由此地，范闲与漱芳宫的联系，基本上走的也是这个渠道。

浣衣坊的建筑杂乱无章，皇城墙和朱墙之间不知道修了多少房屋，密密麻麻一大片，月光照着黑乎乎的，竟像是京都的贫民区一般，与皇宫里的那些宫殿比较起来，无比寒酸可怜，却没有那种可怕的寂寞感。

庆国对太监的管理一向极严，诸多规矩中有一条死令便是绝对不允许太监在宫外购宅居住。之所以立此规，一方面是保证宫里贵人们的隐私安全，方便禁军侍卫控制，另一方面也是防止有条件购宅居住的大太监与朝中的大臣们勾结。

那些有身份的大太监们肯定不会缺少银子，既然不能在外购府买院，便只好在如今居住的地方下功夫。于是乎，看似贫民区的浣衣坊里轻易便找到十几座显眼的豪宅，都是大太监们的独门小院，散布在热闹纷杂的浣衣坊中。

夜已经深了，洪竹安排妥当东宫的事务，分别向皇后和太子殿下跪辞，然后领着几个亲信小太监往浣衣坊走。出了内宫没多远，那些心腹小太监不知道从哪里抬出来一顶竹轿，请他坐了上去。

在内宫里，洪竹没有摆谱的胆子，可出了内宫，该享受的时候他也不会拒绝。只是今夜坐在摇摇晃晃的竹轿上，他的脸色不怎么好看，那些刺眼的小红疙瘩在冰冷的寒风里瑟瑟缩缩，就像他此时的心情。

入了自家小院，他咕哝了几句便进了屋，坐在了炕旁的圈椅上。这把圈椅的样式和洪老太监在含光殿外晒太阳的圈椅一模一样，是他专门请人做的。每每有来院中办事的太监，看见这把圈椅，都会联想到小洪公公与那位老太监之间的关系，便心生敬畏。

洪竹很得意自己的这一手，坐在椅子上，左手抱着一壶热茶缓缓啜着，一个十三四岁的小太监跪了下来，替他把鞋脱了，又打来热水替他烫脚。

感受着那双小手在木盆里细细搓着自己的脚，洪竹生出一种奇怪的感觉，有些满足有些得意又有些难过——他的家族当年也是士绅之家，是出过几位进士的大户，只是被那个官员连家端了，才让他的人生变成了现今这般，如果不然——他心想以自己的年纪，大概也已经考完春闱，

173

在哪个县里做县令才对。

每每思及此事，他便很难过然后愤怒，最后对小范大人生出无限感激，决意为小范大人赴汤蹈火，在所不辞——正所谓士为知己者死，他一向以为自己胯间虽没了那物件儿，可终究还是个读书人。

他的手指缓缓摩挲着紫砂壶表面的颗粒，心思却不在这美妙的触感上。发现了太子的那个秘密后，他害怕了很多天，直到小范大人回京，才稍微有了些底气。这样可怕的事情就交给小范大人处理吧，或许他能从中获得某些好处，自己也算报一下恩德，只要……这事不牵连到自己就好。

他的手指忽然颤抖了一下，声音干涩地命令道："出去吧，我乏了。"

那个十三四岁眉眼秀气的小太监，取出干抹布将他的脚擦干净，嘻嘻笑道："公公，要不要喊秀儿来替您捏捏？"

洪竹微微一怔，马上想到了那个宫女柔软的身体和香香的湿舌，小腹里一片热流涌起，只是却涌不到那该去的地方，不由面色微黯，又怕这话被屋内那人听着了，便羞怒地骂道："滚！什么秀儿醒儿的！"

小太监不知公公因何发怒，哭丧着脸出去，小心翼翼地将院门和房门都关好。

"醒儿可是宜贵嫔的亲信宫女，你居然都敢打主意。"范闲从里间走了出来，笑骂道，"看你这小日子过得比我还舒坦，胆子也是渐大了啊。"

洪竹哭丧着脸说道："爷别羞我，这胆子是真不大……"他试探着看了一眼范闲，觍着脸笑道，"再说那醒儿姑娘，不是爷的人吗？"

范闲吓了一跳，低声斥道："找死！这种荒唐话也敢说。"

洪竹赔笑着闭了嘴。

小院在浣衣坊西南侧，比较偏僻，范闲运足真气听过，四周没有窥视，说话比较方便，他担心洪竹太紧张，所以一开口先说了几句玩笑话。

范闲坐在炕脚，屋内的灯火不可能从这个角度把他的影子映射到外面去。洪竹小心翼翼地看了看四周，压低声音说道："爷，知道您今天留在前城，便猜到了，只是……这里也不安全，还是赶紧走吧。"

范闲看了他一眼，低声问道："确认？"

洪竹脸色马上变了，嘴唇抖了半天，害怕地又看了眼四周才点了点头。

"这事闷在心里，谁也不能说。"范闲知道洪竹不会蠢成那样，依然提醒了一句，"捂烂了也别多嘴，睡觉的时候身边也别有人……那个秀儿也不行。"

洪竹有些恼火，心想说梦话这种事谁能控制得住。范闲也有些恼火，如何将这个烫手的芋头变成打人的石头，需要考虑的事情太多，他夜访洪竹主要是要当面确认此事，后续安排却没办法立刻就做好。

"不管接下来会做什么，有一点你要记住，首先要把你自己从这件事情里择出来……不能让任何人察觉你和这件事情有关。"范闲看着洪竹的眼睛认真地说道，"这是第一条件。但凡有一丝可能牵涉你，那便不动。"

洪竹心里早就清楚，自己把这信息给了小范大人，他肯定要利用这个信息，自己肯定会成为对方行动里重要的一环——最开始的时候他就把自己这条小命交给了范闲，族里数十条人命的恩情，拼了自己这条命还了，也算不得什么——此时听到范闲对自己的安全竟是如此在意，不禁更加感动。

屋内的烛火摇晃了一下，光影有些迷离。范闲将洪竹招至身边，贴在他的耳朵上轻声说了起来。洪竹越听眼睛越亮，偶尔有些惘然，依然有些畏惧，只是想着将来的前途，那些又算不得什么——如朝中大臣一样，宫里的太监们自然也要在暗下押庄，尤其是像洪竹这种已经到了某个位置的大太监。从一年前开始，因为范闲的缘故，他已经别无选择地押在了漱芳宫上。

"你我现在联系不便，总要寻个法子。"范闲交代完，皱眉说道，"我得回去好生琢磨，回江南前我们再见一面。正月里你哪天可以出宫？"

"二十二。"洪竹道，"娘娘不喜欢去年秋江南进贡的绣色，让人从东夷城订了一批。这是个挣油水的买卖，娘娘赏给了我，约的就是那天。"

范闲点点头，心想皇后对洪竹还真是宠爱，此时忽然闪过一个念头——他看着洪竹额头上的几颗痘子，下意识里视线下垂，旋即又嘲笑了起来。在宫里看多了阴秽事，什么事都忍不住往下三路去想。但这不可能，入宫净身的检查太严格，在庆国的土地上不可能出现韦小宝那种故事。

他不敢在洪竹院里多待，最后又小心地叮嘱了几句，便离开了。洪竹这些天来一直压在心头的那块大石，不知为何就变得轻了许多，也许是这个天大的秘密告诉了另一个人，分去了一半，也许是他觉着小范大人一定能够处理好这件事情。他觉得自己今天终于可以睡个好觉了，于是吹熄灯火，脱了衣裳，钻进了厚厚的被子，虽然被子里少了秀儿那具青春美好的胴体，但依然安乐。

不过范闲对洪竹的信心并不是很充分。他控制洪竹的手段有三，一方面是帮他家族复仇，一方面给他在胶州的兄长无数好处，而真正用来羁绊洪竹的还是一个"情"字。

世人各不相同，有的人可以用金钱收买，有的人在美女面前没有丝毫抵抗能力，而洪竹是一个很特别的小太监，颇有笃诚之风、任侠之气，不然也不会因为报恩而甘愿成为自己手中的钉子，也不可能偶尔讨好了洪老太监……

可是人的性格品性总是会随着他所在的环境而改变，如今洪竹早已不是那个在山野里逃命的苦孩子，也不再是宫中任人欺负的小太监，他是东宫的首领太监，深得皇后宠信，陛下喜爱，太监宫女们谁敢不讨好他？——居移体，养移气，虚荣可销骨，利欲能熏心，谁知道日后他会不会经受不住利益的诱惑，悄无声息地倒向另一边。

没有人知道洪竹是他的人，所以别的派系接纳他会十分容易。如果是玩无间，范闲当然高兴于这种状态，可如果洪竹真的如何，他也没有什么办法。好在有了这样一个秘密，不论以后能不能为他带来什么好处，至少这个共同的秘密会让洪竹再也无法离开自己，至少在长公主和太子垮台之前。

　　回到了皇城前角的居所，范闲确认自己离开时设的小机关没有被破坏，伸出手指钩去那根黑发，又在那两个甜甜睡着的太监鼻端抹了些什么，然后他坐到床上，从怀里取出顺手摸来的一瓶御酒，往床边洒了少许，便倒头睡去。

第十章 药

坐在马车上,范闲忍不住回头看了一眼那厚厚的朱红宫墙,只想离这座皇宫越远越好。他入宫的次数很多,但每次入宫都像第一次入宫拜访诸位娘娘时一般,能感觉到那股凉飕飕的气息,无关天气,只是凉——薄凉。

他很讨厌这种气息,所以不愿意待在皇宫里。他很同情那位一直被关在皇宫里的皇帝老子,同理,他确实不愿意当皇帝,这不是矫情,而是实在话。

前世某个论坛上的帖子曾经描述过皇帝这种职业的非人痛苦,所以范闲想保有自主择业权,这大概就是他和陈萍萍之间最大的矛盾冲突。

四大宗师里,其实就属叶流云的生活最惬意,只是他还需要君山会的银子和无微不至的服务,但范闲不需要。

腰缠十万贯,骑马下江南,背负天子剑,遥控世间权?

这种日子或许不错。

沉浸在美好的想象之中,范闲偏头看了一眼妻子,爱怜地轻轻抚摸着她头上的发丝,说道:"再过几年就天下太平了。"

"几年?"婉儿牵动着自己的唇角,勉强地笑道,"希望如此。"

范闲神情微怔。

"你和母亲谈得怎么样了?"婉儿望着窗外的京都街景忽然问道。

范闲回道："没有什么实质性的内容，你昨儿看着乏得厉害，那么早便睡了，我也没多留。"

婉儿轻声说道："我不睡，你们也不方便往下说。"

范闲沉默许久，这才明白妻子是给自己与长公主一个谈判的机会，只是……双方手里的血已经太多，很难洗干净后进行第二次握手。

感受着他的沉默，林婉儿觉得有些难过，低声问道："这可怎么办呢？"

范闲默默将妻子温柔地揽入怀中，不知如何言语。婉儿没有拒绝他，靠在他的胸膛上，眉宇间一抹淡漠与绝望一现即隐，眼泪滑落下来，如珍珠般，连连串成一线，打湿了他的衣裳。

范闲不是没有考虑过怎么办的问题，只是事已如此，他可以尝试打掉二皇子的雄心，却不敢奢望能够说服长公主退出天下的大舞台。

这场斗争不是你死，便是我亡。婉儿自然最可怜，范闲知道这一点，却无法改变什么，他紧紧抱着怀中的妻子，不知为何心头也酸楚起来。

在一年前，婉儿就曾经提醒过他，说不定长公主会重新与太子联手。回想过往，范闲不由叹服于妻子敏锐的直觉，只是她夹在其间，只能沉默，一直沉默，沉默得似乎不见了。正因如此，他越发愧疚与抱歉，因为他甚至连一句承诺都给不出来，只能像现在这样，轻轻地用大拇指擦去她脸上的泪水。

他抬头望向窗外的街景，心想就算一个人拥有两次生命，可依然有很多事情无法改变，有很多愿望无法达成，叶轻眉如此，自己也是如此。

这是范闲第一次完全独自一人构织一个阴谋，没有老头子们的帮忙，没有言冰云的谋划，但他可以动用监察院的庞大情报系统和积年累月保存下来的资料。

压力很大，但他必须学会承受这种压力，在筹备此事的过程中，他不是没有考虑过对父亲还有陈萍萍说出实情，可是这两位长辈的心思实在难以琢磨，谁也不知道他们对陛下的忠诚到了哪种程度，更不清楚这样一个肯定能让皇族大乱的计划，会不会被两位长辈因为某种原因强行压制下来。

所以他选择在黑夜里独行。

监察院的情报源源不断地送到他的书房中，为了防止被有心人注意到，范闲收集的只是外围消息，然后转了几道手，再送往那个偏僻安静的小院。

他不想露出痕迹，还是如往常一样孝顺着父亲，在园中逍遥，中间还去任少安府上做了一次客，不过今年辛其物没有如往年那般邀请他。

辛其物是太子近人，肯定收到了东宫示意，不再试图拉拢自己，可是这种转变也不显得突然。辛其物寻了个不错的借口，还亲自到府送上了一份厚礼。

数日后，范闲终于将这件事情的头尾想清楚了，在脑子里过了几遍，又站在事后调查者的立场上推演了几遍，确定哪怕是再严密的调查也很难将洪竹扯进去，更牵连不到自己，这才稍微放松了一些。

大年初七，在府中闷坏了的范思辙缠着他要出去逛逛。范闲一瞪眼驳了回去："你当自己还是范府的二少爷？现在院里瞒着你的行踪，但宫里肯定早知道你在哪里……现在刑部没人来捉你，是宫里给父亲和我这个哥哥面子，你觍着一张胖脸出去招摇，宫里的脸面往哪儿搁？立刻就会有人来逮你！"

这一年范思辙在北齐做事，脱了很多浮夸之气，马上看出兄长有心事，小心地问道："出什么事了？一世人，两兄弟，有啥事你交代就是。"

范闲忽然想到随思辙南下的几个北齐高手现在被安排在城外田庄里，心头微动，但又立刻抛了那些想法。连陈院长和父亲他都不敢惊动，更何况自己这个宝贝弟弟，不过被思辙瞧出了心事，总要有个遮掩。他顿了顿说道："正月初十，也就是末十那天大殿下王府请客，我要走一趟。"

"末十？"范思辙抿了抿嘴，嘻嘻笑道："那可是大日子，看来大皇子真是很看重你啊，居然挑这一天请你。"

范闲自嘲道："应该是王妃的意思……我愁的是我说要带弘成去，结果昨儿个王府上来人提醒了一声，那天二殿下也要去。"

范思辙倒吸一口冷气："天老爷啊……哥哥你把二殿下打成了一摊烂泥，这又要去围在一张桌子吃饭，当心那家伙来阴的。"

范闲道："那倒不至于……谁敢在大皇子府上杀人？只是有些不好应付。"

范思辙心想大皇子选在末十这天请客，请的又是范闲和二皇子，想来是存着想让两个"弟弟"握手言和的念头。哥哥不能不给大皇子面子，可更不可能对二皇子松手，所以才如此为难。他自以为想清楚了兄长心事沉重的原因，冷笑道："吃便吃去，反正什么话都不接，大殿下拿你也没辙。"

"也是这个道理。"范闲笑了起来，看了弟弟两眼，忽然道，"真要出去？那可不能下车，只能在车上看看。"

范思辙一听大喜过望，自北齐归国后他便一直被关在府里，就连大年初一的祭祖也只能在车厢里磕几个头，早把他憋坏了，连连点头不已。

车游京都，雪如柳絮般轻轻扬扬地飘了下来。

范闲兄弟二人在繁华街道上逛了两圈，中间去了趟澹泊书局。两位东家来了，庆余堂顶替七叶的掌柜赶紧上车汇报。

离开澹泊书局，又去了抱月楼。马车停在抱月楼后门外，范思辙仰着脸看着三层的楼子，脸上满是喟叹，先前看到澹泊书局已经让他颇有感慨，此时看着这间改变了自己一生命运的妓院，脑子里那些复杂的念头一下子涌了上来。

范闲掀开车帘走了下去，回头又说道："来吧。"范思辙大喜，赶紧跟着他下了车。后门处早有人迎着，一行人直接上了三楼，坐在一直空着的那个房间里。

范思辙兴奋地四处张望，不时摸一摸他亲手布置的仿大魏样式的古色家具，满脸不舍与激动。范闲笑着看了他一眼，忽然生出了些许触动——像思辙和老三这种家伙，如果以善恶来论，只怕都是要被剐千刀的角色，自己却一直坚定地站在他们的身后，说来还真算不上是什么好人。

厢房里没有旁人，桑文与石清儿亲自服侍，略饮了一杯热茶后，范闲对桑文使了个眼色，两个人走到了后方隐着的密室里。

范思辙看都没有看二人一眼，继续与石清儿讲着闲话，对自己离开庆国后抱月楼的经营状况十分关心，等到他听着石清儿转述范闲对抱月楼的革新以及楼中姑娘们的契约情况之后，倒吸一口冷气，望向那间密室，目光都变得不一样了。

如此改革，看似楼子吃了些亏，实则却是收拢了人心，而且减少了太多不必要的黑暗支出，他忍不住赞叹道："我只会赚银子，哥哥却会赚人心。"

范闲赚人心要的就是属下的忠心，抱月楼除了挣银子，更重要的用途是情报收集，这种工作当然只能由对他忠心耿耿的桑文姑娘负责。

"最近你有没有去陈园？"范闲望着温婉的女子似乎无意地问道。

桑文摇了摇头："没有。"

范闲点点头，桑文是自己的直接下属，只要陈老跛子不说话，院里的规章与相应工作流程便不可能干扰到她的行动。

"我要的东西准备得怎么样了？"

桑文取出一个密封着的牛皮纸袋递了过去，苦笑道："关于绣局的情报很好到手，只是……您要查的那件事情，不好着手。太医院的医官们都是些老头子，哪里会来逛青楼？真要查太医院，我看还是从院里着手比较方便。"

范闲摇头说道："我说过这件事情是私事，不要通过院里……太医们都是老头子，可他们的徒弟呢？那可都是年轻人。"

桑文无奈地回道："太医院的学生俸禄太少，没出师便不能单独问诊，即便京都各府都不准去……要他们来抱月楼实在是困难。"

范闲从牛皮纸袋里取出卷宗细细看了一遍，凭借着自己超乎世人的记忆力，硬生生将卷宗上的大部分关键内容记了下来，又递了回去。桑文取出一个黄铜盆将卷宗和牛皮纸袋放在盆里烧了，全部烧成灰烬后才站起身来。

范闲消化了一下脑中的情报，说道："你这边就到这里了。"

桑文微微一福道："是。"

范闲带着思辙离开了抱月楼，回到范府后却没有留下，待思辙进府后他又坐上了那辆黑色的马车向别的地方驶去，他在车上陷入了沉思。

不论是监察院获取的外围情报，还是抱月楼掌握的片言只语，都只能帮他得出一个非常模糊的线索。太子的变化确实是从半年前开始的，那时候范闲远在江南，根本不知道京都发生了什么事情。但毫无疑问，一直困扰着太子、让他的精神状态有些自卑懦弱的花柳病被人治好了，这个结果让知晓内情的太医院集体陷入了狂欢，认为是上苍垂恩庆国。也就是从那时候起，太子因为身体康复的原因，整个人散发出一种叫作自信的光彩，于平静中渐渐展露日后一位帝王所应有的沉稳。太后很喜欢这种转变，陛下似乎也有些意外之喜。

从心理层面范闲能推断出某些来龙去脉，长公主可能只是将太子当作某种替代品，甚至只是个玩物。可太子呢？就算是被动方，他又从哪里来的胆子？

不论是以前怯懦的太子还是如今沉稳的太子，都不应该做出如此荒唐的事情，这与政治利益考量无关，只是因为他不够疯。所以从洪竹那里知道此事后，他最先做的就是调查起因，他觉得实在有些古怪。身为费介传人的他对药物最为熟悉也最为依赖，所以下意识里将怀疑的目光放到了药上。

"药"。

在这个世界上，花柳病虽然不是不治之症，却也会让人缠绵病榻、十分难熬，不然太子也不会痛苦了这么多年，太医院也被困扰了这么多年。是什么药能在这么短的时间内将太子治好？又是什么药能让太子的胆子这么大？

他安排桑文查这方面的线索，查来查去却发现这条线索的前方竟是一团迷雾，抱月楼情报力量有限，监察院的辅助调查也没有丝毫进展。

他开始感觉到了危险，似乎背后被一道冰冷的目光注视着，这是不是一个圈套？会不会是有人布了一个局，故意让自己来揭破内幕？

如果真是如此，继续深挖下去，他担心会惊动那个隐在幕后的厉害人物，所以毫不犹豫地中断了对药的追查。他开始猜测那人的身份，那人能知道此事，并且用那种药推波助澜，手段实在厉害，但这会是谁呢？

几个人名立刻在他脑海里浮现出来。有动机做这种事情的，不外乎是时刻恨不得把长公主和太子掀落马下的自己以及二皇子，甚至有可能是……皇帝。

范闲下意识里摇了摇头，且不说皇帝对长公主多有歉意，就算他想打扫庭院，又哪里屑于用这种手段，弄得满天灰尘。

当然，他第一个想到的人其实是陈萍萍，因为如果药有问题，费介当然是最大的嫌疑对象。即便如此，他根本也确认不了什么，只好收手。

车至一偏僻宅院，正是当年王启年用几百两银子买的那间，范闲径直走了进去，从房间里搬了把椅子坐下，对那个小老头儿点了点头。王启年苦着脸说道："子越在外面辞行，他明天就去北齐，沐铁那家伙不敢接一处……"

范闲挥手止住，直接说道："你知道我要听的不是这些。"

"您去找言大人也好啊。"王启年哭丧着脸说道，"下官又不擅长这个，再说……这可是灭九族的大罪。"

范闲瞪了他一眼喝道："何罪之有？这又不是我们搞的破事。"

王启年不安地看了他一眼，心想自己知道了那事，再让宫里的人知道了，监察院双翼再能飞，只怕也逃不过死路一条。

范闲拍了拍他的肩膀说道："这说明什么？这说明你是我最最信任的

人……再说了，我的事你都清楚，随便哪件都是掉脑袋的事，你还怕多这一件？"

王启年忽然很后悔，从北齐回来后自己应该按照小范大人和院长的意思接手一处，而不是又回到大人身边重掌启年小组，那样的话自己一定看不到那个即使瞎了眼都不该看到的箱子，一定听不到那个即使聋了耳都不该听到的秘闻。

"有人在查。"陈园淡雪中，轮椅上的陈萍萍披着一件厚厚的裘氅，看着池塘水面上渐渐凝结的冰碴儿，微笑着说道，"查得很巧，藏得很深，不确认是谁。"

费介有些不安地说道："离预定的时间还有三个月，希望不要出麻烦。"

"不知道谁察觉到了什么。"陈萍萍平静地说道，"不过小姐说过，骆驼真正的死亡只需要压上最后一根稻草，我活不了几年了，这根草得赶紧放上去。"

费介知道他对自己的身体有足够清醒的认识，所以无法安慰，只好沉默。

监察院是当年庆国新生事物中最黑暗的一部分，真正了解大部分历史、明白陈萍萍心意的，在这个世界上只剩下了这位用毒大宗师。

"年中。"陈萍萍加重语气说了一下时间，"你离开京都就不要回来了，我知道你这辈子差不多全天下都去过，只希望有一天可以坐海船去那些有洋人的地方，去看看他们的药物是怎么做出来的。既然你有这个愿望，那就早些去吧。"

费介没有说话，他心里清楚以自己的功劳以及对战争的重要性，宫里那件事情根本影响不到自己。院长催促自己离开庆国，坐上海船，当然是因为随后还会发生更加可怕的事情，他想让自己尽早脱离，远赴海外。

"早就应该去了，只是临老收了个学生，总是有些记挂。"

"人生一世，喜欢做什么就去做，不然等到老了、跛了，就是想走也走不动了。我虽不信神庙所言报应，但你这一生不知杀死了多少人，总是要小心一些。话说早年间三个用毒的老家伙，肖恩已经死了，听说东夷城里那位也忽然得了怪病，很快就会只剩你一个，你可得好好活下去。"

听完陈萍萍这句话，费介沉默了很长时间，说道："年中我就去东夷城。"

陈萍萍看了他一眼，有些疲惫地笑了笑："为什么不肯从泉州走？"

"那个地方有以前的味道，我不喜欢回忆过往。"费介回道，"另外，既然是要单身出海，我不想让陛下和范闲知晓我的去向。"

费介在监察院里的地位很特殊，三处主办的职务多年前就已经辞了，如今应该算作院里的供奉。现在三处头目是他的晚辈，提司范闲是他的学生，更重要的是，他是陈萍萍多年好友兼臂膀伙伴，自然极其超然。

监察院的地下室里依然为他保留了一个药物试验的石室，但他很少去，日常配制药物、熏焙毒剂的工作都放在京都的某个院子里。这个院子便是一个独立的研究部门，经费当然由监察院划拨，里面的人也都有监察院的身份。

一代用毒大师的研究成果自然珍贵，不论是军方需要的箭毒，还是王公贵族后院里争风吃醋、杀人灭口需要的毒剂，都是人们垂涎的对象。但这个院子的防备并不如何森严，北齐东夷的敌人以及庆国内部的权贵们，没有谁敢窥视这个院子，谁知道这位毒宗师在院子里养了什么毒虫，用了什么手段。

那些学徒与下人们随身带着解毒香与药丸，不会有生命危险，却经常有经济上的风险。研制毒物需要大笔资金，而前些年内库所出不足，监察院有时调拨资金不及，费介做试验却是不肯等，于是经常扣他们的月饷，事后又经常忘了补发，他们也不敢张嘴去要……

猫有猫路，鼠有鼠道，人们总会找到各式各样的办法充实自己的荷包，这些学徒不敢将费介研发的成果拿出去卖，一些不怎么起眼的小玩意儿却成了他们的敛财之道。十来年里，整个天下的杀手、大妻和二奶们都在通过不同的渠道分享着监察院的毒物，同时，把源源不断的金钱汇往此处。只是卖毒的风险太大，谁也不知道那些毒药会卖到什么地方、用在谁身上。直到范闲以费介亲传弟子的身份在皇宫里疗伤，范若若沿袭了兄长技艺开始到太医馆讲课，费介大人治病的本事得到了市场的承认，学徒们才发现了一个新的进钱路子。

卖药好，安全而且无后患，五六个月前，一个学徒把一个药方卖给了京都出名的回春堂，获得了一大笔银钱。他卖的时候分外小心，没有露面，也没有留下半点线索，可没过多久他忽然患了重病，或许是长年接触毒物被感染了，几番治疗无效，在床上咯血死去。

那个学徒临死之前，回春堂已经依着那个药方成功研制出了第一颗药丸，在某个实验品身上确认了疗效之后，老掌柜英明地将这种药的存在变成了回春堂最大的秘密，送给了隐在幕后的东家。

回春堂真正的东家是太常寺一位六品主事。太常寺负责皇室宗室的相应事宜，在宫中走动极多，早就隐隐知道东宫太子这些年的所谓隐疾。当他确认了这种药的效用之后，顿时激动不已，仿佛看到了不久后自己飞黄腾达的画面。他拐着弯寻到了一位宗亲府上，呈上了药丸，当然没有言明是自家药堂研制出来的成果，只说是几番苦苦追寻在东夷城的洋货里找到了这种药。他没有交出药方，心里的盘算很清楚，只要这药一直在自己手中，东宫就会一直需要自己，自己如今的前程、将来的前程自然会远大起来。

那位宗亲心知肚明这位主事想的是什么，也不点破，捋须微笑，赞扬数句，只说这药自己会吃，自不会说药会送入宫中——彼此心知肚明而已。

从此，回春堂老掌柜"亲自研制炼制"的妙丹经由"努力寻找"的太常寺主事努力送到了"需要药物补充体力"的宗亲府上，再经由隐秘的渠道送入了皇宫，最后再伴着茶水，送入了太子爷薄薄的嘴唇里，十日一颗，不曾中断。所有过程都很隐秘，就算有人查起来也随时会在某条线上断掉。然而这条线上的所有人都不清楚，从一开始，这条线上的所有关系、所有可能性都是被人算好了的，他们自以为隐秘，其实都是被人控制着的卒子。

范闲扔下陷入苦思中的王启年，走到了井边。邓子越一直在候命，见他此时空了，赶紧上来禀报，脸上很自然地流露出不舍与小小紧张。他明日便要远赴北齐接替王启年，名义上受四处的制辖，实际直接向院长和提司负责，是极重要的位置。这个位置最初是言冰云，之后是王启年，他心里清楚，自己的能力不在这方面，只怕在北方办差不及那两位大人得力，所以他很诚恳地向范闲请示此行应该注意的事项。

"全天下人都知道你是我的亲信，这瞒不过北齐人，也不需要瞒北齐人……你不像王启年，可以随时甩掉身后的锦衣卫，所以你要比他更小心。"范闲叮嘱道，"间谍有很多种，言冰云当年是暗谍，王启年明暗参半，你则只能做明谍。没有特殊情况不要动用北方的网络，相关文书来往用密信经邮路便好。很多情报不需要暗中打听，只需要多参加一些宴会，与北齐贵族们多聊聊。"

邓子越微微一怔，小范大人这个新鲜的说法在他的脑子里开启了另一扇门，间谍……不去偷听也成吗？他问道："那北边的网络怎么梳理？我的身份太明，您先前也说了，不方便直接接触，那样容易暴露。"

"林文还是林静？现在应该还在上京城里，他是老人了，会向你交代注意事项。"范闲想了想，然后又说道，"那个点你少去……如果有什么交代，你去找思辙，他手下有经商的网络，传递消息到第一级比较方便。"

邓子越知道说的是小范大人前些天私下说过的油店，便点了点头。

"有南下给我的私人消息，从夏明记走。"范闲又嘱咐道，"抱月楼在上京的分号马上要开了，到时候，我会交代他们联系你。"

邓子越不曾怀疑他的心思，范闲却是真存着一个有些荒唐的念头，看能不能把庆国的北齐密谍网络全部变成自家的耳目。这个网络对于思辙的生意，对于自己与北齐方面的交易来讲，实在是太重要了。

"此次北行我调三百黑骑送你过沧州，那边有北齐的人接着，除了朝廷的事情，最紧要的是你得替我把这家伙活生生地带进上京城。入了上京城后不要找别人，直接去天一道大庙找海棠，后面的事情听她安排就是。"

范闲看了一眼院角那个赤裸着上身在砍柴的年轻人，此人生得虎虎有生气，只是眉眼间犹存青涩，不知多大年纪。

邓子越顺着他的目光看过去，有些不确定地说道："海棠姑娘自然可以安排，只是……北齐人知道后会不会有什么想法？"

范闲面色平静地说道："北齐人的想法和我们没关系。"

邓子越试探着问道："把他还给司理理……以后怎么控制？"

他是亲信，当然知道范闲当年从院长手里把这年轻人抢过来的经过，也知道这个被关在小院里快两年的年轻人便是如今北齐贵妃司理理的亲弟弟。

"控制分很多种，我现在不需要这种方式，干脆落个大方，大家彼此合作起来也舒服些。"范闲与北齐的利益早已绞在了一起，有没有人质作用并不太大，况且司理理的弟弟早已失去了当年的重要性。

邓子越再无异议。范闲挥手将那个年轻人召了过来，看着对方脸上的倔强表情，他温和地说道："就要去上京了，有没有什么东西要置办给你姐姐的？"

那个年轻人当即往地上呸了一口唾沫，范闲与邓子越都笑了起来。

"去上京后把脾气改改，别给你姐姐添麻烦。另外，不要怪我关了你两年，以你的身世，如果不把你关着，你早就死了！嗯，记得代我向她问好。"

范闲忽然想到了两年前一路与司理理同行，一时间竟有了一种恍惚感。那个年轻人有些听不明白，他只见过范闲几面，而且一直被关在院中，不知道范闲到底是什么人物，只觉得对方身份应该不低。他猜想，此人似乎与很久没见的姐姐十分相熟？难道自己还真应该感激他？

暮时，范闲与王启年离开了这座院子。没多时两个面容普通、穿着粗布棉袄的百姓出现在了南城某位宗亲府对面的巷口。

"就是这家，皇后的亲戚死得差不多了，这是个极远的亲戚。"

"知道了又有什么用？"

"如果是送药进去一定有规律可循，我要知道宫中那人多久需要一次这药。"扮成百姓的范闲往地上吐了一口痰，"这药虽不能壮阳但可以壮胆，那位爷的胆子就靠这药提着的，想要抓奸，你就得摸清楚啥时辰才有奸……"

他当然没有办法扮成不爱卫生的百姓在宗亲府前一守十八天，只是与王启年来证实隐着的那条线确实如他们所算，却没有顺着这条线往下查的想法。而且他二月初便要离开京都再赴江南，时间实在是太少。没办法观察到什么规律，唯一可以倚仗的就是王启年神鬼莫测的跟踪功夫。

确认目标之后，他重新上了马车，脱下外面的衣服，检查完袖弩与药包，取出一个梳妆盒仔仔细细地往脸上涂抹着，用监察院的特质胶水将眉角往下粘了粘，他的眼距与眉相顿时变了，然后又在颏下加了个不起眼的小痣，翩翩佳公子顿时变成了不怎么起眼的路人。最终，马车停在了西城荷池坊的外面，范闲却早已下了马车，汇入了西城复杂的人群之中。

京都西城的面积不大，较诸城而言不够富庶，不够清静，不够贵气，尤其是荷池坊这带是一整片贫民区，人们一天到晚首先考虑的是怎么活下去的问题，家里库房里有粮食，才会记起礼节道德之类的东西，所以坊中的人们并不因为荷池坊的美名就会多出几分浊世而立的气节，这里反而是龙蛇混杂，什么都做。

路人范闲用衣后的雨帽遮着飘下的小雪花，满脸阴沉地踩着街巷中的泥巴往荷池坊深处行走。他这表情在荷池坊中很是常见，街旁的百姓和商铺里的掌柜们都懒得多看他一眼。坊中这种满脸阴沉、像死了爹一样的人物太多了，因为道上兄弟不是每天都能成功收回账，也不是每次都能在衙役的手下跑掉。

穿过一条满是破烂雨檐的窄巷，范闲又陷入了站街妓女的包围。好在天色尚早，敬业的妓女们虽然出来站着，但不停地打着呵欠，战斗力还没发挥出来，他才得以轻身而出，钻进一座背街的小木楼，抵达了自己的目的地。

木楼里充斥着一股难闻的味道，范闲揉了揉鼻子，但没有掀开帽子，直接坐到床边，从怀中取出一个信物递给床上那个满脸警惕的瘫子。瘫子的手还能动，接过信物仔细看了半天才压低声音说道："怎么这么冒失就上来了？"

范闲没有时间和他扯这些，直接问道："最近里面有什么好东西出来？"

那个瘫子的脸色变了变，不知道面前这个可恶的家伙到底是什么人，居然如此不谨慎。但对方既然知道了这要脑袋的事情，肯定是帮主的亲信，他也不好说些什么，在那床满是臭气的被子里摸了半天，摸出了十几个盒子。范闲一个一个掀开仔细看着，脸上依旧是那种死气沉沉的表情，看得出来相当不满意。

瘫子看着他的脸色，想了想之后又在瓷枕里掏了半块玉玦递了过去。

范闲接过玉玦端详了一番，只见这玉的质色上佳，温莹一片，上面雕着皇家云纹，实在是个好物件，这才满意地点点头说："不错，这种好东西，越多越好。"

那个瘫子得意地笑了笑。范闲也笑了笑，他清楚这瘫子并不像表面上这么可怜。京都是天下风流财富汇积之地，尤其是皇宫。从古至今，天下万民供养着皇帝以及诸位贵人，而服侍皇帝与贵人们的太监宫女又会偷偷摸摸将这些东西偷将出来。皇宫如此，各府也是如此，太多见不得光的银钱珠宝需要洗清、换成各州郡里的田契，自然有做这些事情的专业人士。

黑道就是这种专业人士，所以全天下真正有实力的帮派都会在京都设分号，他们不敢与朝廷作对，但做做朝廷的下水道、挣些银子却不会客气。

说来奇妙，正因为江湖人异常安分，京都至今也没有叫得响的道上名号。河洛帮，是这些负责接手皇宫赃物的帮派中很不起眼的一个。范闲在杭州时与夏栖飞多有交谈，对这些暗中的势力有所了解，才会有今天的荷池坊一行。

这个瘫子专门负责河洛帮在京都销赃的第一环节，做的是满门抄斩的事，自然十分小心。其间环环并不相连，接货的人时常变化，才给了范闲一个可乘之机。

至于那块信物，是监察院很多年前就做好的，只不过一直没有机会用。

瘫子得意地说道："据说这是先帝爷赐给太后娘家的一块，后来出事了，不知怎的现在又回到了东宫，倒腾出来这可花了不少的气力。"

范闲心头一动随即说道："贵人们哪里在意这些小东西，随意搁在库房里，只怕过个几十年也不会拿出来一次，到时候早就忘了。"

瘫子感叹道："是啊，这块玉如果放到江南去卖，转手再去江北买地，只怕可以买千亩良田，但在里面和块破瓦有什么区别？"

范闲不想陪着他感慨了，说道："第一次交结，不懂规矩。"

他说得很直接，那个瘫子反而没有起疑心，他从被子里取出一个账本，指着上面写着甲等酒的空格处："在这儿。"

范闲笑道："你这被子里倒真能藏东西。"

瘫子咕哝了几句，似乎是在回忆过去自己跟着帮主打杀四方，不幸被人一锤打瘫，帮主可怜他，才让他到京都来主持这些事情。

范闲不了解河洛帮的故事，自然不敢搭腔，用改变过的字迹签好后，从怀中掏出一张银票递过去，说道："头期是三成吧，你可别多收我的。"

瘸子看着那一千两的银票点点头："差不多，虽然这玉肯定不止这个价，但毕竟是犯忌讳的东西，也只能折着卖。"

范闲将玉玦仔细地收好，不再多说什么，走出了阴暗的屋子。

行走在荷池坊污泥一片的街道上，天色依然阴沉，范闲的心情则开朗了一些。他想明白了整件事情应该如何操弄，虽然繁复得令人心烦，但为了保障洪竹的安全，为了让自己隐在幕后，只能如此千辛万苦地小心靠近。

一应流程都想清楚了，剩下的需要洪竹去操办，当然，还需要陛下真的如范闲以为的那般敏感多疑且充满了智慧与想象力。

站在顶端的大人物对任何事情总会往最坏的地方想，将一切都看成是针对自己的阴谋，所以范闲越想放松，越觉得皇帝老子这次要被自己好好地玩一把。

能够阴人而不让自己陷入其中，他难得生出几分得意。以往有言冰云帮衬着，看不出什么问题，但胶州一事，陈萍萍在信里把他骂了个狗血淋头，对他构织阴谋的能力十分不屑——所以今天他真的很得意，越想越得意，接着便在荷池坊的出口牌坊下看见了一位失意之人。

牌坊下摆着一蓝布案，有人顶着小雪高声吆喝着生意。那是一个讼师，脸色有些苍白，似乎身体出了什么问题，所以声音都有些后继乏力。

那个讼师的生意很不好，不要说打官司的人上前询问，便是连请他代写讼状的人都没有一个，隐约知道内情的百姓远远躲着，似乎生怕沾上了什么晦气。

范闲微微低头，让雨帽遮住了自己的大半张脸。

大约半个时辰之后，在一家寻常酒楼的雅间里，范闲满脸微笑，将手边的一盘菜推到了对面，和声说道："慢慢吃，慢慢聊，怎么现在成这样了？"

坐在他对面的荷池坊讼师，正是当年在京都与范闲打过官司，后来又被范闲绑到江南、替他与明家打产官司的宋世仁。宋世仁有个匪号叫"富嘴儿"，又号称天下第一状师，向来行走官衙不忌，何至于沦落到如今沿街摆摊的地步？

宋世仁滋溜一声喝了口白酒，深深地望了范闲两眼，旋即叹了一声。

"说吧，是不是和我有关？"范闲自然能够想到原因。

宋世仁叹道："大人既然猜到，我也就不怕丢脸了。从江南回来之后，同仁街坊还有那些大人们知道我在江南的风光，倒也将我高看了两眼，又知道我是替大人您做事，更是个个对我点头哈腰……只是后来风声一变，不知道为什么，不但没有人敢请我打官司，便是平素里交好的友人也纷纷离我远去。"

"不知道为什么……"范闲自嘲道，"你我都知道是为什么。"

宋世仁苦笑道："即便知道，难道又敢四处喊冤去？"

从江南回来后的这几个月，这位天下第一状师过得非常惨。不仅是挣不到银子的问题，从某一刻起，整个庆国的官僚机构都开始针对他，京都府、刑部、大理寺，甚至礼部和太常寺都来找他的麻烦，各式各样的借口用了不少，将他的家产如风吹雨打一般尽数剥去，如今他只能带着家人租住在荷池坊这种地方。

宋世仁再如何能言善辩，又怎么敌得过朝廷不讲道理的搞法，他往日里熟识的权贵人物更是一声不吭。他心知肚明，造成这惨境的原因是什么。他在江南打的明家官司，且不说帮了范闲多少，关键是通过这场官司，将嫡长子继承权天然不受侵犯……这个不见庆律却入人心的神圣规则打得七零八落。这便犯了宫中的大忌讳，太后不悦，自然有无数的人想办法让宋世仁闭嘴。

这是一个很深刻的教训。

"至少人没有事。"宋世仁有些后怕地摸了摸脖子，"我还活着。"

范闲心里明白，宋世仁没有被人杀了，是朝廷给了自己几分薄面，他问道："……你为什么不来找我？这件事说到底也是我害的你。"

宋世仁苦笑道："哪里敢给大人添麻烦。"

范闲知道此人心口不一，他害怕求上自己的门，反而会添更多的祸患。

"不要担心什么。"他掏出一沓银票递了过去。宋世仁抬眼看着最上面那张银票的数字，不由吓了一跳，他也是见过世面的人，却哪里见过这么多钱。

范闲道："我会安排你全家出京，安全问题不需要担心。"

宋世仁沉默了半天没有接话。

"放心吧，本官要杀你脱灾早在江南就砍了，你知道我向来不惮于杀人。真的只是一些补偿，总不能让帮我办事的人吃亏，再说……宫里的怨气过两天就淡了。"范闲话有所指地说道，"到时候，只要我护着你，谁还敢来动你？"

第十一章 香

正月初十,庆国民间称此日为末十,这是年节里比较重要的一天,虽不像初七时那般万人出游,大街上也极热闹。拟定了所有事情的范闲特别轻松,带着婉儿坐着马车在京都里逛了半天,才在婉儿与藤子京的不停催促下驶往和亲王府。

和亲王府大门今日大开,来的宾客却不多,大皇子站在石阶上等着。马车停在府门口,大皇子望着范闲冷笑道:"这么晚才来,待会儿可别先溜。"

京都的雪止了又下,不似北齐上京的雪洒脱干脆,也不像澹州那般绝无雨雪的烦心,偏如江南春雨般缠绵地令人烦恼。范闲有些恼火地伸手拂去发上的雪粒,问道:"吃个饭,何至于这般认真?"

其实大皇子没有说错,如果帖上的落款没有北齐大公主,范闲别说会不会提前溜,便是来不来也是不一定的事情。在他想来,你们皇族兄弟聚会,把我这个已经归宗的范家子弟喊来干吗?他可不愿在局势不明的情况下看见二皇子两口子,再者如果太子继续温和地与自己交谈,自己该怎么办?

没有他说话的份儿,林婉儿已经眉开眼笑地走到大皇子面前,嘻嘻笑着说了几句,然后二人并肩进了亲王府。范闲看着这幕兄妹情深的景象,心想这哥哥可不是堂哥哥,即刻心中酸意微作,赶紧跟了上去。

婉儿与久未见面的大皇兄说着什么事情，范闲一个人坐在厅内无聊，也懒得插话，半闭着眼睛养神，只是那些话语总往他的耳朵里钻。一时是婉儿在调笑大皇子婚后的模样，一时是大皇子问婉儿在江南过得可还习惯，范闲有没有欺负她，江南的景色如何？杭州会究竟是个什么衙门？

等婉儿向大皇子解释清楚杭州会和衙门没有什么关联后，范闲忍不住打起呵欠来，心想这一对兄妹也是皇族里的重要人物，一人还是曾经领军杀人的大将军，怎么聊起天来竟和藤大家媳妇那些三姑六婆差不多。

正自腹诽着，忽然感觉到身后一阵微风吹来。他警惕地睁开眼睛，回身望去，只见一位身着华丽服饰的年轻美妇掀帘而入。范闲微微一怔，盯了一眼那女子云鬓上插着的一朵珠花，笑道："见过王妃。"

来者正是北齐大公主、如今的和亲王妃，范闲与她千里同行，自然比旁人多了几分熟稔。只是自从大皇子与她成婚之后，范闲与她不便联系，暗中的某些应承也自然落空，多时不见，竟觉着有些陌生。

林婉儿赶紧起身行礼，却被王妃逼着她按民间规矩叫了声嫂子。

王妃相貌端庄，眉梢眼角里透着股大气，让人看着可亲可喜。与婉儿说了两句，她便望向范闲说道："多日不见小公爷，不知小公爷近来可好？"

范闲看出她柔和眼神深处的戾气与嗔怒，再加上连着两声小公爷，当然心知肚明对方心里有气。这怨气当然与男女之事无关，也不是怨他忘了南来路上的承诺，只怕还是那羊葱巷的事情……发了！

他下意识看了眼大皇子，发现那厮居然还能强作镇静，只好掩了尴尬打趣道："大公主这话说得……还是如往日叫我范闲的好，要不……叫妹夫？"

这笑话并不好笑，只是范闲的称呼非常讲究，用的是旧日称呼，一者让对方想想当日的旧情，二者他知道，王妃听着这声称呼一定会心气平顺许多。

北齐大公主嫁的是南庆大皇子，并不辱没身份，但毕竟是远嫁异国，而且当时成婚是两国战争以南庆胜利为背景,所以这门婚事对北齐人,尤其是对大公主来说并不光彩。更何况大皇子封的是和亲王,和亲和亲,是什么意思?每每想到大皇子的王号,范闲都忍不住想笑,心想皇帝老子太坏了。

果不其然,王妃听着"大公主"三个字微微一怔。她在南庆生活了近两年,嫁了个不错的男子,过着不错的生活,可毕竟身在异乡,许久没有人叫她公主了。她的眼色柔和起来,看着范闲微微一笑,暂时放弃了找他麻烦的想法。

林婉儿和大皇子都是聪明人,当然听出先前两句话里范闲与王妃进行了某种程度上的试探,忍不住摇了摇头,觉得这两位真累。落座闲话数句,范闲忍不住看了一眼大门方向,摇头说道:"我说今天来早了,可婉儿非要催我。"

"人都齐了,就等你。你这新晋公爷的面子大,让两个王爷等你。太子殿下今天不会来。"大皇子看了范闲一眼,解释道承乾送了份重礼过来,二皇子、二皇妃与弘成兄妹二人此时早已坐到了后园。

婉儿笑道:"二哥他们都到了,我们还坐在这儿干吗?"

大皇子笑道:"我们这就过去。"然后他又看了范闲一眼。范闲苦笑一声,心想来都来了,难道你还怕我玩一出大闹王府,痛打二殿下?起身携着婉儿往后园里走。

大皇子夫妻二人同时摇了摇头,心想范闲这厮还真是没有客人的自觉,跟着往后园行去。出厅时王妃想到了范闲与自家王爷私底下的勾当,忍不住皱了皱眉头,看了大皇子一眼,大皇子心头颤了一下。

和亲王府是前年时奉旨钦造,两国联姻,为了体现庆国脸面,修的是极其豪奢,占地极广,往园里走了许久才远远看到一个临湖花厅,从那边隐隐传出话声。

今日天气比昨日稍好,水面上的薄冰片片破碎,却没有荡开,随着湖水一起一伏,反射着天上层云里的淡淡灰光,看上去就像无数片宝石。

那花厅也格外精巧，临湖的三面黑木窗格密封极好，里面又悬着挡风的棉帘，只在正中间半人高的位置开了道细口子，镶着内库出产的上等玻璃。

如此设计，颇见心思。在这里既可以让湖上的寒风干扰不到年轻贵人的兴致，又可以透过窗户欣赏到冬湖美景。范闲望着湖水笑了起来："我喜欢这个地方。"

"喜欢以后就多来，又不是外人。"大皇子说道，"王府最初只是一味豪奢，俗气得很，王妃改了许多，早已不是当初的模样。你若真喜欢，得谢她。"

范闲回头看了王妃一眼，笑着没说什么。

大皇子骄傲地说道："旁人说我惧内也好，如何也罢，反正她喜欢什么我就要给她弄了来，这沿着花厅的一圈玻璃就花了我不少银子……"

王妃听着这话心里喜欢，在范闲夫妻面前又有些挂不住脸，悄悄瞪了他一眼。大皇子呵呵笑着转了话题："说到这玻璃还真是贵，你如今理着内库，以后若要换玻璃，你可得卖给我便宜些。"

范闲无奈地说道："我说殿下您堂堂一位大将军王，还把这点儿玻璃放在眼里？甭说便宜这种话，以后你要内库里什么东西，写封信过来，我给你置办。"

大皇子反而不喜，摇头说道："内库要紧，你替朝廷挣的银子要花在河工边患上，我可不敢在这里吃好处。"

范闲知道大殿下就是如此的人物，这话并不是作伪，随即笑道："你拿玻璃来讨好大公主，只怕以后要花大钱了。"

大皇子诧异了："如何说？难道我这院子里用的玻璃还少了？"

王妃笑着不说话。范闲嘲笑道："大公主自幼生长在北齐皇宫里，您是没去那皇宫逛过，大殿的顶上用的全是玻璃，天光可以透进去，映到青石玉台和台旁的清水白鱼。"

大皇子一听大吃一惊，问道："以往只是听说，心想着不可能如此夸张,王妃也未曾与我聊过……难道竟是真的?"

他赞叹着,却生出了别的想法,北齐皇室奢华如此,难怪国力日见衰弱,不堪一击,只是这话当着妻子的面却是不便说,只好咽了下去。

范闲说了那句话,也陷入北齐之行的回忆中,他极愿欣赏壮观或者美丽到了极点的东西,所以对上京城的印象一直极好。当然,那里的姑娘也不错。

林婉儿看着他唇角的笑容,忍不住哼了一声。便这样各有心思入了花厅,厅中三人早已迎了过来,正是二皇子与弘成兄妹。

柔嘉亲热地喊了声婉儿姐姐,婉儿亲热地喊了声二哥,弘成亲热地喊了声安之,几人对着湖景与南方送来的贡果闲聊了起来,十分安然自在。此番情景,就像是这几年里京都没有发生那些事情一般,这也许就是皇族子弟天生的能力吧?

范闲知道大皇子今天设宴的真实用意是什么,他也担心弘成会再次踏上二皇子的那艘破船。不过这种谈话虽然他很擅长,但依然有些不适应,便尿遁而去。

在离花厅不远的一处小院,被仆人带到这里来的范闲看着从里面出来的那位姑娘吃了一惊,挥手让那仆人离开。看着满脸惊愕,手还放在裙褥腰间的叶灵儿,他又好笑又好气地说道:"不知道整理好了再出来?让人瞧着像什么话。"

叶灵儿嘿嘿笑道:"我就这模样,你还真当师父惯了……"

话一出口,二人同时陷入了沉默,此时才想起她早已嫁人,贵为王妃,不再是当年那个缠着范闲打架的刁蛮小姑娘,而范闲……还能是她的师父吗?

"陪我走走。"范闲伸臂做了个请的手势。

叶灵儿指着院角的房间,调笑道:"怎么这时又不急了?"

范闲哈哈大笑:"只是尿遁而已。"

叶灵儿向前几步与他并肩向外走去,偏着脑袋用那双水汪汪的眼睛看着他,好奇地问道:"花厅里的谈话就这么让你不自在?"

范闲笑着应道:"你也知道我,不是很习惯那种场合。"

叶灵儿带着歉意地说道:"知道你回来的路上出了事,本来应该去看……"

不是欲言又止,是无奈沉默。整个庆国都在猜测想杀死范闲的真凶是谁,而很多人曾经将怀疑的目光投到二皇子的身上,以她的身份确实不便去范府探望。

范闲很自然地拍了拍她肩膀,笑道:"我这人皮实,哪这么容易出事?"

叶灵儿没有什么反应,范闲收回手的时候却有些尴尬,他自嘲地笑了一下,对方如今已经嫁作王妃,自己说话做事也要有些分寸才是。

二人闲聊着别后情形,沿着冬林间的道路往湖边走去。范闲说道:"婉儿也有些日子没见你了,前些天一直在说。"

林婉儿与叶灵儿在嫁人前是闺阁里最好的朋友,如今却分别嫁给了庆国年轻一代里势如水火的二人,不免有着极大的困扰。

叶灵儿黯然地说道:"我也想她。"

范闲马上温和地说道:"要是你不方便出府,我送她去王府看你。"

叶灵儿叹了口气,在一棵光秃秃的冬树边站住,说道:"师父,我是真不理解你们,他也说过类似的话……让听着的人总以为你们之间从来没有什么事。"

话中的那个"他"自然说的是二皇子。范闲笑了笑,说道:"我们打生打死,和你们姑娘之间的情谊有什么关系?"

"没关系?"叶灵儿性情直爽,仰着小脸问道,"难道让我和婉儿当中的一个变成寡妇之后,还能像以前一样自在说话?"

范闲怔了半晌后苦笑道:"那依你的意思如何?"

叶灵儿沉默无语,她清楚很多事情是不能由自己的心意而改变的,身为天之娇女,嫁人前的日子里她可以穿着那身红色如火的衣裳纵马长街,不在乎御史们会说些什么,父亲会如何发怒……因为她是叶灵儿。

可是叶灵儿对于整个庆国来说，又算什么呢？

"我在江南看见你叔祖了。"范闲微笑着转了话题，叮嘱道，"不过这件事情没有太多人知道，你也不要往外面传。"

叶灵儿有些吃惊："那老头儿跑江南去干什么？"

这时轮到范闲吃惊了："你叔祖怎么说也是位大宗师，你就这么喊着？"

叶灵儿瘪着嘴说道："他长年在外面晃着，偶尔回家也不带什么好东西……我喊他老头儿，他能有什么意见？"

范闲笑了笑，通过这番话确认了叶流云与叶家之间的亲密程度，看来叶流云名义上在周游世界，回家的次数却并不少，不然叶灵儿怎会如此称呼。

"嫁人后，功夫有没有扔下？"范闲问道。

叶灵儿以为他要考较自己的功夫，在目前这样的情况下范闲没有为了避讳什么而与自己保持距离，这让她的心情有些不错，眼里透露出跃跃欲试的神色。

范闲假装没有看见她的眼神，离开那棵孤零零的冬树，向着湖边走去。此时二人已经绕了一个大圈，隐约可见不远处被冬树遮着的花厅。

突然背后嗖的一声袭来一道寒风，极其快速阴险地向着范闲的耳后刺下去！

范闲未曾回头，霸道真气沿着越发宽阔的经脉涌入右臂之中，只见他手掌向后一挥，五根细长的手指瞬间化作五根残枝，化出数道残影，清楚无比地依次点在那道寒风上，啪啪数声脆响，那道寒风里的物件无来由地被打得垂然落下。

叶灵儿的反应快，直直地一拳再出。

范闲不敢托大，转过身来，双掌自然一翻挡在面前，就如同在自己的面前忽然间竖起了两块大门板，将叶灵儿的拳风完全挡在了门外。紧接着他脚下一顿，膝盖微弯，将下面那无声无息的一脚硬生生拐了下来。

噗噗数声起，战斗便宣告结束。

范闲与叶灵儿站在湖边，拳掌相交，下面的腿也别在一处……这姿势看着有些暧昧，范闲感觉到膝边传来的弹触感，心中微荡，生出了一些别的感觉。他赶紧与叶灵儿分开，笑道："还是太慢了。"

叶灵儿有些不服气地收回并未出鞘的小刀，说道："是你太快了。"

范闲的眼光微垂，看着她脚上那双绣花面的可爱小棉靴，想着自己如果先前动作慢一些，让这只小脚踹上自己小腹，一定不怎么好受。

"以后不要用这种招数，会断人子孙的。"

"师父说过，所谓小手段就是'不要脸'三字……我才想明白，你最喜欢做这些阴险手段，当然能猜到我的下一步，难怪这一脚踹不到你。"

范闲无言以对，先前二人一番交手，叶灵儿用的是范闲的小手段，范闲用的却是叶家的大劈棺，也就是叶大宗师流云散手的简化版。叶灵儿在女子中算难得的七品高手，但在他面前自然没有什么发挥的余地。

叶灵儿问道："我那一刺虽是虚招，但你为什么敢用散手直接弹开？"

范闲没好气地回道："既然是试招，你当然不会用什么喂毒的利器……还有就是你的小手段依然不够狠辣，最后拳掌被制，头上发钗也可以拿来杀人。"

叶灵儿当即问道："那头发不得散了？这是大殿下府，我到哪里找丫头来梳头？"

范闲笑道："还有一张嘴，可以咬人的。"

"难道我拜的师父是只大狗？"叶灵儿有些恼火地回道。

范闲不由想到两年前在京都长街上，自己一拳打坏了她的鼻子，她蹲在地上哭泣时的情形，于是便开心地笑了起来，然而下一刻又忽然说道："以后还是不要叫师父了。"

叶灵儿与范闲以师徒相称，京都权贵都知道，只当是小孩子之间的胡闹，并不在意，便是叶重本人也从来没有说过什么。不过如今情势已变，她已经做了王妃，范闲如此提议也是理所当然的。

叶灵儿赌气地说道:"我便叫了又如何?如果不成,那你叫我师父好了,反正这叶家散手功夫按理讲也不能传给外人。"

范闲苦笑无语,摆手表示当自己这话没说过。二人沿着湖畔行走,叶灵儿自从成为王妃后,哪还有机会抛头露面,与人打架,今天虽只片刻也是兴奋异常,好不容易平息下情绪,忽然道:"师父,我爹也回京了。"

范闲明白她是在提醒自己什么,不论自己的权力多大,只要军方站在对立面,叶家、秦家这些人还活着,自己就不可能对二皇子造成根本性的打击,也不可能完全消除二皇子抢龙椅的强烈愿望,只好无奈地说道:"好不容易消停几天,我可不想从你嘴里再听到什么坏消息。"

叶灵儿轻声说道:"无论如何我都是叶家的姑娘,我会站在父亲和他那边。"

范闲极其认真地说道:"这当然应该。相信我,我说的是真心话。"他忽然又笑道,"你看,这湖面上的冰总会融化的。这人间世的事,谁说就那么一定?"

叶灵儿展颜一笑,眸子里散发着玉石般的清净光彩,她用力点了点头。

湖对面不远处便是开着窗户的花厅,可以看见那几人正在里面聊天。范闲对叶灵儿调笑道:"我们在湖的这面逛,实在是有些不合体统,如果让阁子里的人瞧见了,说不定会说些什么。"

庆国民风开放,可男女单独相处总是有些不大妥当,叶灵儿一听这话现出窘态。范闲继续调戏道:"你说老二这时候会不会已经气炸了,可脸上还要保持着微羞的笑容?"

"不要忘了,你也天天那么鬼里鬼气地笑!"叶灵儿恼道,"还有,你先考虑一下婉儿在想什么吧。"

"婉儿人好啊。"范闲叹息道,"她一向催着我多找几个姐姐妹妹陪她……"

此言一出,范闲暗道糟糕,这调戏已经超出了分寸,暧昧之余多了些孟浪的劲头儿,而对方可不是以前的黄花闺女,而是已经嫁为人妇的王妃。果不其然，叶灵儿怔了怔后才明白他在说什么，攥着拳头便向他的脑袋捶了过来。

范闲知道是自己的话不妥，心中大愧，哪里敢还手，只好化作一只丧家之犬惶然沿着湖边奔逃，想要躲进花厅里去。

花厅中半人高的连扇窄窗开着，湖面上的寒风吹拂进来，却被暖笼化作了清新可人的春天气息。厅内的人们有一搭没一搭地讲着当年幼时的趣事，很快有人注意到了湖对面的那对男女。大王妃笑道："那是在做什么呢？"

大皇子举目望去，脸色微变，旋即笑着解释道："那小子一向以灵儿的师父自居，只怕又是在教训人了。"

大王妃笑了笑，用余光看了一眼二皇子的脸色。李弘成端着一杯酒，醉醺醺地凑到窗边望去，正看着范闲与叶灵儿驻足湖畔说话的情景，不由笑道："这两个都是野蛮人，别看这时辰好好说话，指不定待会儿就要打将起来。"

柔嘉也满脸兴趣地凑过来看，羡慕道："我也想向闲哥哥学功夫，他却不依，真是偏心。"

所有人都在看着湖对面的那对年轻男女，偏偏只有二皇子和林婉儿凑在一处轻声说着话，似乎根本不在意那边发生了什么事情。大王妃看着这一幕不禁生出些怪异的感觉来，暗想难道这二位心里就没什么想法？

大皇子看着湖对面摇摇头，说道："叶家丫头嫁了人，还是这么喜欢到处胡闹，老二你在府里得多管管……这范闲也是的。"他有些不高兴，却不便多说什么。

二皇子正蹲在椅子上缓缓嚼着桂花糕，含糊不清地说道："有什么好管的？在王府里憋了一年，这丫头想打人都想疯了，范闲在这儿正好当沙袋，免得我在府上吃亏。"

林婉儿笑着点头道："两个人都是小孩子脾气，哪次见面最后不要大打出手？别管他们，由他们打去，一会儿就打回来了。"

大皇子夫妻二人听着这话面面相觑，心想这是什么说法？婉儿话音刚落，只见湖那边果然再次打了起来，叶灵儿攥着拳头赶得范闲狼狈而逃。

大皇子不由笑了起来，心想天子之家，未尝不能有平常人家的闹腾和乐趣，多了范闲和叶灵儿这两个另类人物，或者是件好事。

二皇子接过婉儿递过来的手帕胡乱擦了一下手，忽然感兴趣地问道："公主，我一直好奇，贵国那位陛下……究竟是个怎样的人呢？"

心思细腻的人不止范闲一个，王妃也很受用这种称谓，微笑着说了几句。当范闲狼狈逃回花厅时，大王妃正在讲北齐小皇帝的逸闻趣事，他不由怔住了。

"陛下喜欢看人种花草，喜欢看风景。"

"噢？那岂不是和王叔的爱好很像？"

"他很懒的，只是看看罢了，哪有人敢让他亲自动手。"

"听说……那位海棠姑娘喜欢亲近田园？"

一阵冷场。

"陛下……是个很有意思的人哩。他其实经常做很多有趣的事情……不过自幼他就被母后提着耳朵学习治国之道，我们也很少能看见他。"

花厅内，大王妃的声音不时响起，范闲在门外安静地听着，知道讲得并不虚假。北齐十几年前曾经出现过一次动乱，不知牵扯多少王公贵族，包括如今言府上的那位沈大小姐的亲生父亲沈重，当年也是因为平息动乱而出人头地。

北齐太后只有小皇帝这一个儿子，几位公主都是由先帝另外的妃子所生。嫁到南庆来的这位大公主，虽然颇受皇帝尊重，但毕竟不是一母同胞，隔着一层。

叶灵儿看见他在门外偷听，好奇地看了他一眼。

范闲笑了笑，推门而入。正犯难的大王妃松了一口气说道："你们还是别问我了，我对咱家那位陛下真是猜不透，平日里在宫中也难得见上一回……倒是范闲，他在北齐与陛下同游数次，陛下一向极为喜爱他，你们不如问他。"

叶灵儿凑到林婉儿旁边，压低声音述说着别后的思念，不怎么理会别人的谈话。范闲与二皇子相视无奈地一笑，没有注意到王妃提到了自己的名字。

众人听到这句话，才想起来席间除了王妃，还有范闲曾经见过那位北齐小皇帝，而且世人皆知，那位小皇帝对范闲的诗词才学极为看重。

李弘成望着范闲问道："安之啊，北齐皇帝究竟是个什么样的人呢？"

范闲愣了愣才醒过神来，回道："一国之君哪里是我这个外臣好议论的。"

此话一出，众人才觉得有些尴尬，在大王妃面前讨论北齐皇帝的是非，确实不妥。可是人类的好奇心太强，包括二皇子此时都催促着范闲多说两句。

范闲好笑地问道："你们怎么对北齐皇帝这般感兴趣？"

花厅内的男子们忽然沉默了下来，面露尴尬，只有那三个姑娘在窃窃私语。大王妃笑着出了花厅，说是要去看看午宴的安排。

以王妃的身份何至于亲自操心这些杂事，其实她之所以离开，就是想让他们说话方便些。大皇子说道："由不得不上心，那位北齐小皇帝一向神秘得很，不论是监察院还是军方里的情报都没有什么细致的描述，他的性情、爱好、喜怒竟像是谜一般。"

"身为帝者，自然要在子民面前保持着神秘。"范闲应道。

大皇子认真地说道："可他是异国的君王，越神秘便越令人不安。"

"不过是个少年郎罢了。"范闲当初在上京初见北齐皇帝时，以为对方与自己年龄相仿，回国后看卷宗才发现，小皇帝比自己竟还小两岁。

在江南的时节，每每想到北齐小皇帝深谋远虑、魄力十足地动用内库存银参加南庆内争，范闲便感到心悸，只是此事不可能在花厅里说出来。

"可怕这种事情和年龄没有什么关系。"二皇子放下手中的果子，看了范闲一眼，意思是说你初入京都时也不过是个十六七岁的少年，同样是可怕极了。

"沈重死了，小皇帝手一挥就把上杉虎困于京都不能出……如今卫华连太后的话都不怎么听了，苦荷国师也保持着沉默。如此年纪，从哪里来的这么深的城府？又如何能够说服那么多人站在他的一面？"他加重语气继续说道，"我们本以为北齐皇帝刚刚亲政，总是不及那位太后经营日久，以年轻人暴烈的性情，只怕会闹得北齐大乱。谁知这位小皇帝竟是不声不响地就将权力收回手中，这种手段实在可怕。"

三位姑娘知道男人们在谈国家大事，知趣地住嘴不言。范闲也没有说话，他对沈重被杀的内幕清楚无比，因为这本就是他通过海棠提议给小皇帝。

李弘成眼中也不再有多余的酒意，他说道："北齐皇帝不好女色，甚至没有嗜好，这种人最是可怕。日后大庆挥军北上，首要考虑的不是北齐实力如何，而是他的心性如何。他若自身不乱，我们这边也没有什么好的办法。"

此言一出，大皇子、二皇子纷纷点头。范闲被三位皇族子弟的认真神情所震撼，半晌说不出话来。此时他才想清楚，对自己而言，北齐是个伙伴，而对庆国年轻一代的权贵来说，北齐却是注定要被大庆朝扫平吞并。

庆国好武，上一辈已经打下了一片大大的江山，留给新一代的就只有北齐了。这是一种深植于血液之中的开边狂热，不论是大皇子还是李弘成都不能摆脱，即便是二皇子看似温柔，对攻打北齐也是念念不忘。对南庆人来说，这是不需要考虑的问题，需要考虑的只是什么时候去攻打北齐，所以北齐小皇帝究竟是个什么样的人，对这三位皇室子弟而言非常重要。

"都说北齐皇帝不喜女色，可偏偏上次他专门要将司理理换回北齐……安之，你是上次使臣，在上京城里可发现什么细节？"大皇子认真地问道。

范闲想了想道："不近女色是真的，偌大的皇宫里只有几个侧妃，而且为了防止外戚势力再生，那位小皇帝硬生生顶着上京城里众家族的压力，挑选的妃子都是平民出身，奇妙的是太后也没有反对这种安排。"

二皇子摇头道："即便是为了防止外戚势大，此举也有些难以理解。"

范闲点点头，假装担心地说道："正如先前王妃所说，那位小皇帝实在是有些看不透，哪怕近在眼前，却总觉着他身上有种很巧妙的、难以看穿的伪装。"

李弘成笑道："那位小皇帝对你算是很实诚了，先前你说自己是外臣，我看他可不把你当成外臣，不然前些天怎么会发国书来京都抗议？"

说到山谷狙杀的事情，二皇子也不尴尬，一副心底无私天地宽的模样，笑道："挑拨而已，就算小皇帝再喜欢安之，难道还能把自己妹妹嫁给你不成？"

在一旁的叶灵儿笑道："还真说不定，范闲生就一副好皮囊，北齐小皇帝又喜欢他。"

此言一出，认真讨论便成了开玩笑。

范闲没有笑，隐隐觉得自己似乎要捕捉到一些很玄妙的东西。他在脑海里将与小皇帝见面时的情形详细过了一遍，又仔细回顾了这一年半里与对方的默契合作，辅以小皇帝的审美意趣与生活细节，脑内渐渐有抹亮光快要冲了出来。

只是一直冲不出来。

范闲有些走神，人们都安静下来看着他，不知道过了多久他才发现自己失态了，有些不好意思地笑了笑，然后下意识里说道："好香。"

好香！

一股淡淡的幽香弥漫在花厅之中，范闲再次失神，这股香味其实极其清淡幽雅，但对他来说却是那样的浓郁，甚至令他惊心动魄！

大王妃去而复返，换了件衣裳。范闲勉强笑着问道："哪里来的香味？"

大王妃微微一怔，旋即笑了起来："没想到你不只是冰雪聪明，心思也这般细腻，这香囊在我身上一年了，王爷从来没有闻到过。"

众人好奇地看着范闲，叶灵儿使劲吸了两口气，也没有闻到什么特殊的香气，只有花厅里燃着的薰香被湖上寒风拂得极其淡然。

"不是薰香吗？"叶灵儿好奇地问道。王妃笑道："不是。"她从腰间取出一个极其精致小巧的香囊，"是我从上京城带来的。"

范闲很想把那个香囊拿在手上细细闻一闻，但香囊是女子贴身之物，意味深长，无论如何他也不可能提出这个要求。

王妃笑道："上京城的皇宫你去过，有没有上后山？"

范闲点了点头。

王妃说道："这香囊里夹着的是金桂花，金桂花就在那座山上，整个天下应该就那一株了。这金桂花香味极淡，若不用心是怎样也嗅不出来的。"

听罢这话，范闲笑道："我只在溪畔亭间停留，没瞧见这株难得一见的金桂花。"

"那株金桂长在山巅。"大王妃微笑道，"是国师当年亲手从北地移植过来的孤种，香味不怎么重，一直没人试着收拢它的花蕊当香囊。我敢说，小范大人你就算在宫中待过，也没有闻到过它的气味。"

范闲问道："那王妃您这香囊……"

众人有些纳闷，范闲为什么对这个香囊念念不忘。范闲怕露出马脚，赶紧笑着解释道："这香味我喜欢，想给婉儿收罗一个。"

林婉儿微微一笑，心知肚明夫君肯定想的不是这般。但旁人不清楚，大皇子摇头道："堂堂男子汉，怎能净把心思放在这些女儿家的事情上。"

大王妃轻声说道："上得马，还能绣得花，才是真真好男儿。"

大皇子闭了嘴。大王妃转向范闲笑道："你想给晨郡主一个只怕不易……不对，这天下人可能都不容易，你却不同，自己修书去向陛下求吧。"

此处陛下自然说的是那位北齐小皇帝。

范闲问道："公主身上这只也是贵国圣上所赐？"

"是啊。"王妃眼中流露出少许思乡之情，"以往上京城中，就只有陛下佩戴金桂花的香囊，他说喜欢这种淡极清心的味道。我离京之前的那个夜里，陛下将他贴身的香囊赐给了我，让我在南方也能记住故土的味道。"

花厅内的气氛被王妃淡淡几句话变得有些感伤。范闲的目光在那个香囊上一瞥即过，笑了笑，没有再说什么。

在王府里用膳后，已至暮时，在大皇子的安排下，范闲与二皇子在书房里又进行了一次谈话。抱月楼上两人已经谈得足够深入，如今二皇子有叶家和一位大宗师做支持，断然不肯后退半步。范闲心知自己的情势也如二皇子所言，看似权重如山，实则危如累卵，然则人在天下，身不由己，他想抽身而退却没有那个可能，皇帝不会允许，他也不会这样做。

二皇子深深地看了他一眼，说道："安之，有件事情我必须提醒你……毫无疑问，你是这两年里庆国最大的麻烦制造者。而你有没有想过，父皇为什么让你一直在澹州生活长大，而不是干脆将所有麻烦都清扫干净？"

这句话里的麻烦自然指的就是范闲自己，他心想二皇子确实极善说服人，如果没有五竹叔，那么这些年发生的事情，只能证明皇帝对他有情。

"父皇不会允许我们兄弟之间发生太过激烈的矛盾，可对于你来说，事态不能激化，你就只能坐看流水东去，局势一日不如一日，这便是你的问题所在。"

最后二皇子微微一笑说道："但不论如何，我会让你活着。"

"生死不论。"范闲看着二皇子认真地补充道。

生死不论有两层含意，一种是一定要分出生死，一种是只论斗争，不涉彼此生死。二皇子举起手来，与范闲轻轻拍了一掌。

下午的时候，监察院和枢密院同时有消息过来，西胡异动，宫中传范闲晋见。大皇子身为禁军统领也要离开，二皇子与李弘成就留在了王府里。

范闲让妻子与叶灵儿多说会儿话，一人出了王府，坐上马车，没等大皇子出来，便吩咐马车沿着雪后的街道缓缓行走了起来。

西胡的情况并不急迫，两地消息来回至少要一个月，这时候急着入宫没有任何意义，至少与他这时候需要冷静考虑的事情相比没有意义。

黑色马车在京都转了几圈，驶入相对安静的街道。坐在车夫位置上的藤子京警惕地注视着四周，街头巷尾那些不起眼的六处剑手不远不近地跟着。

范闲闭着双眼靠在椅背上，脸色有些苍白，唇角显得干涩。

原来，那夜的香味是金桂花香。他有些惘然地想着那个夜晚、那座庙、那片田地、那条没有来得及系好的腰带，可那不是司理理吗？那双揉着自己太阳穴的手指上的香气？他的嘴唇颤了两下，下意识里一掌拍在了身边的车板上。

轰的一声巨响，接着安静的街道上木头碎裂声音大作。黑色马车就像是纸糊的一样，被这一掌拍垮了一半，马儿受惊奔远。

灰尘渐弥，一身黑色官服的范闲失神地站在满地木屑中。在他身边，虎卫高达长刀半出鞘，眼中精芒乱射，想要寻找到刺客的踪影。十余名六处剑手分布四周，抽出了腰畔的铁钎，左手暗弩对准了外围。

过了很长时间，高达确认了没有刺客，有些纳闷地将长刀送还鞘内，刀面与鞘口的摩擦发出一声干涩的哑响。

六处剑手与不远处伪装成路人的密探们同时回报并无异样，众人用异样的目光注视着范闲，心想刚才马车上究竟发生了什么事情。

藤子京将他面前的木砾车轮清理了出来，准备去扶他。

范闲低头想着母亲留在箱子里那封信中的两个字，不由唇角微抬，露出一个自嘲至极的笑容,感慨叹道:"报应啊……"

他摆了摆手,示意自己没有问题,然后才发现自己下意识里的恼怒,给这条长街带来了如此多的垃圾,给下属们增加了如此多的困扰。

监察院办事效率极高,没过多长时间,一辆全新的黑色马车驶了过来。藤子京揉了揉被吓软的双腿,准备接过缰绳,范闲说道:"你回去休息吧。"

藤子京苦笑着应了声,把缰绳交给了沐风儿。自有人开始清理街道,以免惊扰京都百姓。马车又开动了起来,范闲坐在马车上若有所思,始终没有说话。沐风儿驾着马车越走心里越急,忍不住回头说道:"大人,宫里催得紧。"

陛下有旨意让范闲入宫议事,他却坐着马车逛街,沐风儿知道小范大人再如何骄妄,陛下只怕也舍不得责备他,可自己应该怎么办?

此时范闲哪里在乎什么西胡,骂道:"我在想事情,别来烦我!"

监察院下属们面面相觑,不明白提司大人今天为何心情如此糟糕。

在天下官员眼中,范闲是一个外表温柔,手段阴狠毒辣的家伙,但在监察院下属眼中,他却是个御下极温和,出手极大方,性情极大度的上司。

别说破口大骂,平日里他连句重话都不会说。众人不知道是什么事情引得大人如此失态,却也没有人敢去问。

马车没有去皇宫,在范闲的坚持下来到了监察院。他跳下车来,便往这座方正黑灰的建筑里去,监察院官员看见他脸上的煞气都是吓了一跳,赶紧避让行礼。

刚入监察院,范闲却忽然停住了脚步。他停得太急,跟在他身后的高达与沐风儿都有些没有反应过来,险些撞到了一起。

范闲没有看他们,把头转向后方,踮起脚尖,努力地够,似乎是想看看自己的身后有什么异样。

一个人想看到自己的臀部,实在是极高难度的动作,即便他是九品高手也会十分困难。他的脖子有些酸,身体的反应自然向另一边去,于是便不自觉地转了起来。

这里是监察院的大门，他是监察院大权在握的提司大人，这时候却像一只想要咬住自己尾巴的猫，开始不由自主地转圈，一圈一圈又一圈。

这画面实在是太荒唐太可笑，高达和沐风儿看着这一幕，眼角直接抽搐了起来，无语之余，想笑却又不敢笑，不清楚他这玩的是哪一出，心想大人莫不是和林家大少爷在一起待的时间久了，也变得有些痴傻？

监察院大门里外的官员们看着这一幕更是目瞪口呆，但强悍的神经让他们保持着安静，他们不知道提司为何忽然发疯，这是不是在考验自己？

范闲忽然停止了自己的胡旋舞，站在了原地。虽然他只转了几圈，但对于看见这一幕的那些人来说，时间仿佛已经过去了好几年。他发了会儿呆，忽然指着自己的身后对高达问道："我走路的姿势有没有变过？"

"没有。"高达有些莫名所以地摇了摇头。

范闲心下稍安，说道："我也觉得一切正常。"

高达和沐风儿都听不懂。范闲忽然打了个冷战，有些恶心地皱了皱眉头，把出汗的双手往襟前胡乱擦了两下，然后往监察院深处走去。

等他的身影消失在监察院正厅那边，化身为泥塑的监察院官员们才重新活了过来，互视数眼，瞧出了对方眼中的荒唐笑意，议论声嗡地响了起来。

范闲不知道自己的失态给无聊冬日里的监察院带去了无数谈资，也没有心思去理会这些问题，而是直接进了密室。他没和一头雾水的言冰云打招呼，就让其将这一年半的北方情报卷宗取过来。二处的动作极快，一盏茶工夫不到，小山般的北方情报卷宗便已经堆放到密室的桌上。

他挥挥手，很没有礼貌地请言冰云离开。言冰云皱了皱眉头，出屋时小声地问了高达和沐风儿几句，却没有得到任何线索。

一封封卷宗打开又合上，大部分是上京皇宫的故事与新闻，以往范闲已经看过绝大部分，牵扯北齐小皇帝的部分更是他关注的重中之重。

但以前是要从这些杂乱无章的情报中分析小皇帝的性格，今天的范闲对小皇帝有了全新的猜测与判断，再依此寻找线索就轻松多了。

所谓大胆假设，小心求证，有目标在前总是容易些，没用多长时间范闲就发现了积年陈卷里的无数细节，渐渐靠近他猜测的那个荒唐事实。

那个事实足以震惊天下，让无数人头落地，更重要的是会让他不知所措。卷宗里写得很清楚，北齐小皇帝自幼被太后亲自抚养长人，连贴身嬷嬷都没有换过，十几年来始终是那两个人。一位帝王只有两个嬷嬷，宫女也极少，这真的很难理解，更是与奢靡的北齐民风大相径庭。然而北齐太后的解释是，当年大魏便以浮华覆国，所以要教导陛下自幼习惯朴素简单的生活。

现在小皇帝只有四个侧妃，被世人以为不好色，此时在范闲看来，更能说明太多问题。就如同不久前二皇子所言，一国之君的后宫乃是稳定平衡朝廷的绝妙武器，按理来说是怎样也应该封几位朝中大臣女儿为妃，这看上去有些愚蠢，直到今天，范闲才明白这是小皇帝迫不得已的选择。

如果小皇帝娶了大臣之女却始终不行房事，消息自然而然会传开，引发猜测。即便不行房事，总要相对而坐，相伴而卧，总会被那些大臣之女发现某些蹊跷处，也只有娶些平民之女，小皇帝才能够完全控制住这一切。

以监察院的情报手段，直至今日也不能对小皇帝有一个完整的描述，更不要提对方身体上有何特征。这一点就足以证明，北齐皇宫对于皇帝的身体保护何其严格，只怕连洗澡都从来没有宫女服侍过。

不娶大臣之女，洗澡都如此小心……范闲被自己的推论震撼得无法言语，却也稍微安慰了一些——北齐小皇帝不是同性恋，他，她是个女人。

"我们几个姐妹都认为此事可行……"

他忽然想到海棠当年说的那句话，苦笑无语。小皇帝、海棠朵朵、司理理，这种姐妹组合未免也太强大了些，竟是把自己玩弄于股掌之间。

可是那天晚上和自己在一起的人真的是小皇帝吗？不然为何会有淡淡的金桂花香……如果真是小皇帝，她为什么要冒着如此大的风险与自己春风一度？

他重新拿起卷宗，仔细查验这一年半里上京皇宫的情报。

他有自知之明，在世间虽然有诗仙的称号，连庄墨韩对自己都欣赏有加。生得一身好皮囊，写得几句酸词句，说得几句俏皮话……可他不是行走的春药香囊，可以吸引全天下的女人不顾死活地拜倒在黑色莲衣之下。尤其是北齐小皇帝，从江南和北地的配合看来，那是一个极其厉害与深谋远虑的人物，断不会因为贪图范闲的美色就冒险迷奸他。

至于感情？范闲相信一见钟情，却不认为一个常年女扮男装，生活在紧张与危险中的皇帝会如此放纵自己的心神，那便只有一个解释。这一年半里，北齐小皇帝没有君王不早朝的现象，也没有出外游玩、去行宫避暑狩猎。总之，小皇帝没有脱离人们视线超过两天，北齐太医院的药物供应也正常，以范闲的分析来看没有安胎药的迹象。当然如果对方暗中着手，他也查不到。但基于眼下的情况判断，小皇帝应该没有怀孕过。

范闲最害怕的就是小皇帝春风一度后怀上了孩子，自己不是没有做好当父亲的心理准备，只是没有做好当一个皇帝的父亲的准备，尤其是不愿意被迷奸成为借种的对象。他再次想到母亲叶轻眉，无奈地说道："因果循环，报应不爽啊。"

他有些阿Q地想着，自己不如母亲多矣，但至少在某个方面和母亲终于打成了平手——都睡过一个皇帝。他下意识里不去想自己是被小皇帝借种的，而母亲却是向皇帝借种的人。他拍了拍有些麻了的屁股，离开了监察院。

坐在前往皇宫的马车上，范闲拿着内库特制的铅笔，仔细思考了一会儿，然后在白纸上写上了一行字："我知道你们去年夏天干了什么。"

他封好信让沐风儿拿到城西那座小院交给王启年。范闲的心腹们早已习惯提司大人会用监察院的秘密渠道给北方的姑娘写情书，而沐风儿并不觉得此举怪异。

王启年自然知道他这封信是写给谁的，但这不是一封情书，也不是单写给海棠，而是写给三位姑娘的。他被对方阴了一道，今天反应过来，自然要凭此谋取些好处。以北齐小皇帝的智慧，当然能明白他这封信的意思。

他用两根手指玩弄着细细的铅笔头，将它放入莲衣的口袋。此时他忽然想到，北齐小皇帝在大公主南下前，亲手赠予那个金桂花的香囊……以她的聪慧缜密心思，就不会想到这天下独一无二的香味会让自己猜到什么？莫非她对自己也有些牵挂，不忍一世瞒着，所以寻了个法子来提醒自己？他叹了口气，心道也对，对《石头记》如此痴迷，怎么可能是个男人呢？

第十二章 人类的本质

御书房里早已坐满了人，范闲满脸尴尬地站在最下方，他一入御书房，便被皇帝陛下劈头盖脸地一顿痛骂，自然也没了以前的座位。

御书房里的大臣们或许有人会幸灾乐祸，但都知道陛下骂得越狠，说明越宠范闲，谁也不会将快乐的情绪挂到脸上。

范闲知道自己该骂，事涉军国大事，自己却拖延了这么久才入宫，如此不识轻重，难怪皇帝会如此生气。不过在他看来，今儿自己要查的虽是家事，实则也是国事，只是此事万万不能与人言，只有闷在心里，一言不发。一言不发，却是忘了请罪，所以皇帝的脸色没有缓和，冷哼两声便不再理会他。

议事早已开始，初定叶重领军西进三百里，弹压蠢蠢欲动的西胡，同时让征北大都督燕小乙提前归北，以抵挡北齐雄将上杉虎的气焰。

还有些具体的后勤问题，范闲一个字也没有听进去，却知道皇帝终于实现了对自己的承诺，将燕小乙赶走了，而叶重……他下意识抬头望去，只见右方第二位坐着位武将，此人身材并不高大，反而有些肥壮，双眼耷拉着没有什么精神。他正是叶灵儿的父亲，前任京都守备，如今的定州大都督叶重。

范闲望着他温和地一笑，耳中忽然听到姚太监在宣读旨意，听到了庆历七年如何云云，心里一惊，这才想起新年已经过了，那件在小庙里发生的香艳故事……时间应该是在前年的夏天，而不是去年。

御书房会议结束后，皇帝把范闲留了下来，不再怒骂，只是冷冷地盯着他。范闲知道今儿个是自己的错，因此便没再扮演什么，苦笑着请了罪。

皇帝不悦地说道："先前不是在和亲王府？后来去了哪里？"

范闲笑着应道："院里忽然出了件急事，赶过去处理了一下。"

皇帝斥道："有什么事情能急过边患！"

范闲面色不变地应道："是北方传过来的消息，上杉虎领旨南下，已至新原，离燕京只有三百里地……但他没有领亲兵。"

皇帝面色稍霁，说道："原来如此，北齐小皇帝敢用上杉虎实属难得……区区三百亲兵都不敢给，看来心胸也不过如此。"

范闲暗道做过皇帝的人不少，像你这样自信到变态的还真没几个。皇帝又问了几句和亲王府聚会，看来对大皇子的举措十分满意。二皇子没有说错，皇帝虽然挑拨着自己的儿子们打架，却不想自己的儿子们受到不可接受的折损。

又略说了几句，范闲心神不宁的模样被皇帝瞧了出来，便将他赶了出去。范闲抹了抹额头的冷汗，走出太极殿边廊，忽然眼前光线有变——一位身材魁梧的将领拦在了他的身前。他没有穿着甲衣，身后也没有负着那把长弓，饶是如此，范闲依然微微低下了头，眯起了双眼，才抵抗住对方身上散发出来的浓浓箭意。

箭是用来杀人的，箭意却不是杀意，是一种似乎要将人的外衣撕碎，露出内里怯懦苍白肌肤的气势。以范闲强大的心神控制和实力，依然被这气势压下一头，自然说明对方的修为实实在在比他要高出一个层次。

征北大都督燕小乙，九品上超级强者，世上最有可能挑战大宗师的那个人。

"大都督好。"范闲堆起笑容，对燕小乙行了一礼。

燕小乙没有什么反应，声音微哑道："本将不日便要归北，一想到花灯高悬日，宫中武议时，不能与提司大人切磋一番，很是失望。"

范闲忍不住笑了起来，说道："大都督，我觉得你是不是误会了什么。"

燕小乙说道："我只是想领教一下范提司的小手段。"

范闲立即回道："太平盛世，还是少些打打杀杀的好。"

"咳咳。"侧方传来几声咳嗽的声音，不是洪老太监，而是一位个头有些矮，但气势凝若东山的人物出现在了二人身边——叶重。

范闲心想来得正是时候，自己可不想与燕小乙对峙。

"燕都督，范提司，此乃宫禁重地，不要大声喧哗。"叶重执掌京都守备的时候，范闲没有出生，燕小乙还在山中打猎，他的资历地位放在这里，说起话来的分量自然也重了许多。

范闲笑着问道："叶叔，许久不见，在定州可好？"

叶重说了两句，瞧出了燕小乙与范闲之间的问题，心里很是不解，燕小乙独子之死是个悬案，为何燕小乙就认定是范闲做的？

"下官还有公务在身，告辞了。"范闲趁此机会赶紧脱身。叶重点了点头。燕小乙看着范闲的背影，忽然沉声道："小范大人一定要保重身体。"

范闲心头微凛，停下脚步沉默片刻后回道："我年纪小，肯定比你身体好。"

燕小乙盯着范闲的后背，面无表情地说道："你会死在我手里。"

这里是皇宫，他居然说要杀死皇帝的私生子，果真是嚣张疯狂到了极点。

叶重忍不住皱了眉头，还没来得及说什么，范闲已经转过身来，看着燕小乙平静而自信地说道："我敢打赌，你会先死在我的手上。"说完这话，他向叶重一拱手，再也不看燕小乙一眼，施施然朝着宫外走去。

燕小乙眯眼看着他渐渐远去的背影，冷漠至极。

叶重望着燕小乙叹了口气，拍了拍他的肩膀说道："节哀顺变，不过在宫里要当心隔墙有耳，他毕竟不是一般人，他是陛下的儿子。"

燕小乙面无表情地回道："我也有儿子。"

正月十五，庆国京都无雪无风，入夜后全城彩灯高悬，街道上行人如织，男男女女借由美丽灯光的映照，寻找着令人心动的容颜，躲避着令人心厌的骚扰。

这一夜，春意提前到来，街上不知挤得脱落了多少鞋，眼波流动与试探就这样快乐地进行着，被荷尔蒙操控着的人们集体陷入了没有媒人的相亲活动之中。

对庆国朝廷而言，民间的欢乐并不能影响到它的肃杀，虽则皇宫的角楼也挂起了大大的宫灯，宫内也准备了一些谜语之类的小玩意供太后、皇后及那些贵人们赏玩，就连监察院那座方正森严的建筑也在范闲的授意下挂起了红红的灯笼。

可是依然肃杀。

军方调动早就进行，征北大都督引亲兵归北，要去沧州燕京一线抵挡上杉虎。叶重也归了定州，朝廷再次向西增兵，由剩余五路中央军中抽调精锐补充至定州一带，组成了一支足有十万人的无敌之师。

待春日初至时，这十万雄兵便会再往西推进二百里，名为弹压，但若西胡与那些万里南下的北蛮异动，便会觅机突袭，试图撕下胡人的大片血肉来。

兵者乃大事，虽然尚未开战，六部为了后勤事宜早已忙碌起来。好在庆国以战立国，一应事务早已成为定程，各部间的配合有条不紊，效率十分高。

范闲也忙碌了好几天，监察院要负责为军方提供情报，还要负责审核各司送上去的器械与兵器，各种事宜一下子都堆了过来。好在有言冰云帮手，所以十五的夜晚，范闲才能入宫看看传说中的武议。殿上决斗果然精彩，庆国高手确实不少……只是少了燕小乙与范闲的生死拼斗，众大臣似乎都提不起什么兴趣，当然没有人傻到主动向范闲邀战，因为他们不是燕小乙，不想找死。

征战在即，但日子该怎么过就得怎么过，该吃饭的时候要吃饭，该穿衣的时候还得穿衣，总不能让宫中的贵人们在年节的时候，没有几件新衣裳。

正月二十二，宫中绣局派人去某家商号接收远自西洋运过来的绣布，东宫皇后不喜欢去年江南贡上来的绣色，提前请旨另订了一批。

这种额外差使，往往是主事太监大捞油水的好机会，单单是回扣和孝敬，都要抵上绣布价格的三成，出一趟宫轻轻松松便能收几千两银票。

往年因为二皇子受宠的缘故，这种差使都是由淑贵妃宫中的戴公公办。今年二皇子圣眷不若往年，戴公公更是因为贪贿和悬空庙刺杀两案牵连失势，所以宫中的大太监们都眼红起来，到处活动想接替往年老戴的位置。

不过打听了一下消息，包括姚公公、侯公公在内的大太监们都停止了活动，因为他们听说今年这些事物由东宫首领太监洪竹负责。

洪竹姓洪，深得皇后信任，加上陛下似乎也极喜欢，地位一日高过一日，便是姚公公这种人也不愿意在洪竹渐放光彩的路上拦一道，都选择了退让。

晨间，大内侍卫站在一家商铺外禁卫，不停地打着哈欠，二楼一个安静的房间中，洪竹正仔细端详着绣布的线数与色晕。虽是捞回扣的好机会，可是替娘娘办事总要上些心，至于这间东夷商铺的东家掌柜则早被他赶了出去。

洪竹的指尖有些颤抖，有些不安，他不知道小范大人究竟什么时候、又怎么能瞒过侍卫的眼睛与自己会面。便在他百般难受的时节，房间里的光线忽然折了一下，光影产生了某种很细微的变化。

"谁？"洪竹警惕地转身。

穿着一身寻常百姓服饰的范闲，对洪竹比了个手势，从怀里取出一块玉玦递了过去，正是前些日子他想了许多办法才从洛川帮手中搞到的那块。

洪竹接过玉玦看了一眼,觉得制式与玉纹给了他一种熟悉的感觉,忽然诧异地问道:"这……好像是娘娘以前用过的。"

"不错。"范闲认真地盼咐道,"是你手下那些小太监偷偷卖出宫的。"

"这些小兔崽子好大的胆!"洪竹浑然忘了此时所处环境,下意识里回到东宫首领太监的角色,恶狠狠地说道。

范闲看了他一眼,他才醒过神来,心知小范大人绝对不是让自己整顿东宫秩序这般简单,颤着声音问道:"这块玉玦……怎么处理?"

范闲说了一个日期,又道:"太子每次去广信宫,应该是这个日子。"

这个日期是这些天王启年蹲守宗亲府得出的,宗亲府负责往宫中送药的日期基本上是稳定的。他盯着洪竹的眼睛说道:"绣布入宫后,按常例分发至各处宫中,你应该清楚,皇后如果让宫女送绣布至广信宫是什么时间。"

"一般是第二天的下午。"洪竹不知道这件事情和绣布有什么关系。

"很好,你负责采办,那就把这批绣布入宫的时间拖一拖。"范闲说道,"把时间算好,要保证东宫赐绣布入广信宫时,太子也在那里。"

洪竹挠了挠脸上有些发痒的小痘子,疑惑地问道:"接下来?"

"把玉玦放到送绣布入广信宫的那个宫女屋中。"范闲又说道,"接着你要做的,就是让皇后娘娘想起这块玉玦。"

他没有更多的时间解释,听着楼下传来的脚步声,叮嘱洪竹只需要把这三件事情做到位便成,什么多余的动作也不要有,千万要注意自己的安全。

这时门外传来叩门声,商铺的东家恭恭敬敬地进门,询问还有什么盼咐。

洪竹眼神呆愣,有些失神,片刻后想到范闲的嘱咐,挤着尖细的嗓子说道:"这布……似乎与当初娘娘指名要的不一样啊。"

那东家一听,声声叫苦:"咱一个小生意人,哪里敢蒙骗宫里的贵人。"

说话间,便将几张银票硬塞进了洪竹的衣袖里。洪竹瞥了瞥,有些满意那个数目，但依然不能松口，皱眉说道："这花色里的黄是不是有问题？看着有些偏色，尤其是这几幅缎子的用线，怎么觉得不够厚实。"

"哪里能够？"东家在心里骂了句娘，苦着脸说道，"这是正宗西洋布，三层混纺三十六针，再没有更好的了。"

洪竹笑道："是吗？你回去再好好查查，过些日子我再来取。"

东家急道："公公，这是宫里皇后娘娘急着要的，晚了日子……"

这话洪竹听着就不高兴了，阴沉着脸说道："你给我听清楚了，这布宫里什么时候要，就看我什么时候高兴……娘娘是什么身份，哪里会记得这些小事！"

说完这话，他拂袖下楼而去，脸色大是不善。商铺东家跟在后面，知道自己得罪了这位大太监，心里连连叫苦。

在过去的几年间，庆国皇帝无情地挑弄着儿子们互相争斗。可这种争斗必须控制在某种限度之中，因为他虽然冷酷并且强悍，但他不是变态。

以前的二皇子、如今的范闲都是皇帝用来磨砺太子的磨刀石，当然，万一太子这把刀在磨刀石上断了，皇帝换起人来肯定也不会犹豫。

皇帝冷漠地注视着这一切，他要看清楚自己儿子们的心，如果太子就这样沉稳地等待下去，他应该不会做出太大的改变。而对范闲来说，这是他根本无法接受的事情，多年后太子登基，皇后变成皇太后，他怎么办？正如老二所说，现在真正该着急的是范闲。问题是他该怎样做呢？

皇帝多疑，皇帝敏感，但是皇帝想要的太多，历代所谓圣君所求者不过是两条，疆土与万古之名，他两个都不肯放弃。他想谋求天下的大一统，想成为历史上最光彩的那个名字，自然在意历史的评价，轻易不会换太子，始终都希望夺嫡的争斗能够和平解决。

范闲不接受，因为那意味着他的失败与死亡。在江南的时候，他就已经猜到陈园里的老人家和自己的想法极为一致，也在用各种方法影响皇帝的想法，意图让他早下决心。可是他不知道的是，陈萍萍织就了一张大网，包括三石大师的真正死因、君山会与长公主间的关系等等都没能让皇帝真正下决心解决这些事情。所以陈萍萍用了最狠的一招，而这一招却在双方不知情的情况下被范闲用了起来。

老少二人为了同一个目的而共同努力着，想利用这位君王的多疑与隐藏在内心深处的好妒，达到二人想要的目的。不过陈萍萍的目的远远不止于让太子下课，在这方面他比范闲想得更深，要得更多，走得更远。

正月快要结束，范闲的回京之行也快要结束，他抓紧时间，陪了几日父亲和陈萍萍。二老年纪都大了，自己远在江南不能尽孝，总要补偿一下。

大宝从澹州至杭州再至梧州，陪林相爷过了新年后也回到了京都。范闲自然要陪着大舅哥在京都里好好逛逛，二人玩得倒是开心。

范思辙随着邓子越留下的队伍再次北上，那边需要他去打理，离开上京久了总是不好。范闲自从确认那件事情后，便陷入了两难中，虽然对于弟弟妹妹在北边的安全更有底气，可下意识里却想回避什么，所以没有写信。

启年小组里的其他人也各自忙碌起来，洪常青带着范闲的手令提前去了江南，范闲让他通知苏文茂做好准备，务必在宫中那件事情爆发、消息传到江南之前打出一个完美的时间差，把明家整个吞下来。

一处的沐铁、沐风儿叔侄也忙于公务，不能随时跟在范闲身边，小言公子在监察院内忙着统筹日常事务，忙着躲避权贵夫人们介绍亲事，苦不堪言。一时间，范闲身边得力的心腹下属便只剩下了王启年这个干老头子。

这一日，范闲正带着大宝在王启年家的院子里吃饭，忽然想到可怜的言冰云，又想到那日在和亲王府里大王妃对自己悄悄说的那句话，不由叹了口气。

言冰云想和沈家小姐成亲还真是件天大的难事，首先这事要陛下点头,其次沈家小姐需要一个合适的身份。大王妃是沈家小姐在上京时的好友,把如此麻烦的事情交给范闲处理,但他这辈子只擅长破婚,哪里擅长做媒。

他想着这件事便头疼,夹了筷子菜,下意识里摇了摇头。王启年正蹲在旁边抽烟袋,看着他脸色不大好,咳了两声问道:"味道不中?"

大宝坐在范闲旁边,嘴里含着食物口齿不清地说道:"好吃……"

范闲拿筷尖指指盘子:"糟溜鱼片做成这样,敌得上楼子里的大厨了。"

这说的自然是抱月楼,王启年得了赞美,得意地笑了起来,脸上皱纹更深。说话间,一位十二三岁的小丫头端着盘子从里间出来,规规矩矩放到了桌子上,害羞得不敢行礼,又小碎步跑了回去。范闲看着那丫头的背影,叹道:"老王,你长得跟老榆树似的,怎么生了这么水灵的一个丫头?"

小丫头就是王启年的闺女,也就是范闲曾经在信中恐吓过王启年的对象,王启年心头一惊,苦笑道:"还小还小,看不出来日后漂不漂亮。"

范闲哈哈大笑道:"你担心什么,还怕谁敢强抢你家的闺女?"

这话确实,王启年坚持没有接一处主事,但周围的人都知道他是范闲最亲近的心腹。有这层关系在,不论六部三司三院,谁都不敢小瞧他,更不要说得罪他。

大宝忽然眉开眼笑地说道:"这姑娘漂亮。"

此时轮到范闲心头大惊,心想如果大舅子忽然春心发了,非要娶老王家的丫头怎么办?自己当然不会答应,可是怎么安抚他呢?

好在大宝心性还是六七岁的孩子,根本不可能想那些,但不知为何此时他却是举着筷子愣住了,嘴里的油水滑落下来都没有注意,不知道在想什么。

范闲拿起湿毛巾替大宝将脸擦干净,好奇地问道:"想什么呢?"

大宝微微偏头,脸上的笑容渐渐凝住了,脸上露出一抹往常极难见着的委屈与伤感,吃吃地说道:"二宝……喜欢……漂亮姑娘。"

范闲拿着毛巾的手僵了僵，不知该说些什么。王启年在旁听着有些好奇，将烟杆在脚边的石碾上磕了磕，问道："舅少爷，二宝是谁啊？"

"二宝是我弟弟，很聪明的。"大宝的脸上绽放着骄傲的笑容，然而这笑容马上变成了小孩子的难过，"可……他死了。"

王启年与范闲站在院子的角落里互抽烟袋，青烟缭绕，叶臭熏人。王启年回头看了一眼正和自家小丫头玩耍的林大宝，压低声音说道："林珙被东夷城的人杀死两年多，可……听说府里一直瞒着大宝少爷，他是从哪里知道的？"

范闲吐了一口发苦的唾沫，说道："我告诉他的……他虽然痴呆，但我一向拿他当正常人看待。他和林珙兄弟感情极好，这件事情一直瞒着他，我心里不舒服。"

"不会出什么问题吧？"王启年小心地问道。

"能有什么问题？我两年前就告诉他了。"范闲幽幽地说道，"大宝只是智力没有发育完全，就像个长不大的孩子，但不代表他什么都不懂。"

他向大宝处看了一眼，发现大宝正蹲在王家丫头的身边挖蚯蚓，目光顿时柔和了起来，多了一丝怜惜和淡淡的歉意。

这时王家宅院的木门忽然被人敲响，敲得极其用力急促，不知道发生了什么事情。

王启年上前开门，一个汉子冲了进来，大声喊道："少爷！"

范闲被吓了一跳，定睛一看原来是藤子京，不由痛骂道："什么事情一惊一乍的，不是让你回田庄看书准备春时的武试，怎么又跑回京了？"

范闲一心一意想让藤子京走上仕途，也算是不亏待他自澹州将自己接出来后的用心服侍和那条残腿，但藤子京和王启年的心性极其相似，只愿意跟在他身边，加之实在看不进去那些兵书六韬，在田庄里读书三日便又跑了回来。

藤子京有些惭愧，又马上想到了那件重要事情，欣喜地说道："少爷，快回府吧，老爷已经回来了，全家就在等您。"

"到底出了什么事？"范闲问道。

藤子京开心地说道："柳姨娘有了。"

范闲愣了愣，问道："难道我又要多个弟弟？父亲大人果然不凡。"

藤子京一愣，半晌才明白他说的什么意思，着急地解释道："不是夫人，是姨娘有了。"

范闲始终没听明白这句话究竟是个什么意思，坐上马车，将大宝的衣裳系好，恼火地说道："说清楚些，就算是国公府上有喜，也不至于如此紧张。"

藤子京忍不住笑了出来，回道："……是思思姑娘有喜了。"

思思是澹州老宅家养的丫头，本就没有姓，后来入了京，柳氏对思思颇为照拂，干脆就让她姓了柳，柳姨娘，原来说的是思思？

范闲笑呵呵地说道："那是得赶紧回府看看，初怀孕的女子脾气向来大得厉害，尤其是像她这样一个泼辣丫头，去得晚了，只怕要落好一阵埋怨。"

马车嘚嘚嘚地沿着街道出了西城，往范府所在的南城驶去。忽然间，那马车里发出一声闷响，似乎是某人跳将起来撞了头，紧接着车里传出一个大得恐怖的喊叫，声音里充斥着震惊与惶恐，竟是让半条街的行人都听得清清楚楚。

"思思怀上了！我要当爹？"

两世为人，真实年龄已经三十多岁的范闲同学终于要当父亲了，但他的表现明显有些问题，因为他有些过于兴奋或者说紧张，同时还隐着一种恐惧。

思思脸色有些苍白，看来也比较紧张，范闲坐在床边，像个傻子一样看着比自己大两岁的姑娘，自言自语地叨叨着："怎么就怀上了呢？"

婉儿一直想给范闲生个孩子，只是一直没有成功，如今思思怀上了，她也是松了口气,听着范闲古怪的发问,忍不住微微皱眉,斥道:"怎么说话的?"

前两天范闲一直在担心北方那人会不会怀上自己的骨肉,结果现在思思忽然怀上了,这种情感上的大起大落,实在让他有些受刺激。

婉儿出屋去准备一些东西。范闲对思思说道:"好好休息,别想太多。"

思思往常一直睡在主卧外厢,今日忽然被大夫看出有喜,柳氏做主腾了几间舒适的房间出来,让她搬了进来。范闲看着思思微白憔悴的面容,又生出些许歉意,轻声说道:"是我的不是,居然成了最后一个知道的人。"

此时范闲应该表现出喜悦的一面,说些让孕妇宁心静神的好听话,可是只略说了两句他便噎住了,怔怔地看着思思的脸,半晌说不出话来。一阵沉默之后,思思眼圈发红,咬着嘴唇说道:"少爷,看得出来你不高兴。"

"怎么会?主要是太突然,一点心理准备也没有。"范闲苦笑一声,牵着她的手,缓缓捏弄着,"在我心里,你还是那个始终站在身边研墨添香的大丫头,总觉得我们离开澹州也没有多久,你居然就要成孩子他妈了。"

"我们离开澹州已经三年了,我的糊涂少爷。"思思破涕为笑,她依然习惯性地称呼范闲为少爷。

"哪怕我变成老头儿,只怕也没办法做好心理准备。"范闲拍拍她的手,"当爹这种事情,确实有些可怕。"

"少爷什么都会……再说这生孩子是女人的事情。"

"什么都会?生孩子是女人的事情,但教孩子可是男人的事情……要将一个孩子养大成人,这可是比写诗、杀人困难多了。"范闲真的一时无法接受自己要当爹的事实,恐惧竟是压过了喜悦,好在他没愚蠢到在思思面前表现出来,不然将为人母的思思定会恨死他。"我现在应该做些什么?"他有些呆呆地问道。

思思忍不住扑哧一声笑了出来:"少爷,当然是该吃就吃,该睡就睡,总不能因为我怀了孩子,就让你天天守着我啊。"

范闲伸手扳过思思的手腕,将手指搁在上面,闭目细细听了听脉象。恰好婉儿走了进来,一见相公正在替思思诊脉,好奇地问道:"是男是女?"

范闲睁开眼睛笑道:"哪这么容易便看出来,你当我的指头是B超?"

"必操?"婉儿和思思听着这个新鲜词汇,百思不得其解。

范闲咳了两声,对思思叮嘱了一下日常要注意的事项,然后走到门外将藤大家媳妇唤了过来,细细吩咐了一番。下人仆妇当然要找健康的,饮食也不用一味地大鱼大肉,挑着有营养的菜品让她记了十几样。

"庄子里有羊奶不?"

藤大家媳妇兴奋地点点头,思思肚子里怀的是范家第一个孙辈,大家都激动不已。范闲吩咐道:"每天一碗,一定要煮沸。"

屋内思思偎在婉儿的身边,不开心地说道:"我不爱喝羊奶。"

林婉儿想了想,自己当初治肺病时也是被范闲天天逼着喝羊奶,那种膻味儿实在难以忍受,忍不住向着门外问道:"这羊奶莫不是仙丹?"

范闲认真地说道:"不是仙丹,但确是极好的东西,只是膻味儿重了些。"

林婉儿忽然想到四祺当时想的那个法子,高兴地说道:"这事让四祺去做,也不知道她放的是杏仁还是茉莉花茶,里面有股淡淡的涩味,倒是把膻味儿都去除了。"

一听让四祺服侍自己的饮食,思思好生不安,以前她和四祺是同等身份的大丫鬟,如今忽然如此,怕让府里说自己的闲话,下意识里便想开口回绝。

范闲挥手说道:"咱家没那么多道理,你当丫鬟的时节,我不照样要给你捶背……就让四祺辛苦一下,只是不知道这法子成不成?"

思思脸上一红,四祺得意的脸从门后闪了出来,笑着说道:"这法子当然成，那时小姐每天的羊奶都是我弄的，只要用纱布把茶渣滤了就好。"

就像思思坚持喊范闲少爷，四祺也一直坚持喊婉儿小姐，也只有范闲才会随着她们，要放在别家府里，只怕早就弄出事来。

"平时要多晒晒太阳，甭信那些屁话，不吹风会闷死的。"范闲对婉儿和藤大家媳妇儿说，如果柳氏坚持，也只有她们能帮思思说话。

"呸呸……"藤大家媳妇赶紧吐了两口唾沫，"今儿怎么能说那个字。"

范闲自顾自地说道："蔬菜瓜果得保证，这是不能少的。"回头又对思思说道，"吃不下的时候也得吃……一些小吃食，你让丫头们去办。"

"得了得了。"藤大家媳妇脸皮厚，摆手道，"这才第一个，日后还要百子千孙的，少爷如果都这么紧张啰嗦，不得把我们这些下人折腾死。"

范闲与婉儿来到园里，婉儿看着他欲言又止道："为什么看上去你不怎么高兴，而且有些紧张恐惧……担心什么呢？"

范闲斟酌半晌后说道："我也不知道，或许真是没有做父亲的思想准备。"

"什么准备？"婉儿早已习惯了他与这世上男子不同的思维，好奇地问道。

"比如……自己能不能为下一代创造一个很好的成长环境？"

"这问题太远，我更好奇的是，思思肚子里的到底是男孩还是女孩？"

"先前不是说过……"

"嗯，你无法必操胜算。"

"必操胜算这个词用得很巧妙。"

"那你是喜欢男孩还是女孩呢？"

"女孩。"范闲斩钉截铁地回道。

林婉儿有些疑惑地看着他，半晌后像是明白了什么，叹息地说道："难怪你知道自己有孩子后不怎么开心……想来是觉着思思不再是个女孩子了。"

231

范闲微怔地问道："为什么这么认为？"

"女孩子是珍珠，等生了孩子，渐渐老了就要变成鱼眼珠子。"林婉儿笑眯眯地说道，"这是你自己曾经写过的话，可不要否认。"

范闲心想这是曹公的看法，虽然和自己有些相近……但这不是自己得知将有后代依然无法喜悦的真正原因。

"可就算要变成鱼眼珠子，我也要为你生孩子。"林婉儿忽然说道。

范闲微笑着说道："在杭州这半年我对那药进行的改良你都看在眼里，最关键的是……明天费先生要来，他既然敢来见我们，自然是有好东西给咱们。"

林婉儿不敢置信看着他的眼睛，惊喜地问道："是真的吗？"

范闲挑眉笑道："至于这般高兴？"

林婉儿无法理解，问道："你真不想做父亲？"

范闲沉默了一会儿，说道："我虽然有父亲，甚至有两个父亲，可是在澹州的时候我一个也没有，而且真正的那个似乎从来没有当过我的父亲。"

这是很拗口的一句话，但婉儿听懂了，警惕地看了四周一眼。

范闲继续说道："父亲他对我极好，可是你明白，这终究不是一回事。至于那位……自澹州来京都后，我便是将他看透了，连你太子哥哥和二皇兄都像驴子一样被驱赶着，更何况我这个私生子。所以，我是一个没有父亲的人。"

他前世的时候没有父母，这一世也没有父母，这种缺失对他的影响很大，往日他自己或许还没有察觉，今日的喜讯则将黑暗的那一面完全映照了出来。

"我的母亲也不在意我。或许你不相信，但这是真的。"

世人以为叶轻眉就是范闲的母亲，但只有他自己清楚，他对她有的只是好奇和一股莫名的情感。后来随着渐渐成长，身周的人不停地讲着那个曾经光彩夺目的女人，身周的事不停地述说着那个女人的过往，身周的痕迹不停地提醒范闲那个女人的存在。久而久之,前世没有获得过母爱的范闲终于接受了这一点,开始把她当成自己的母亲,甚至开始依恋这个名字——两个穿越者孤独的灵魂或许因为母子这一种最坚固的纽带而互通了起来。

可是看过箱子里的信,知道了许多当年故事的范闲,不得不承认这种情感是单方向的,叶轻眉不管是对自己的存在还是灵魂都不如何在意。监察院、内库、庆余堂都不是她刻意留给自己的,而且即便是留给自己的又如何?

那只箱子被打开的时候,他就有些失望,因为那封信是留给五竹叔,而不是留给自己的,信中的内容则让他更加失望。

"她称我为混账儿子,而且她没有给我留下只言片语,就这么走了。

"她没有告诉我在这个危险的世界里该如何生存下去。她没有告诉我究竟谁是值得信赖的。她没有告诉我,饭应该怎样吃,老婆应该怎样疼。

"她对天下的万民有大爱,偏偏对自己的儿子没有什么关心,这一点是不是很混账?大概也只有这样混账的母亲,才会生出我这样混账的儿子。"

林婉儿怜惜地看着他,轻轻地摸了摸他的脸。

"好险,幸亏还有父亲,还有奶奶,还有那两个怪老头儿,不然我这辈子还真不知道会变成什么模样……要不要听我唱首歌?"范闲忽然很认真地问道。

林婉儿点了点头,好奇他会唱首怎样的歌?

范闲的声音很寻常,但唱的歌曲调格外忧伤,又带着三分期望,如雨后檐下支颐期盼母亲归来的孩子,像檐下被风吹雨打着的白布小人飘飘荡荡,浑不着力,只被那根线牵着,说不出的哀伤,却眺望着远方。

曲终,林婉儿问道:"歌词是什么意思?"

范闲唱的是一种她没有听过的语言,字节发音有些怪异。

"歌词的大概意思很简单。大概就是……母亲大人 您好吗 ?"

昨天我在杉树的枝头上
看见了一颗明亮的星星
星星凝视着我
就像母亲大人一样 非常温柔
我对星星说
要经受得起挫折哦
是男孩子嘛
如果感到孤独的话
我会来说话的
有一天 也许会的
那么就这样吧 期待回信
母亲大人
一休
一休

母亲大人 您好吗
昨天寺院里的小猫
被旁边村里的人们 带走了
小猫哭了
紧紧地抱住猫妈妈
我说了
别哭了
你不会寂寞的
你是男孩子吧
会再次见到妈妈的
总有一天 一定

① 用一休的歌来写小叶子，这是真的缘分。

　　那么就这样吧　期待回信
　　母亲大人
　　一休
　　一休①

　　婉儿红着眼眶问道："一休就是那个写信的孩子？好可怜。"
　　"是啊，一个绝顶聪明，却不能和自己母亲一起生活的可怜小孩子。和我很像……只是他写了信还有地址可以邮寄，而我写了信又往哪里寄呢？"
　　"这首歌叫什么名字？"
　　"母亲大人。"

　　借由窗外洒进来的淡淡天光，范闲取出钥匙，打开了黑色箱子最外面的那层，用稳定的手指按了几下，然后开始想念五竹叔。

　　他取出上面的金属器具和那封薄薄的信，没有多看一眼——他对那封信的内容已经太熟悉了，只是盯着第三层上面的那张似乎随时要被风吹走的纸条。

　　纸条上面是叶轻眉像火柴棍一样难看的笔迹。
　　"喂！如果你不是五竹的话……老实交代，你是谁？"
　　与那个雨夜一样，范闲嘴唇微动，轻声地自言自语道："我是你的儿子。"
　　"你是怎么打开这只箱子的？估计不是我的闺女就是我的儿子。下面的东西等你搞出人命的时候再来看，切记！"
　　范闲打开第三层，取出那件东西，看了看上面的文字，忍不住苦笑起来，他自言自语道："果然是堕胎药啊，妈妈……我真的搞出人命来了，不过我不会用这个东西的。你总是习惯将一切事情当成笑话来做，所以最后你很可笑地离开了我。而我不一样，我会努力地在这个世界上活下

235

去，至于我的女儿或者是儿子……请相信我，我一定会把他照顾得很好，至少会比你做得好。"

范府有喜的消息，就像生了双翅膀一样，马上飞了出去，成了京都王公贵族们讨论的热点新闻，百姓茶余饭后的最大话题。

这消息自然也飞进了皇宫。据姚太监私下说，皇帝陛下听闻后轻抚胡须，十分得意，当夜又去了一趟小楼。而太后老祖宗得知这个消息之后，赶紧去了含光殿后拜神，手指头不停地抚摩着那串念珠，满脸笑容。

说来奇怪，包括范闲在内，皇帝陛下一共生了五个儿子，三皇子年纪还小暂且不论，可是大皇子成婚已久却还没有子息，二皇子和太子也是如此。算来算去，如今思思肚子里那孩子，竟然是皇家第三代的头一位。由不得皇宫里的贵人们高兴，只是太后隐隐感到有些遗憾，如果怀孕的女子是晨丫头就好了。

以范闲如今的权势地位，这种喜事临门，自然涌来了无数送礼道贺的宾客，后几日里，范府门前车水马龙，各路官员来往不绝，藤子京的腿都快跑软了。

除了一些重要人物比如靖王爷一家，范闲亲自出面迎接，其余的来客都由范建一手挡了。好在这些宾客只是奉上重礼，并未叨扰太久。人们心里其实也在打着小算盘，虽说小范大人有了孩子是件大事，可如果过于热情，谁知道府中那位郡主娘娘心里是怎么想的？讨好了一方，却得罪了另一方，这是一个很不划算的买卖，而且也不知道宫里的喜悦究竟到了什么程度。

三日后，宫里的喜悦以两种方式展现在官员百姓们的眼前。首先是内廷主办的那个花边报纸，用套红的方式向天下子民报告了这个好消息。

今次内廷报纸大张其事，详详尽尽将范闲自澹州而至京都的故事写了一个长篇意淫小说出来，隐约提及郡主、北齐圣女、殿上诗夜、江南过往……这是对范闲匆匆年轻人生的一次总结。报纸一出，京都纸贵。各府里的小姐们都央求家中长辈重金购得一张放于闺房中以做纪念，同时在心中祈求缥缈的神庙能够赐予自己一个像小范大人一样的男子。

宫里的第二个态度便是赏赐。也不知是皇帝还是太后的意思,各种赏赐流水似的入了范府,虽然怀孩子的是思思,可是由范建至柳氏再至远在北齐求学的范家小姐都各有重赏,林婉儿更是得了不少好东西,绫罗绸缎、金石玉器、吃食玩物密密排在宅中,让藤大家媳妇忙碌到有些失神……思思自然也受了封赏,肚中还没有出生的孩子先有了一个爵位。

只有范闲不怎么高兴,他看着姚太监带过来的礼单,心里生出一股复杂的情绪,对父亲说道:"宫里在想什么呢?我这边有孩子和他们有什么关系?"

"这是赌气话了。"范建笑吟吟地说道,"第三代里这是头一个,太后不知道着急了多少年,终于可以抱上重孙,所以高兴起来赏赐难免有些过头。"

范闲冷笑道:"想抱重孙?明儿我就把思思送回澹州去。孩子生在澹州,养在澹州,就只让奶奶抱着玩,想怎么玩就怎么玩。"

这还是在赌气,思思正在孕期,哪里可能千里奔波。范建哈哈大笑,懒得理他,自从四天前知道思思怀孕的消息之后,这位一向严肃方正的户部尚书便有些遮掩不住自己的本性,从脸上到骨头里都透着一分得意与高兴。

这个世界上和皇帝抢儿子还抢赢了的人不多,而且这儿子马上就要给自己生个孙子,由不得他老怀安慰,莫名得意。

"明儿回宫谢恩不要忘了。"范建发现儿子正在走神,没有听进去这句话。

"说起来……太子为什么一直没有太子妃?"范闲若有所思地问道,"就算是依次序来,如今大殿下、二殿下都已成婚一年,也该轮到他了啊。"

范建没有察觉到儿子在探自己的口风,说道:"三年前太后就急着选太子妃,皇后在各府里挑人,甚至还挑到咱们府上……"

范闲心想如果妹妹当初真的成了太子妃,那可就惨了。

范建继续说道："不知道为什么太子一直不肯答应，大家都觉得很奇怪。要知道太子早年间比较荒唐，喜欢流连于教坊，可为何不愿意成婚？"

范闲道："太子的婚事可不是他不愿意就可以不要的。"

"这就显出太子的聪明来了。"范建笑道，"为了说服太后与皇后，他想了不少辙，首先便说大皇兄和二皇兄还未曾婚娶，自己做弟弟的怎么也不能抢在前面成亲。那时大皇子在西边征战，哪里顾得上婚事，便一直拖到了后来。"

"理由虽然充分，但没什么说服力。"范闲摇头道。

范建笑道："太子请动了当时的太子太傅舒大学士，舒大学士深以为太子所言有理，不止自己上书请皇帝暂缓太子婚事，还写信请庄大家发了话。"

范闲笑了起来："原来庄墨韩先生当年也做过这种事情。"

对话结束后，范闲离开书房向后园走去，心想太子坚持不肯成婚，只怕是基于一个很愚蠢的念头。看不出来他倒是个多情人，真是孽缘！

忽然他看见柳氏陪着一个老头儿走了进来，立即开心地喊道："你终于来了！"

来者不是客而是费介，师生二人隔了许久再次相见，眼神之间隐藏着一股风雷激荡，刀光剑意大作，似乎随时会抛出一把毒药请对方尝尝。

柳氏是何等聪慧的人，虽不解缘由，也看得出来此地不宜久留，随意说了两句便走了，费介到来的消息竟是连范建那边都没有通知。

"先生。"范闲似笑非笑地说道，"你躲了我这么些天，怎么今天却来了？"

费介没好气地看了他一眼，摇头道："别想好事，你送过来的药和方子我试了很多次，想一点儿问题都没有，这很难。"

范闲本以为费介既然肯来，一定是解决了问题，不料却听到了这个不怎么美妙的答案。其实他不在乎婉儿能不能生育，连自己有没有后代都不在意，在澹州悬崖上和五竹叔说要多生孩子那只是玩笑话罢了，但婉儿不这样想。

师徒二人在后园安静的角落里坐下，范闲沉默许久后，问出了一个闷在心里许久都没有问过的问题："表兄妹结婚会不会对后代有影响？"

费介看了他一眼，声音微哑道："你难道认为自己的运气会这么差？"

范闲心想，这确实只是个概率的问题，而自己毫无疑问是这个世界上运气最好的人，又问道："会不会……比较难生孩子？"

"谁说的？"费介明白他的意思，嘲弄道，"一百多年前的大魏皇帝强奸了自己女儿十几年，结果一连生了七个崽儿。"

"皇家果然是天下最乱的地方。"范闲感慨道。

费介不知道徒弟这句话是不是意有所指，微微皱眉道："再给我半年时间，有可能解决你们夫妻二人头痛的那个问题。不过必须提醒你一件事情，你的归期快到了，不要借口思思有了身孕，便不去江南。"

范闲隐约感觉到陈萍萍和费先生不希望自己在京都停留太久，看来也应该是察觉到京都可能会发生大事。费介是他孩童时的老师，是世上最不可能害他的人，他终于忍不住问道："是不是宫里要出什么事？"

"能有什么事？"

范闲依然如十几年前般干净好看的脸，让费介不由想起那时节带着他挖坟赏尸、剖肚取肠的时光，心头不由一黯道："以后自己一个人的时候，要小心一些，不要像小时候那样经常被人骗。"

此时范闲的心里涌起一股怪异的情绪，急问道："先生这话是什么意思？"

费介挠挠头，浑不在意头皮屑乱飞，说道："你知道我长年都在山里逛，很少在你身边……一烟冰那药我没有和你说明白，是我的不是。"

范闲好生感动，赶紧说道："先生这是哪里话，没有你，我们夫妻二人不知道死多少回了。"

费介笑了笑，没有多说什么。

第二日入宫谢恩，范闲满脸笑容地走了一遍，尤其是在太后与皇帝面前，更是将自己感恩的心捧了出来，再抹上初为人父的不知所措与激动，表演得精彩极了。

此时他又坐在了东宫里，与太子殿下有一搭没一搭地说着话。看着那张有些诚恳的脸，想到不久以后将发生的事情，不知为何，他心中竟生出了几分歉意。

此时太子正在劝他与长公主缓和一下关系，看得出来，太子说得很真心，只是不知道他是站在范闲还是长公主的立场上考虑问题。

"以前的事情都算了，就像在抱月楼中本宫对你说的一样，长辈的事情，何必影响到我们的现在？"太子微微用力拍了拍他的肩膀。

有多大的利益，便会生出多大的谎言、培养出多么优秀的演员，范闲深深相信这一点。那把椅子的归属是天底下最大的利益，所以太子就算当着他的面撒个弥天大谎也不出奇。范闲根本无从判断太子说的话到底有几分真假，如果他自己处于太子的位置，会不会做出这样的承诺？以前的事情难道就算了？

以太子的先天地位、太后的疼爱，还有与长公主那层没有人知道的关系，如果再加上拥有监察院和内库的范闲支持，日后他登基是谁都无法阻挡的大势。当然，如果能够谋求到范闲的支持，太子做出任何牺牲似乎都值得。

范闲觉得这种交易是不可能发生的，除非太子是个无父无母之人，可如果对方真的变成这种人，他又怎敢与对方并席而坐？他和太子继续聊天，偶尔也会想到初入京都时太子对自己的良好态度，还有那些故事，心中那抹颜色复杂的云层愈发厚了。

"婉儿妹妹还好吧？"今天来皇宫里这么久，太子是第一个直接问婉儿的人。范闲笑着说了两句，目光落在对方的脸上认真地看着，渐渐看出一些往日里不曾注意到的细节。太子有些寂寞，有些可怜。

从东宫往外走去，夕阳渐渐落了下来，淡红的暮光照耀在朱红的宫墙上渐渐晕开，让整个皇宫都被蒙上了一层不吉祥的红色。

范闲今天才发现包括自己在内的五位皇子中，最可怜的其实是太子。他比自己只大一点，自己出生之前叶家覆灭，而太子呢？那个京都流血夜，他的母系家族被屠杀殆尽，他的外公死于自己的父亲之手，他失去的亲人远比自己多。从那以后，太子就一个人孤独地活在东宫里，生活在紧张与不安中，唯一可以倚靠的，便是疼爱自己的太后和皇后。不，皇后不算，正如父亲说过的那样，皇帝之所以不废后，不易储，正是因为皇后极其愚蠢，而且外戚都被杀光了。

太子所能倚靠的只有太后，他没有朋友，也不可能有朋友，环境以及皇后对当年事的深刻记忆，造就了他中庸而稍显怯懦的性情。皇帝陛下不愿意自己挑选的接班人是这样的，所以把二皇子推了出来，意图把太子这把刀磨得更利一些。这两年又把范闲推了出来，替了二皇子的角色继续来磨太子。

这样一种畸形的人生，自然会产生很多心理问题。沉默啊沉默，不在沉默中爆发，就在沉默中变态。太子应该是选择了后者，可这都是他的错吗？

范闲走到宫墙下，回首望向巍峨的太极大殿，那座宫殿在暮光中泛着火一般的光焰，他在心里叹息着，我又何尝想站在你的对立面？

他可以试着把二皇子打落马下，保住对方的性命，却不能将同样的手段施展在太子身上。二皇子必须做些什么才能夺得皇位，所以给了范闲太多机会。太子却恰恰相反，他什么都不做、什么都不能做才能继承皇位，只要太子想明白此点，就会像这一年里这般，聪慧地保持着平静，静静地看着这一切。

平静不代表着宽厚，如果范闲真的被这种假象蒙蔽，心软起来，一旦对方真的登基，迎接范闲的必然是皇后疯狂的报复，长公主无情的清洗。到那时太子还会怜惜自己的性命吗？

范闲最后看了一眼仿佛在燃烧的皇宫，心知一切的源头都是那个坐在龙椅上的中年男人。他想象着那个中年男人得知真相后老羞成怒、发狂的模样，忽然生出了很大的快感，说到底，大家不都是一群残忍的人？

这一日天高云淡，春未至，天已晴，京都城门外的官道两侧冬树高张枝杈，张牙舞爪地恐吓着那些离乡的人们。一列黑色车队由城门里鱼贯而出，列于道旁整队，同时等着前方的人群散开。一个年轻人掀帘而出，站在车前搭着凉棚往那边看着，还微微皱眉说道："这又是为什么？"

年轻人是范闲，时间已经进入二月，他再也找不到借口留在京都，而且在这种局面下，他离京都越远越好。由于思思怀孕，最后婉儿决定留在京都照顾，他单身一人再赴江南。

今天是他离开京都的日子，有了前车之鉴，他没有通知多少人，太学里的年轻学生们也没有收到风声，这次出行显得比较安静，多了几分落寞。

不多时，那边厢离情更重的队伍里脱离出几骑，直接绕了回来，驶向了监察院的车队，嘚嘚的马蹄声响中范闲微微一笑，下了马车候着。

一名军官骑至范闲身前，打鞭下马，动作好不干净利落。待他取下脸上的护甲，露出那张英俊温润的面容来，才发现原来此人竟是靖王世子李弘成。

"想不到咱们哥俩同时出京。"李弘成笑着拍了拍范闲的肩膀。

范闲说道："在京都待得好好的，何必要去投军？"

庆国于马上夺天下，民风朴实强悍，皇族子弟也自幼学习马术武艺，大皇子便是其中楷模——从一名小校官做起，最后成了真正的大将军王。

李弘成道："你也知道，我如果留在京都，父王就会一直把我关在府里，那和蹲大狱没什么区别，我宁肯去西边和胡人厮杀，也不愿意再受这些憋屈。"

范闲沉默了一会儿，说道："你一定要保重，不然我会心有歉意。"

"如果能让你心生愧疚也算不亏。"李弘成笑道，"人生在世，总要给自己找几个目标，这次我加入征西军也是满足一下自幼的想法。"

"我还以为你的人生理想都在花舫上……"范闲笑道。

李弘成牵着马缰与范闲并排行走，来到官道下方的斜坡上。此处树枝更密，将天上暗淡的日光都隔成了一片片的寒芒，确定不会被人偷听，他看着范闲认真道："这两年的事情让我看明白了，在京都我玩不过你，老二也玩不过你……那就把京都留给你玩吧，我到西边玩去。"

范闲不知该如何接话，转了一个话题："于军中谋功名虽是捷径，也是凶途，大殿下如今手握军权，看似风光，可当初在西边苦耗的几个年头非常辛苦。"

李弘成认真地接道："既然投军，自然早有思想准备，父王也同意我的想法。"

所谓想法，便是真正脱离京都腻烦凶险的争斗，范闲想到此次征西军主力依然是叶家，便有些奇怪的感受，忍不住说道："叶重是老二的岳父，你既然决定不掺和京里的事情，那就要和他们保持距离……"

"放心吧，我答应过你的事情自然会做到。"李弘成笑了起来，"这两年你用父王把我压得死死的，我可不想继续和你置气。"

范闲苦笑道："不是我借王爷压你，是王爷借我压你，这一点要弄清楚。"

"怎样都好，反正父王和你的想法都一样。"李弘成平静下来，看着范闲诚恳地说道，"我与老二交情一向极好……有件事情要求你。"

"求"这个字就有些重了，范闲猜到他要说什么，抢先说道："我只是一个臣子，某些事情轮不到我做主，而且胜负之算谁能全盘算中？不需要事先说这些事情。"

李弘成马上说道："你说胜负未定也对，可不知道为什么，我就是觉得最后你会胜。他毕竟也是你的亲兄弟。如果有那么一天，我希望你能放他一条生路。"

"他是皇子，我们这些做臣子的就算权力再大，也不可能决定他的生死……而且如果某一日情况倒转，老二他会不会放我一条生路呢？"范闲回首望向京都，声音渐冷道，"我给了他足够多的时间考虑，你也知道这一年多我削他的羽翼为的是什么……可是他不干，他的心太大，大到他自己都无法控制。既然如此，我如果还要自我约束控制，那我是在找死。"

听罢这话，李弘成难过地说道："他十岁就被逼着夺嫡，这么多年下来便是想放弃也做不到了。"

范闲指着郊外某处说道："由这里走出去几十里地就是我范家的田庄，在牛栏街上被杀死的四个范府护卫就埋在那里。你不用说什么，我知道牛栏街的狙杀是长公主的意思、老二的安排，你是被利用的人，但也算是个帮凶。我想说的是，从那天起，我就发誓再也不会心软。"

李弘成叹道："我只是还奢望着事情能够和平收场。"

"那要看太子和二皇子的心！"范闲说了一句和皇帝极其相似的话，"我只是陛下手中的那把刀，至于怎么收场，那就看这二位在陛下面前如何表现罢了。"

李弘成没有再说什么，翻身上马准备离开。

范闲再次说了声保重。

李弘成忽然看着他说道："如果我死在西边，记住赶紧把消息告诉若若……人都死了，她也不用躲在北边了，毕竟是异国他乡，怎么也不如家里好。"

被他道破送妹妹留学的真相，范闲有些不好意思，诚心说道："活着回来。"

李弘成哈哈大笑，挥鞭啪啪作响，骏马冲上斜坡，领着那几骑，直直地沿着官道向西方驶去，立时震起数道烟尘。

暮时，监察院车队再次经过小山谷，一路行过，偶尔还能看见山石上留下的战斗痕迹。范闲沉默不语，杀意渐起，此去江南收尾，等把所有事项搞定后，将来总要想个法子把秦家那个种白菜的老头砍了脑袋才是。

秦恒调任枢密院副使后，秦老爷子依然如以往一样没有上朝。范闲没有去秦家拜年，但送了一份厚礼，对方肯定不知道范闲已经猜到了真凶。借山谷狙杀一事，朝廷的几个重要职司已经换了新人，但老秦家和叶家在军中威望依然不减，皇帝肯定不满意现在的状态，接下来他会怎样做呢？

范闲经常扪心自问，如果是自己，对军方的肃清一定会做得更彻底一些，而不是像现在这般小打小闹，依然给了这些大人物们足够的活动空间。

也许是西胡的突然进逼打乱了皇帝的全盘计划，也许是北齐小皇帝妙手放出上杉虎，让皇帝必须留着燕小乙。但庆国七路精兵还有四路未动，大皇子西征时培养起来的中坚将领都还没有动，需要如此倚重这些老家伙吗？

范闲想到了某种可能，比如示弱诱敌……可这种计划太过荒唐不要命，他怎么也不相信皇帝会不顾庆国存亡做出这种安排来。

监察院车队过了山谷，前行数里与五百黑骑会合。戴着银色面具的荆戈前来问礼，自此在庆国腹地中再也没有谁能够威胁到范闲的安全。

范闲心头微动，拍了拍手掌。车厢微动一下，一位监察院官员掀帘走了进来。范闲看了他一眼，佩服道："不愧是天下第一刺客，伪装的本事果然比我强。"

影子刺客没有笑，死气沉沉地问道："大人有何吩咐？"

"你回京。"范闲盯着他的双眼，用一种不容置疑的口气说道，"马上回到院长大人身边，从此时起寸步不离，务必要保证他的安全。"

影子不解，他是被陈萍萍亲自安排到范闲身边来的，范闲却突然让他回到陈萍萍身边。范闲没有解释，直接说道："我的实力你清楚，他是跛子你也清楚。"

影子想了想后点了点头，悄无声息地脱离了车队，化作一道不起眼的灰影，倏忽间穿过山谷田地，向着京都方向遁去。

范闲紧绷的心终于放松了些，不知道为什么，此次离京他总觉得很不安，如果仅仅是太子那件事情，不至于会危害到陈萍萍的安全，可他就是担心。

父亲一向遮掩得极好，就算京都动荡，也不会是首要的目标，而且他还有一些宫里都不知道的隐秘力量。而陈萍萍不一样，如果真有大事发生，那些人第一件要做的事情，就是纠集所有力量，想尽一切办法杀死他。

这是历史早已证明的真理——想杀庆国皇帝，就必须先杀死陈萍萍。

范闲清楚陈萍萍的实力和城府，可影子不在他身边，始终心里不安。

第十三章 一个宫女的死亡

车队一路南下，行过渭河旁的丘陵、江北的山地，渡过大江，穿过新修的那些大堤，来到颖州附近，河运总督衙门的一个分理处便设在这里。

当夜范闲没有传杨万里来见自己，一方面是他想亲自去看看，二来他急着查看这些天京都传来的院报，以及从抱月楼、江南水寨传来的消息。

京都很平静，他计划的那件事情还没有开始，也没有什么危险的信号。他借着灯光看着那卷宗，自嘲地笑了起来，也许是在危险的地方待久了，以至于有些过于敏感？以皇帝的无上威望、朝官系统的稳定忠诚，谁敢造反？

深夜时分，街上传来打更的声音，范闲从驿站里潜出，在城外一间破落的土神庙里，他看到了那道青幡，还有幡下正瞪着眼睛看着塑像发呆的王十三郎。

"小箭兄的事情，我很满意。"范闲坐在十三郎的对面，微笑着说道，"听说你也受了重伤，没想到现在看起来恢复得不错。"

王十三郎苦笑道："我的身子骨可能比别人结实一些。"

"结实就好，因为我马上要安排你做一件事情。我会慢慢回杭州、苏州，你要先去与某人碰个头，然后替我出面帮我收些欠账回来。"

247

"欠账？"

"是的，很大一笔账。"

王十三郎有些为难地说道："明家的事情我不能帮手，云师兄一直盯那里。"

"如果不是云之澜盯着，我让你去做什么？"范闲微笑道，"这是生意上的事情，我不想和你们东夷城打打杀杀，所以你出面最为合适。"

王十三郎认真地说道："这是家师的一个态度，不代表我会去压制师兄。"

"我也不会愚蠢到相信你们东夷城会内讧。"范闲摆手道，"只是我不方便出面，我的门生下属也不方便出面，本想随便找个陌生人来做，又怕明家被逼急了起杀心……你水准高，自然不怕这么粗俗的生命威胁。"

王十三郎吃惊地说道："为什么这么信任我？难道不怕我和明家说清楚？"

范闲说道："明家已经死了，我只是让你出面去推最后一下。"

王十三郎一听，有些恼火："小范大人，我不是你养的杀手。"

"态度。"范闲安慰道，"态度决定一切，你师父既然想站墙，就要把态度表现得更明确一些，不然明家垮了之后，我可不敢保证行东路的货物渠道。"

"行东路不畅，吃亏的也包括你们庆国。"王十三郎并未退缩。

范闲用更认真的语气说道："庆国是陛下的不是我的，所以我不在乎吃亏，而东夷城是你师父的，他在乎吃亏，这就是最大的区别。"

江南要比京都暖和许多，年前苏杭一带也下了场纷纷洒洒的雪，雪云由海边直接拉到了庆国腹地，让所有田园河川都笼罩在了白雪中。但年一过，各地的雪便止了，日头晒得融雪化冰成水，只略冷了数日即开始准备入春，便是苏州城外道旁的树丫都提前伸出了青嫩的小茸叶。

明家家主明青达坐在明园的小丘亭下，望向远方那些树里的青嫩。明园院墙极高，却挡不住他的目光，掩不住依然孱弱却逐渐勃发的春意。

他疲惫苍老的面容上添了些光彩，快活地想着冬天就要过去了，花儿草儿都要活过来了，自己的明家应该也快要重新活过来了才是。

这一年明家经历了太多变故，从内库谋取的利润整整少了一半，各路的行销货路被监察院不停骚扰，商货钱银的流动十分困难，甚至有了日薄西山之感。明家的老太君被钦差大人"逼死了"，明老三险些被流放，又忽然间多了一个抢家产的明老七。林林总总，无数把刀剑向明家砍了过来，让明青达有些艰于呼吸。好在这半年范闲只在杭州待着，前些时候又回了京都。

范闲离开江南，笼罩在明家头上的乌云也移开，监察院江南分理司虽然依然在努力地贯彻着范闲的指示，打压着明家的生意，可是明家毕竟在江南人脉深厚，有无数官员暗中帮手，明家的生意顿时活了过来。所以先前明青达看着院墙外的嫩枝才会发出快乐的感慨，但他马上发现自己是被喜悦冲昏了头脑，春天来了，树木发芽了，可是……钦差大人也要回来了。他的心情顿时阴郁起来，起身往自己的院落行去。

老太君死后，明青达这位当家主人应该要搬进老太君那间地势最高的小院才是，但他坚决没有同意族中的公议，将那个院子改成了思亲堂。只有他自己知道为什么自己不敢搬进那个小院里，因为他害怕在那个小院里一旦醒来，会看见那梁上系着的白巾和那双不停弹动的小脚。

处理了一下族里商行田庄的事务，明青达拿起滚烫的毛巾使劲地擦了擦脸，顿时从骨子里渗出来了一股疲惫。在朝廷的压力面前，他没有太好的方法，只能看着夏栖飞一步步走进明家。内困外患，他有些承受不住了，但为了这个家族，他必须熬下去，一直熬到京都那边局势变化。

他如今最能信任的人一个是他的儿子明兰石，一个是当年老太君的贴身大丫鬟，如今自己的二姨太。如果没有她，明青达根本无法全盘接手老太君的秘密，成为明家真正的主人，他对这位女子自然要给出足够的补偿。而明兰石……明青达看了自己儿子一眼，皱了皱眉头。他清楚，明兰石能力不错，眼光也好，只是父子二人最近在关于明家的前程上产生了极大的冲突。

在明兰石看来，既然朝廷打压不停，内库又被范闲牢牢把持住，明家再想如往年一样从内库里谋取大额利润已经不可能，应该渐渐从这门生意里退出去。明家在江南有大批田产和各地网络，不再做内库皇商，转做庆国与东夷间的进口贸易，说不定还可以保住明家的基业。

明青达没有同意，直接说道："你昨天夜里的提议不行。"

"为什么？"明兰石苦笑一声说道，"谁能和朝廷作对？如果我们这时候不退……等范闲再回江南，只怕想退也退不成了。"

明青达面无表情地问道："难道他能调兵把咱们全杀了？"

"谁知道呢？他可是皇帝的私生子，如果真的胡来……还会怕谁？"明兰石明知道范闲不可能用这种法子，依然忍不住说道。

"我们在宫里也是有人的。"明青达用微沉的声音说道，"太后、皇后、长公主……这些贵人难道就敌不过陛下的一个私生子？"

"那生意怎么办？如果范闲还像去年那么做，我们明家要往里面填多少银子才能弥补亏空？"明兰石愤愤不平地说道，"以前做内库生意，想怎么赚就怎么赚，如今是做一单赔一单，又被监察院的人天天闹……父亲，这样下去支持不了多久，再有三个月族里就要开始卖田产了！"

"如果我们这时候从内库脱手，范闲也许会放过我们，可长公主那边怎么交代？没了内库的标额，我们明家就只是一块肥肉，随时可能被人吃掉。"

此时明青达没有意识到，这句话一年前就对儿子说过。

"那……往东夷城的货减些，可以少赔一些。"明兰石试探着说道。

明青达摇头道："我们还需要太平钱庄的现银，不能得罪四顾剑。"

说到现银，父子二人同时沉默了起来。在朝廷的全力打压之下，明家能挺到现在，靠的就是太平钱庄与招商钱庄源源不断的现银供应。

"万一哪天太平和招商觉得咱们家挺不住了，要收银子怎么办？"

"我们抵押的是田产和商行，都是在咱们大庆的疆土上，那两家钱庄拿了去能有什么用？难道还能卖掉？所以他们只有继续支持咱们熬下去。"

"要熬多久呢？"显然，明兰石有些支撑不住了。

"熬到范闲垮台，熬到陛下知道他错了。"明青达双眼深陷，疲惫中带着一丝厉狠，"哪怕两年三年也要熬，必须等京都那边的动静。"

"现在用银子的地方太多，只怕还要继续在钱庄里调银。"明兰石提醒道。

"族里的份额被逼着给了夏栖飞一份儿。就算老三老四这两个姨娘养的有异心，绝大部分还在咱们手头，钱庄调银不要越线就好。"

明青达不认为太平、招商钱庄会忽然从锅下抽出柴火，可还是要谨慎小心。

苏州城有一条街上满是钱庄当铺，青石砌成的街面显得格外清静，到这里来的人不是穷到了某种地步，就是富到了某种地步。明兰石自然是后者，所以当他悄悄来到那家挂着招商青幡的钱庄时，马上被大掌柜恭恭敬敬地迎了进去。

范闲下江南之后，明家需要调动的银钱便多了起来。内库夺标时，太平钱庄的雄厚实力，一时也无法筹措到如此多的现银，明家只好冒险求助于招商钱庄。

那次的合作给明家留下了极好的印象，进行详细的背景调查后，明家确认招商钱庄的资金来源是当年北齐锦衣卫指挥使沈重家的遗产以及东夷城的某个家族，更是放下心来。双方的合作渐多，招商钱庄已经成为太平钱庄外明家最大的合作者，一年多时间，明家已经在这里调了三百多万两银子。

明兰石今天也是来调银的，双方很熟练地签好了契结书和公证书。忽然，招商钱庄的大掌柜面露为难之色，说道："明少爷，有一件事情不知当讲不当讲？"

明兰石心里咯噔一声，暗想莫不是招商钱庄对明家快要失去信心？果不其然，大掌柜试探着说道："听说钦差大人马上就要回江南了。"

"那又如何？"明兰石冷笑一声，心想整个天下都知道自家与范闲不和，可你招商钱庄以前不怕，怎么现在却怕了起来？

大掌柜赔笑道："明家执江南商界牛耳百年，咱家自然不敢怀疑什么，只是想提醒少爷一声，这天下挣钱的买卖多了去，何必非要和朝廷争气？"

明兰石本来就有此想法，只不过被父亲否决了，这时听着招商钱庄掌柜说起，心动之余又有些警惕，他微笑道："什么生意能比内库挣钱？"

大掌柜笑了两声，没有再说什么。

明青达离开后，招商钱庄大掌柜微佝着身子，回到了后面禁卫森严的库房，库房里存放着现银和各处开来的票据，大掌柜把明家的调银单小心翼翼地放到一个单独的木格里。

里面的单据已经很厚了，如果招商钱庄此时逼着明家还钱，明家又不可能与朝廷毁约，无法从内库出销事宜中脱离出来，那就只有变卖家产还钱。当然，招商钱庄不会做这种事情。大掌柜忽然想到了一件事情，笑着对身旁的助手说道："明六爷借了多少银子？"

"已经超出额度了。"那个助手有些紧张，他清楚此时的招商钱庄实际上已经拥有了近一半的明家，虽然明家的产业价值绝对不止这些，但财富这种东西一旦体现在票据上，再处于某种比较巧妙的时刻，总是会缩水很多的。

"那位客人……带着印契？"

"是。"

大掌柜知道主人家准备动手了，只是……他不是还没有回江南吗？他走到钱庄背后的偏房里，对着那张青幡请示道："大人，接下来应该怎样做？"

王十三郎当然知道这家钱庄与明家的合作关系，但他无论如何也没有想到，不，应该说是全天下的人都没有想到——这家钱庄居然是范闲的！

他的嘴唇有些发苦，再次明白师尊为何会如此重视范闲。范闲在那间破土神庙里说的话都是真的，招商钱庄已经拥有了明家足够多的借据，在这个过程中自己只是一个要账的打手，就算他现在通知东夷城与明家，也无法改变结局。

明家完了。准确地说，在明青达对着范闲下跪、杀死明老太君以求天下的同情、把范闲的雷霆一击拖住之前……明家就已经完了。

明家所做的这一切努力只是多余的动作，更像是无力的挣扎。

范闲没有动手收网，是因为他以前要应付来自京都的压力。而现在他动手，一定是因为他确信，京都那边再没有多余的力量可以帮助到明家。王十三郎心想，范闲会用什么样的手段，把京都那边搞定呢？

"我不懂这些。"他叹了口气，"什么时候去要账，我跟着你去。"

大掌柜很久以前是户部一位优秀的官员，现在是一位成功的钱商，对清铺这种事情非常拿手："东家那边会有行动配合，大人请在苏州城里多等几天。"

范闲准备在江南收网，需要打一个时间差，所以真正决定江南命运的京都之局，也开始慢慢启动。二月中的某一天，焦头烂额的绣布庄老板终于收到了一个好消息，他送出去的银票起了作用，绣布终于可以进宫。

这是皇后娘娘指名要的西洋绣布，自然采买了不少数量，劳动了宫里不少太监宫女。买布的是洪竹，分发这种小事他自然不必做。他留在东宫的正殿里，注意到太子不在，无意地拨弄着香炉里的黄铜片，免得香燃得太快。他吩咐宫女赶紧把三层褥子铺好，皇后娘娘待会儿便要看书了。

一阵香风拂过，内帘掀开，眉如黛，唇若丹，一双流波丹凤眼的皇后娘娘恹恹地走了出来,斜倚在矮榻之上,喝着泡好的香片儿,看着手里的书。

书是澹泊书局出的小说集,虽然皇后娘娘极其痛恨范闲,但在日常的消遣中并不愿意因此降低自己的生活品质。略看了几页书,她的眉头皱了起来,不知道在想什么。

洪竹在替她捶背,那双洗得格外洁净的小拳头轻重有序地砸在皇后单薄的身体上。皇后向来喜欢洪竹得趣小意,服侍周到,尤其是这一手捶背的功夫,今天却没有如往常一样闭着双眼享受,而是盯着面前的书册发呆。

"娘娘想什么呢?"洪竹微笑着问道。

宫中的太监宫女们和贵人相比就是泥中的蝼蚁,看见贵人总是大气也不敢出一声,一味地怯懦恭敬,恨不得把自己的手和脚都砍了。但洪竹从在御书房里当差时便和一般的小太监不一样,并不会永远低眉顺眼摆出一副奴才相,他在恭谨之余,行事应对多了几丝坦荡之风。

这是范闲教他的,也是他自己的体会——这些贵人们看似位高权重,锦衣玉食,在宫中却是心情苦闷,寂寞难安,喜欢有人陪着说说话,自然会希望这样的角色出现。

皇后早习惯了与洪竹说话,叹了口气说道:"这些日子老在宫中也嫌厌烦,姑母这两天总在吃素念经,本宫也没多少见她的机会。"

"奴才陪娘娘说会儿话也是好的。"

洪竹学得好,知道自己口中一定要自称奴才,可脸上断不能摆出下贱奴才的样子,不然主人家见着下贱奴才只会有抽他耳光的欲望,绝没有与他交流的想法。

"你能说些什么?和前些日子一样,将你幼时在宫外流浪的日子讲来听听。"皇后打趣地说道。

洪竹家被贪官害得家破人亡之后,他与哥哥二人逃往胶州,那些年里不知道吃了多少苦头,见了多少人间悲欢离合,说起阅历真是比宫里的这些贵人要丰富得多。尤其是他每每讲的乞丐秘闻、江湖上的小传言、民间的吃食玩乐，在皇后听来，更是新鲜有趣。

今日他讲的是当年流浪路上听到的真实笑话，与妓院里的姑娘有关，可听故事的人乃是一国之母，所以他讲得格外小心，不敢有任何太露骨的词句。

皇后听着这个故事眼波流转，赶紧打了个哈欠掩饰了过去。她在洪竹身前，洪竹自然看不到，只是心想娘娘没有阻止自己继续说下去，有些意外。

他毕竟年纪小，哪里知道，就算是再如何神圣不可侵犯的贵人，脑子里想的东西其实和市井里的妇人没有什么区别。

故事讲完后，皇后叹息道："民间的孩子确实过得极苦。"

洪竹讷讷地笑道："苦着哩，娘娘是何等身份的人，自幼……"

皇后有些失神，想到皇帝陛下在自己幼时还是那个不苟言笑的表哥，似乎偶尔也有快乐时光，只是后来……怎么变成这个样子呢？

洪竹小心翼翼地控制着说话的分寸，用余光注意着皇后娘娘睫毛眨动的频率，又把讲话的内容深入到童年时皇后那些小玩意儿身上。

皇后听到他转了话题，放松了些，笑着说起了那些玩意儿，不知道转了多少弯，洪竹终于不着痕迹地让皇后想起了一件当年从娘家带进宫中来的玉玦。

皇后比画着玉玦的大小，笑道："那块玉的质色不错，当然比不上大东山的贡品，放在王侯家也算是难得了……对了，那是先帝赐给父亲的，宫里的制式，所以也不可能拿到外面戴去，一直都收在衣裳里。"

皇后有意无意指了指自己的胸口，隔着冬衣，那手指依然陷进了丰盈里。洪竹轻轻吞了口口水，小声赔笑道："好像在宫里没见娘娘戴过。"

"那块玉玦水青太浅，当年当姑娘的时候时常戴，如今便不合适了。"

"娘娘天姿国色，明媚不减当年，和姑娘家有什么差别……"

皇后眼中闪过一丝怒意，压低声音喝道："放肆！"

洪竹面色大惊,赶紧重重掌了自己的嘴,却没有注意到皇后唇角那丝有些小得意的笑容与眼眸里越来越浓的意味。

洪竹伺候完皇后,没有什么具体事,便站在门外盯着那些身材苗条的宫女们忙碌,目光尽在那些宫女们丰满微翘的臀上扫着。他忽觉着腰间一痛,扭头看去,只见一个眉眼里尽是泼辣劲头的宫女正盯着自己。

洪竹低声叱道:"秀儿你疯了!这么多人,这是在宫里!"

这个胆子大到敢掐东宫首领太监的小宫女,便是范闲曾经听到的那个秀儿,也是洪竹在深宫寂寞之中找的一个伴儿。秀儿咬了咬下唇,咕哝道:"你也知道这是宫里,眼睛都往哪儿瞄呢?"

洪竹哄了两句,心想自己一个太监只能用眼睛、手指头过过干瘾,也值当吃醋?他问道:"你到这儿来做什么?"他忽然心头一惊,压低声音道,"别是要你去各宫里送绣布?"

秀儿看着他紧张的神情,微怔道:"不是……不知道今儿怎么回事,娘娘忽然记起一件好久都没有用的小物件,要我进厢房找找。"

洪竹松了口气,小心问道:"什么物件?"

"一块水青的玉玦。"秀儿嘟着嘴说道,"也不知是谁多嘴,让娘娘想起这东西来。这都多少年没有用的东西,一时间怎么找得到?"

洪竹心头大喜,知道自己刚才说的话起了作用。

这时候,一位宫女掩嘴笑着从他二人身边走过。秀儿恼火地嗔道:"笑什么笑?"那位宫女吐了吐舌头:"就兴你们笑,我笑不得?"

庆国皇宫不像百姓们想的那样光明,但也不像那些小说家虚构的一般黑暗恐怖。尤其因东宫皇后很是弱势无奈,所以刻意在这些细微处下功夫,对宫女太监比较温和,御下并不如何严苛。洪竹也是个小意谨慎的人物,如今成了首领太监,对下面这些人也极温和,所以那个宫女才敢开他们二人的玩笑。

"这是去哪儿呢?"洪竹微笑地看着那个宫女,以及宫女身后抱着两卷上好绣布的小太监。宫女笑嘻嘻地行了一礼，说道："这是送去广信宫的。"

那个宫女叫王坠儿，能有全名，说明她在东宫比较受宠。她带着两个小太监来到广信宫外，知道长公主殿下的脾气，挥挥手便让两个小太监留在了外面，一个人辛苦地抱着绣布走了进去，广信宫的宫女赶紧接过。

长公主随意和她说了几句话，问皇后娘娘好，便打发她出去了，然后长公主转到屏风后，看着一脸幸福的太子温和地笑道："治国三策背好了没有？"

太子痴痴地望着她点了点头，随后轻轻握住了长公主柔若无骨的手，就像捧着一方脆弱易碎的玉石，捧到自己的脸旁蹭了蹭，轻声地道："乾儿已经背好了。"

长公主用手指点了点他的眉间，看着太子眉宇间那抹熟悉的痕迹，心头一恸后复又一软，捧着他的脸柔声说道："乖，好好背给姑姑听。"

东宫中，皇后娘娘正在发脾气，因为宫女们找了许久还是没有找到那块水青的玉玦，这让她的心情很不好。

秀儿胆战心惊地站在皇后身边，心想主子怎么今天偏要在那块玉玦上下功夫？哪里知道皇后是被洪竹的话语所触动，想觅些许多年前的光阴尾巴。

"给本宫仔细地找！"皇后很是生气，偶一动念想找个东西却偏偏找不到，自己御下宽厚，这些奴才居然翻了天！她隐约听说过宫里有些手脚不干净的家伙，却没想到居然有人胆大包天敢向东宫伸手。想到自己在皇宫中孤立无援，现在居然被这些狗奴才欺到头上来，她气得嘴唇直抖，对着面前跪了一排的太监宫女寒声吼道："库房里找不到，就在各房里搜！"

跪着的人们脸色苍白，心想难道要抄宫？右下方的那三个小太监更是无比恐惧，吓得腿都软了。因为东宫里那些多年无人问津的小物件基本上都被他们偷出宫去卖了，先前皇后说的那块玉玦也在其中。"

皇后重重地在案上一拍，中指上的那个祖母绿扳指啪的一声碎了，她大怒道："查出来是谁手脚不干净，也不用回我，直接给我打死了去！"

洪竹低头看着案上地上的那些祖母绿碎片，心想这扳指可比那玉玦值钱多了。但他知道皇后这是内心愤怒，借此立威清宫，也不敢多说什么，微微欠身领了命，便带着一些上等宫女太监在宫里搜了起来。一时间东宫后方的厢院里脚步阵阵，翻箱倒柜声大起，就如同是抄家一般，令人不安。

那些老实的宫女太监并不怎么担心，就连那三个经手的小太监也不害怕，这种事情大家做得多了，谁也不会傻到把那些犯忌讳的赃物藏在自己房里。

但事实证明，有人确实这么傻。

三个太小监傻了眼。本来是带着骄横之色看着众人的那个宫女脸色突然惨白了起来，只听她尖声喊道："这不是我的！这不是我的！"

洪竹为了避嫌，没有亲自进去搜，当看到一个太监从那宫女床下搜出那块玉玦来时，忍不住叹了口气，望着那个宫女摇了摇头。

这个宫女正是先前送绣布去广信宫的王坠儿，她眼神迷乱，啪的一声跪到了洪竹的面前，颤声道："小洪公公……不关我的事！不关我的事……"

真正偷了这块玉玦的三个太监面面相觑，心想这块玉玦不是已经卖出宫了，怎么又会忽然出现在东宫里，出现在王坠儿的床下？三个太监的后背被冷汗湿透，心想赃物出现了，谁知道之后还会审出什么来。

洪竹看着跪在身前的王坠儿，叹道："绑了，等娘娘发落。"

几个壮实的太监上前把王坠儿掀翻在地，用麻绳结结实实地绑了起来。王坠儿被吓得不行，不停地凄声喊着冤枉，说自己从来没有见过这块玉玦。

洪竹摇摇头，往前宫去复命，那三个太监对视一眼，一个胆子大些的跟了上去，跟在他身后压低声音说道："公公，娘娘先前的意思是找到东西就直接把那犯贱的打死……这时候和娘娘说，只怕娘娘心里会不痛快。"

洪竹停住脚步想了想，说道："这事太大，还是等主子们说话，咱们这些做奴才的，可别太多事。"

那太监眼里闪过失望之色，他原本想着借洪竹的手直接把那宫女杖杀，从此不管那块玉玦是怎么再次进的宫，只要人已经死了，玉玦又回来了，怎么也不会查到自己身上，没想到洪竹还是要去请皇后的命。

"事情哪有这么简单。"洪竹淡淡地看了他一眼，"她一个人哪有这么大的胆子，一定另有帮手帮她遮掩……让内廷仔细审审，一定能审出源头。"

那太监大惧，心想如果审下去，还不是得把自己这三人揪出来，他无论如何也不敢向洪竹坦承此事，只得试探着问道："不知道娘娘会怎么处置？"

"乱杖打死是好的，就怕扔给监察院的那帮变态折腾。"洪竹叹了口气。

那太监吞了口恐惧的口水，说道："毕竟是宫里的事情，如果让内廷和监察院的人查，只怕娘娘也会没了脸面，要不……咱们自己先查一查？"

洪竹似乎被这话说得有些心动，余光一瞥，恰好瞧见那太监眼中的一抹杀意，便点了点头，吩咐道："用心审。"

等到了寝殿，他却是换了另一副嘴脸，将查到的消息告诉了皇后，又诚恳地劝说皇后要宽仁处置，毕竟太后这几日在吃素，出了人命只怕老人家不喜。

皇后被洪竹劝说着也渐渐消了气，手中拿着那块水青的玉玦缓缓抚摩，皱眉说道："有道理，不过死罪可饶，活罪难免，吩咐下去，给我重重地打！"

洪竹领命准备离开，皇后却又唤住了他："你去做甚？交代下去就好……你留在本宫这里。向来听你自夸手巧，那编个金丝络子把这玉玦系起来。"

皇后表情平静，听不出任何情绪。洪竹心头暗喜，心想如果让自己去主持审问，谁知道会不会牵连进去。

不知又过了多久，一个太监面色难看地跪到了宫外，洪竹皱着眉头过去听他说了两声，脸色也难看起来。他凑到皇后耳边轻声说了两句。皇后厌憎道："真不吉利……吃不住打也罢了，总算有两分羞耻心，晓得自杀求个干净……让净乐堂拖去烧了。"

洪竹沉默欠身，去安排那个宫女的后事。他知道宫女的死肯定不是自杀那么简单，一定是先前自己安排审她的太监为了灭口下了毒手。这本来就是他安排的事情，所以他并不吃惊，只是对那个无辜的宫女有些歉疚。

皇宫里住着天下最尊贵的男人女人，也生活着天底下最卑贱的女人、不男不女的人。在这座凉沁沁的宫里，每天不知道要发生多少故事，不知道有多少卑贱者离奇或是无声消失，时间一长，没有任何人记得他们曾经在皇宫中存在过。

东宫里一个普通宫女的死没有引起什么人注意，只是净乐堂的烧场上多了一具尸体，绣衣局里有个丫头幸运地得到了进入东宫服侍皇后娘娘的机会，皇后娘娘依然每天听着洪竹讲笑话，皇太后依然每天吃素，太子依然每天学习治国之道，再去广信宫里向长公主请教，一切如常。

第十四章 大厦将倾

"但凡大族大户，若有人从外面攻来，一时不会覆灭，因为它的底子够厚。然而如果是家族内部出现问题，自己人开始动手，猜疑、倾轧这种现象形成风气，那离死亡也就不远了，千里之堤，就是这么毁的。"在颍州新修成的土石大堤上，范闲看着大江滚滚东去，对脸色黝黑的杨万里说道，"我说的不仅仅是你修的江堤，也不仅仅是指明家，还包括这个天下。"

他掐算着时间，今天那个宫女死了，再过些日子等流言起来，皇帝注意到这件事，以他的猜疑心，一定会察觉到很多问题，然后溃堤。

杨万里认真地说道："老师，江南的事情已定，您不要太操心了。"

这话说得很真诚，此时的杨万里经由大半年河堤上的风吹雨打、河运总督衙门里的扯皮推诿，已渐渐懂得了很多事情，再不是当年那个一拂两袖清风，便敢对着门师大吵大嚷的纯洁青年。每念及此，他对范闲当年在杭州的教诲深以为然。

为官者，若想为百姓做事，替朝廷分忧，就一定要有权有钱，不然什么事情都做不到。杨万里有范闲做靠山，在工部没有哪个上司敢对他指手画脚，河运总督衙门里虽然还是一塌糊涂，可他有权力直接调内库的银子。二人脚下连绵不绝的河岸长堤，便是这一年里他的成就。每每看着那些方石黄土、看着堤下驯服的江水，他的心里便洋溢着充实的感觉与骄傲，身上打着补丁的衣服、黝黑的面庞，都是光荣的印记。

杨万里清楚，自己能够达成人生理想，靠的就是老师，所以对范闲的到来他又是喜悦又是担忧——天下人都知道范闲在回京的时候曾经遇袭受伤。

范闲望着江水说道："你不要将我看得太高，我是个懒人，不会因忙于政务而坏了自己的身体。至于江南的事情，明家的七寸早被捏住了，他们已经没有还手之力。不过想把他们一口吃掉，还是有些困难。"

如今的杨万里已经能听懂这话的意思，吃掉明家不难，关键是明家背后的皇族成员，如果范闲不忌惮宫中，明家早就被他吃掉了。

范闲继续说道："此次回京，颇有收获，陛下整顿吏治的决心已下，朝堂上的换血已经开始……你应该在邸报上看见了成佳林的名字。"

"是啊，佳林兄是我们四人当中第一个回朝任职的。"杨万里高兴地说道。

范闲遇刺的调查徒劳无功，皇帝却趁机让朝堂换了新血，范门四子中最没有名气的成佳林躬逢其盛，越级提拔，如今已经是礼部员外郎。

"你们四人中，佳林最是沉默中庸，反而走得更顺利些……"

范闲想了想说道："我最初本来最看好季常，当然，问题也在我，如果不是我把他喊去胶州，他也不会陷入僵局，希望他不要怪我才是。"

杨万里摇头说道："老师这说的是什么话？胶州的事情，季常也来信与我说过，兹事体大，只有季常才能处置。"

范闲提醒道："你在河工衙门的事情我很清楚，朝廷也清楚，如今拼命万里的称谓也传入了宫中，这对你的将来大有好处……不过你还是要记住当年我说的那句话，修河工这种工程，会的事情就要努力去做，不懂的地方千万不要胡乱指挥。"

杨万里笑着应道："在河堤上待了一年，再不懂的事情，也了解了一些。"

范闲不赞同地看了他一眼："河工乃大事，甚至比边境的战事更要紧，仅是了解一些？这一些怎么足够支撑你说出如此信心十足的话来？"

杨万里听懂了，惭愧受教。

"一年当然不能止住河患。这是十年之工，百年之工，甚至是人们在大江两岸生活多少年，就要修多少年，你要戒骄戒躁，甘心寂寞才是。"

"是，老师。"

"不过也要注意培养一些得力的下属和专才。虽说你年轻，可是长年风吹雨淋，身子骨也受不了，过几年就不要留在河工了，回京认真做事去。"

杨万里一惊，赶紧说道："老师，我可不想回京，那京里比大堤上可麻烦多了……再说我也不怕吃苦，早习惯了。"

"京里当然麻烦，但你要做事，就必须回京！"范闲斩钉截铁地说道，"这和你能不能撑住这份苦无关，我还指望你多活几年……这么大年纪的人了，连媳妇还没娶，传出去像什么话？"

后几日范闲还在颍州停留，大部分时间都在与杨万里说话，也免不了接受宴请。一般的地方官员他不在意，可河工总督亲自宴请，必须给面子。

总督请范闲的理由很简单，河工衙门缺的就是银子。而范闲主持内库有的就是银子。这一年修河顺利，大受圣上嘉奖，就是因为范闲明里暗里对河工衙门投注了十分热情和无数银两。这种情分总督大人当然要好生回报。

杨万里感到奇怪的是，门师为什么一直停留在颍州——行江南路钦差当然可以巡视大堤建设，可是看范闲的模样竟是准备在这里待半个月。

"老师，您难道不去苏州？"有一天他大着胆子问道。

"不着急，再等等。"说着，范闲笑了起来。

京都在北，苏州在东，他稳坐颍州，冷眼旁观两地即将发生的事情，就如同一个挑夫挑了两筐刺果，恰好将扁担挑在肩上承着力，不担心被那些刺果刺痛自己的大腿。颍州是看戏最好的地方，他在天下官员眼中十分"犯嫌"，但在这种敏感的时刻依然需要避嫌。

一年前他就布好了江南的局，半年前开始启动。招商钱庄不停地往明家送银票，又开始劝唆明兰石开拓新的商路，同时还对那位只喜欢摔角的明六爷下了手……那位糊涂的明六爷根本没有想过，自己在明家的股份已经成了招商钱庄里的几张契纸。但招商钱庄就算此时逼债，以明家的雄厚实力依然可以应付，根本不用担心被迫清盘、以商行股份和田产来清偿。

一直以来摆在范闲面前的问题便是如何消耗明家的流水，让明家的周转发生严重问题。按常理来论，就算他再有钱也不可能束缚住明家这个庞然大物，但他拥有内库的全权处置权，掐住货物的供应就等于扼住了明家的咽喉。

最先动手的是苏文茂。

在内库转运副使、那位任少安堂兄弟的全力配合下，在庆余堂掌柜们的巧手安排下，从去年夏末开始，内库三大坊的出产便开始逐步稳定上升，质量也有了极大的提高。出货多，吃的货必然就多，明家也不肯放过这个机会。这段时间监察院对明家的骚扰也放松了不少，所以明家的产业全部活了起来，一时间吞了无数货，向着东夷城和泉州方向运去。这虽然耗去了明家大量银钱，但是明青达并不担心，因为一转手便有回银入账，然而……

内库转运司三大坊忽然间不知道什么原因停工了！

停工的消息传到苏州，明青达大发雷霆，让明兰石赶紧到内库转运司衙门追问究竟发生了什么事。洪常青很无耻地表示三大坊正在进行例常的设备检修，需要等一些时辰。

明家有发怒和咆哮的资格，因为他是皇商，内库招标时出了无数银子，内库收了标银就要保证货物数量，不然他可以去打御前官司。但洪常青也有拖延的借口，因为三大坊在去年一年里的出货已经完成了标书上的份额，就算停个十天半月又如何？明青达无可奈何，只得动用官场中的力量去打探消息。好不容易有了消息回来，说是三大坊里又开始闹工潮，那位监察院的苏大人砍了二十几个人的脑袋才勉强镇压住，但肯定要误很多天的工。

得知是这个原因，明青达才松了一口气，心想只要不是范闲的阴谋就好。之所以明家会如此紧张，全是因为前两个月里一切风调雨顺，明家对内库的出货能力渐渐认可，按照内库平常的出货能力与东夷城及海外签订了大笔合同。

商家需要的是信誉，明家宁肯赔钱，也不愿意没有货卖。

过了数日三大坊终于复工，但生产出来的各式货物数量却少了很多，杯水车薪，不知何时才能恢复去年的光景。明家陷入了小小慌乱，将备用的存货调光了不说，还迫不得已用高价在行北路和行南路的那几家借了些货。

得了账房先生的回报，估了一下如今可用的流水，明青达皱着眉头说道："范闲究竟想做什么？难道收我几天货，就想把我打垮，这也太幼稚了。"

明兰石有些紧张，这些天他暗中向招商钱庄调了一笔银子准备参与私盐生意——他这次的合作对象是江南最大的盐商杨继美，杨继美和总督大人薛清的关系极铁，所以明兰石并不担心什么——只是私盐的回利至少需要三个月，如果父亲知道他把家中流水挪到了别的地方，会不会还像现在这样成竹在胸？

"我们明家别的没有，就是有银子。"明青达冷笑道，"范闲想操控市面上的货价来吃我们家的银子，那就送给他吃，反正他将来还是要吐回来。"

但监察院的行动当然不仅仅是操纵货价这般简单，就在明家高价集货成功后，三大坊的工人们像是吃了麻黄素一般兴奋起来，内库产能忽然爆发，根本看不出前期工潮的影子，在极短的时间内就连创日产量的高峰。几大皇商卖货的价格必然要受上游供货方的控制，内库出产增多，货价自然便宜了下来,生意却好了不少,岭南熊家、孙家,还有夏明记都在这一波行情中挣了不少,主要是从明家那里挣了不少差价……

明家用辛苦集来的高价货完成了大部分的货单,然后就只能眼睁睁看着市面上的货价在降,尤其是从泉州出海的几个洋商更是无耻地跑了路,转向岭南去接便宜货,直接让明家砸了一大堆高价的瓷器、香水在手里。

仅此一役,明家就折损了七十万两的流水。放在以前,七十万两对明家来说算不了什么,但被监察院全力打压一年后,明家的流通渠道早已接近水枯,全靠太平和招商两家钱庄支撑,如今又有七十万两流水像雪花一样消融不见,由不得明青达不警惕。

"这一单一定要送过去,施辟宝虽然是个洋人,但他背后也是大的洋商行,一定不会像那些岛人般无耻,他是讲信誉的。"明青达揉着疲惫的双眼,对下面的儿子盼咐道,"兰石,这次你亲自押货去,一定要小心。"

明兰石应了一声,他也知道这批货很要紧,是父亲大人想尽一切办法,不知动用了多少关系才从内库里抢出来的一批试用货。所谓试用货,指的是内库初次研制成功的货物,如同以前的烈酒、香水一般,定价虽然极高,但世人皆知肯定是极新奇的玩意儿,完全可以当作黄金卖。

这次的试用货是一批镜子——明兰石亲自验过货,这些镜子主料是玻璃,背面不知道是怎么做的竟给镀上了一层银子,照上去纤毫毕现,非常神奇。

按理讲,内库这么重要的试用货怎么也轮不到明家发财,但明家毕竟在江南经营日久,转手通过另一家皇商终于把这批货吃了下来。不过明兰石心中依然有些不祥的感觉,如果能把这批银镜安全送到泉州的施辟宝手上,局面便可以得到很大的缓解,可是会这么顺利吗?

"不要担心什么。"明青达阴沉着脸说道,"我与京中通了消息,这批货你亲自押送,胶州水师那边也交代过,这次我们不自己出海,虽然少挣些,但行走在州郡之间应该安全……"这位已经忍让范闲一整年的明家主人忽然抬起头来，颤声说道，"如果有人真敢杀人抢货……总不能把所有人都杀死吧，逃回来之后，我们上京打御前官司！"

三日后，由苏州往东南方去的一座小山上，洪常青看着山下的车队笑了起来，装银镜的只有两辆马车，明家竟出动了五百私兵护送，果然是十分重视。

下一刻他的笑容便消失了，想到了一年前，胶州水师官兵上岛屠杀的那一日，想到了那些吃腐尸的海鸟、岛上死不瞑目的海盗兄弟们。虽然从一开始他就是监察院的密探，但在岛上和那些海盗待得久了，总有些感情。

是的，总有些感情，所以此时看着山下的明家车队，他的心里生出强烈的痛快感——今天不杀人，但肯定比杀死这些人还让明青达更心痛。

这时候，一队约二百人左右的骑兵护送着几辆马车从官道那头过来了。

明兰石一直小心注意着道路上的情况，看着这群人，马上发觉到一丝诡异的气氛，示意手下的私兵们拔出了武器，准备迎敌。但那两百人的骑兵却没有动作，冷漠地与明家车队擦肩而过，他们浑身上下都透着股寒冷而肃杀的气息，令明家的私兵们不敢妄动。

就在两个车队并成两条线的时候，二百骑兵护送的几辆马车边厢忽然破了，里面的东西全部倾了出去，砸在了明家存放银镜的马车上！

如果是一般的货物，砸一下又怕什么？问题是那些东西……是碌石，极重极沉极有棱角的碌石！无人胆敢以血肉之躯去拦，就算身负严命的明家私兵也是如此，只听得轰的几声闷响之后，传来无数声细细碎碎的破裂声！

明兰石尖叫一声，赶紧下马查看，只见那一百多面银镜绝大部分都被压成了碎碎闪光的镜片，虽然依旧反射着迷人的光芒，可是……

官道顿时大乱，无数人拔出兵器，双方对峙着，大战一触即发。

明兰石眼前一黑，知道完了，狠狠地转头盯着那两百骑兵的首领人物，咬牙说道："果然……堂堂监察院黑骑，什么时候也做起了杀人劫货的事情？"

那个骑兵首领脸上罩着银色的面具，并不意外明家能认出自己一行人，因为他们今天本就没有准备遮掩身份。他望着明兰石冷漠地说道："本将没有杀人，也没有劫货……本将护送内库三大坊所需要石材途经此地，尔等民间商人竟敢阻路，道路窄狭，不幸翻车，双方均有损失，某不要你们赔偿，尔等也休要鼓噪，激怒了爷爷凶性子，仔细你的人头。"

明兰石看了看那些浑身铁血气息，似乎随时准备杀人的黑骑，强行将胸中的愤怒压了下去，只觉咽喉里一片血腥味道，瞪着眼睛问道："翻车？"

这世上有翻车翻得这么准的？双方均有损失？你家的石碡怎么翻也不会少个角，而自家却是银镜啊！他当然知道这是范闲的安排，从一开始就是！但他不明白对方毕竟是朝廷官员，怎么会做出如此无耻的事情来！

"我要去京都打官司！"明兰石大怒着尖声骂道。

"随便，本将不奉陪。"荆戈冷冷抛下这句话便率队走了，还没忘了让下属把那重重的石碡抬回车上，只留下欲哭无泪的明兰石，还有一大片散落地上，晶晶发亮的玻璃碎片。

往年间明家暗中蓄养海盗，与胶州水师勾结在东海上抢船劫货、杀人如麻，不知道祸害了多少条性命，强抢了朝廷多少货物。如今范闲反其道而行之，不在海上下手，却在陆上动刀，既不害你明家人性命，也不夺你货产，只是尽数毁去，让你欲哭无声，天理循环，天公地道，便应是如此。

事情还没有完。穿着一身监察院官服的洪常青咳嗽了两声，从山上走了下来，走到明兰石的身边，微笑着说道："明少爷好。"

"洪大人？"明兰石此时已经麻木了，看见范闲的亲信也不怎么意外，只是不知道对方想和自己说些什么。

"我本名叫青娃，也在那座岛待过。这些不值钱的玻璃片，是本官替猛子哥、兰花姐，还有岛上死去的几百兄弟谢您的。不会忘了兰花姐吧，那可是您最疼的姨太太啊……"此时他胸中充满了报复的快感，大声喊道，"谢您了啊！"

哈哈大笑声中，洪常青潇洒离开，留下明兰石面如土色，一脸震惊。他怔怔地看着自己的双手，不知能否想起这双手曾做过什么事。

消息传回苏州城外的明园，明青达右手一抖，手中捧着的上好官窑瓷碗砰的一声掉在地上碎成无数片。他一点都不觉得心疼。那些银镜摔碎成玻璃片的脆响，已经让他心疼到毫无知觉，只觉得自己的心，也像这地上的瓷碗、那处的银镜一样，碎成了无数片。

"打官司？我不怕。御前官司就更不怕了，他找谁去替他打？"在颍州逍遥了半个月后，范闲等到了王启年，终于坐上马车继续往杭州驶去。

他有些快意地笑了笑，去年在江南总被明青达那个老狐狸拖着，此时京都局势将定，自己将对方玩弄于手掌之中，实在是快活。

他只给了大概的方略，具体执行者是下面的人，他也没有想到，洪常青还记得那个岛上的惨剧，硬是不肯让明家死得痛快些，非要这么慢刀子割肉。

"慢刀子割肉，温水煮青蛙。"范闲对身旁的王启年叹道，"我都替明家感到心疼，传令下去，火候到了，让儿郎们别再贪玩，赶紧收了的好。"

王启年在京中留了近一月，就是为了观察宫里的动静，他说道："现在长公主和太子爷顾不上明家的死活，要在明家反应过来前动手，现在正是时候。"

"明家以为我还会继续陪他慢慢熬下去，我就要打他一个措手不及。"范闲掀开车前的帘布，看着缓慢倒退的江南官道，快活地哼起了小曲。

王启年听着那怪声怪腔的曲子，忍不住笑着问道："大人至于乐成这样？"

范闲大笑道："憋了一年，终于可以放手做事，想不乐也难啊。"

当钦差大人的马车仪仗用最缓慢的速度向杭州进发时，苏州城里的气氛却是紧张至极，江南总督薛清收到了范闲的亲笔书信后，便一直坐在书房里发呆。他身旁的左右二位师爷也知道了书信中的内容，与大人一样都在发呆。

薛清离京早，路上快，二十几天前就到了苏州，对这些日子里明家吃的亏清清楚楚。本以为这只是监察院对明家的再次削弱，没想到范闲在信里说的那般自信，竟像是准备毕其功于一役了。

"范闲他凭什么？这又不是打架……"薛清不知道关于招商钱庄的勾当，苦苦思考着范闲的信心来自何处，为什么要在信里向自己通气，让自己做好准备。

"钦差大人既然这般说，那便是心中有定数。"左师爷皱眉出主意道，"现在的问题是我们该怎么办？"

薛清陷入沉思之中。如果范闲真能把明家吃掉，他深知陛下心意，当然会好生配合。但他对明家身后的势力也颇为忌惮，京都没动静，他可不愿抢先动手。

"要不然咱们就和去年一样，再看看？"右师爷想了半天也没主意。

薛清忽然双眼一眯，两道寒光射了出来："看……当然要继续看下去，但不能光看。范闲只是行江南路钦差，他就算有办法在明面上赶走明青达，暗底下却不方便让监察院出手，调州军看住明园和明家的那一千私兵……如果范闲没办法，咱们就继续看着，如果范闲成功，咱们就得帮他把这些人吃掉。"

右师爷颤着声音说道："大人，调兵杀人……会出大麻烦。"

薛清挥挥范闲寄来的亲笔密信："他敢做就一定对京里的局势有把握，这位年轻的钦差大人可不是一个傻子，写信告诉我，便是要分我功劳。这一年江南路衙门什么都没做，想分这笔功，就一定得出力。"

书房外忽然传来一阵急促的敲门声，薛清皱了皱眉头，师爷上前开门，一位官员惶急走了进来，来不及躬身，喊道："总督大人，明家出事了！"

薛清心中一惊，暗叹范闲动手好快，面色却依然平静，问道："具体讲来。"

那个官员颤声说道："内库转运司上明园收了一批账，名目是银镜。"

薛清知道那批银镜被范闲让人砸碎的内幕，眉头微皱，也有些替明家心疼，问道："那又如何？明家签了协议，这银子自然是要给的。"

这话明显偏着范闲那边，朝廷对付商家总是这样的不讲理。

"关键不是这笔银子。"那个官员看了薛清一眼，小心地说道，"听说明家的周转出了问题，与他家有关联的几家钱庄……现在都去明园里逼债了！"

薛清霍地一下站了起来，一时间心里转过无数个念头：难道范闲整了明家一年，竟把明家逼到了山穷水尽的地步？如果明家真的还不出钱，只能变卖家产，接下来不知要引发多少骚动……可陛下的意思很清楚，明家要归朝廷，可不能出事，明家真的破产，不说那族中的数万百姓，与之息息相关的江南百姓怎么办？

"太平钱庄也去了？"

"没有。"

"派人去明园外盯着。"薛清心下稍安，但面色依旧阴沉，他吩咐道，"告诉那些人，明家与钱庄间的纠纷朝廷不管，但是明家不准倒！"

这世道，欠钱的永远比借钱的有道理、有底气，明青达捧着茶碗缓缓啜着茶水，眼皮子都懒得抬一眼，虽然下方坐着的各家钱庄代表都是他的债主。

那些钱庄的掌柜们也没有身为债主的自觉，小意地坐在椅子上，只敢放上三分之一屁股，脸上满是讨好的神情，哪里像是来讨债的。

掌柜们知道自己都是小蚂蚁，只要明家主人动动手指头，就可以把自己捏死，把自己从江南这块地方上赶出去，但今天他们不得不来。他们代表着资本，不管银子多少，都是资本，资本最心疼自己，最不能忍受的就是损失，尤其是这一个月，所有人都知道，监察院对明家的打击力度又大了起来……最近那批银镜的报废，今天上午内库转运司的逼银，终于压垮了这些钱庄的心理防线。

一位老掌柜苦着脸说道："明老爷，明家执江南商界牛耳已近百年，若说还不出银子……那是谁也不信的，只是最近传言极多，想求老爷子给个准话。"

"准话？"明青达厌恶地皱了眉头，这些蚂蟥一般的无耻东西！往常跪着上门，自己都懒得正眼看一眼，如今居然敢来向自己讨话！

他根本不在乎这些钱庄掌柜，就算现在明家的周转有困难，还掉这些银子还是绰绰有余。此时他眼角余光只是淡淡地看着安静地坐在最后方的那位掌柜。

那位是招商钱庄的大掌柜，身后站着一位面相英俊的年轻人。招商与明家的关系没有太多人知道，招商钱庄在江南的名声也不响，所以坐在了最后面。

明青达警惕的是招商钱庄今天来凑什么热闹？他没有兴趣和这些掌柜再说什么，端起茶碗送客，同时让掌柜去账房里把所有的借贷清掉，拢共十几万两的债务，明家可受不得这种羞辱。

那些钱庄掌柜们大喜之后复又大惊，钱终于拿到手了，虽然损失了些利息，惊的却是，看明家这种豪气难道是自己这些人得到的风声有问题？

掌柜们都退了出去，明青达饶有趣味地看着一直未动的招商钱庄掌柜，问道："我知道，他们都是被你劝着来的，说吧，你想要什么？"

都是在商界浮沉了无数年的老狐狸，这一年与招商钱庄的配合，明青达心知肚明，这位从不出名的钱庄大掌柜当年也一定是位狠角色，说话很是直接。

如果招商钱庄先前也加入逼债清盘的队伍之中，明家只能去卖田卖房，就算支撑下来，家族也会元气大伤。对方既然一直沉默到现在，那肯定也不是来看明家笑话的，必定另有所求。而以招商钱庄手中握着的那些借据，确实已经有资格从明家手上要些什么了。

大掌柜微笑着说道："明老爷子，我家东家想……与您合作。"

明青达的眼睛眯了起来，寒光一现即敛，轻声说道："不行。"

"不行"二字虽轻，却是掷地有声，不容人置疑。大掌柜似乎也没有想到他会直接拒绝，微微一怔后依旧笑了起来："不行……也要行。"

明青达用不屑的目光盯着这位掌柜："你是在威胁我？"

"不敢。"大掌柜温和地说道，"如今的局面明老爷您也清楚，如果我招商钱庄凭条索银，明家周转立刻就断，您拿什么去供内库的后续？小范大人可一直等着这天，如果您拿不出银子，他就要断了您的行东路权，那明家怎么办？"

"调银条契上写得清楚，没到时间，你们一两银子也别想拿回去。"明青达依然没有一丝慌乱，因为他有足够的底气。

不料大掌柜微微一笑道："谁说不能拿回去？条契上写着，若钱庄愿以浅水价出契，您就必须在五日之内还银，这官司……即便是打到京都去也是我赢。"

"浅水价！"明青达霍地一下站了起来，疲惫的面容上露出不可思议的表情，他压低声音阴沉地喝道，"你疯了，你要损失三成！"

大掌柜面色不变："如果真的不能合作，那就损失三成好了。"

明青达冷冷地盯着他，似乎是想判断对方究竟是不是个疯子，他寒声说道："真这样，我明家大不了卖田卖地，可你们钱庄的损失就大了……"

"这正证明了我方的决心和诚意。"大掌柜温和地笑道，"我们东家一直做钱庄生意，但对商贸十分有兴趣，想和您这样的当世豪杰合作，请务必赏面。"

明青达缓缓坐了下来，终于想明白，原来招商钱庄东家早在一年前就想借借贷的关系加入到明家的生意中来,这个局设得也太久了些。

"你们东家是谁?"

"协议达成之日,东家定会亲自上门来拜谢明老爷。"

"可如果我真的不想怎么办?"明青达已经恢复平静,淡淡地说道,"打官司也好,我明家一路奉陪,这些银子总还是可以拖个一年半载的。"

"真的能拖吗?"大掌柜提醒道,"御前官司只是笑话,依庆律《民生疏首》第三条,民间借贷顶多打到江南路衙门,打到薛清大人面前,您确认愿意?"

明青达当然不愿意这样做,朝廷对自家已经虎视眈眈了一整年,碰见这种官司,当然会想方设法地阴死自己。没想到招商钱庄将朝廷与自家间的问题看得如此明白,他有些疲惫地问道:"你们东家想怎么与我合作?"

"债抵银,转股。"大掌柜干净利落地说道。

冬已去,春未至,昨夜一阵寒风掠过,明园墙外那初生的新嫩青丫顿时又被冻死,泛着不吉利的惨白。

明青达微微闭目。他早就猜到了对方的计谋,如果不理被算计的屈辱,招商钱庄东家真的入了明家的股,双方抱成一团,资金会立刻充裕起来,以后的发展更是不可限量,甚至连东夷城和太平钱庄的脸色也不用再看。

"要多少?"

"全部的三成,由官府立契,死契。"

明青达才好了些的心情再次糟糕起来,怒道:"三成?你们东家是不是没有见过世面?区区四百万两银子,就想要我明家的三成?"

"大老爷误会了。"大掌柜说道,"全部的三成是指明家的股子,不包括那些贵人的干股……我们东家可没有这么大的胃口和胆量。"

明青达冷笑一声,长公主与秦家的干股数量极大,如果对方说的三成包括干股的数量,那真是找死,而对方要其余的三成,这个数量也极为过分。

"不值这么多。"他冷漠地说道。

大掌柜说道:"明家富甲天下,手握江南不尽民生,良田万顷,房产无数,这区区四百万两银子当然不值这个数目……但此一时,彼一时,现银这种东西和资产不同,同样是一两银子,在不同的时刻也有不同的价值。这四百万两银子放在以往,不过是明家一年的现银收入,当然抵不上三成的股子。但现如今明家正缺流水,需要现银救急,我们东家入股之后自然会大力提供银钱支持,这四百万两就代表了更重要的价值,换明家三成股份并不贪心。老爷子也是明白人,当然知道我们东家喊的这个价,已经算是相当公允了。"

明青达知道对方说的是实在话,沉默了很长时间,端起茶杯说道:"兹事体大,我虽是族长也不能独断,我要再想想,然后与族人商议一番。"

招商钱庄大掌柜与他身后的年轻人告辞出去。

明兰石从室后走了进来,愤愤不平地说道:"父亲,不能给他们!现在才知道,这家招商钱庄真他妈的黑!居然从一年前就开始谋划咱家的产业了。"

明青达不赞同他的看法,摇头道:"在商言商,这一年如果不是有招商钱庄支持,咱家的日子还要惨些。四百万两银子的借据,加上后续的流水支持,换取三成股子,确实如他们所言,是很公允的价格。"

"可是……"明兰石欲言又止。

明青达有些疲惫地挥挥手,今天与招商钱庄的谈判中,他看似自信却在步步后退,以至于内心深处对自己都产生了某种怀疑——是不是这一年被监察院连番打击,自己的信心已经不足了?是不是在范闲面前跪了一次,做了无数次的隐忍退让后,自己已经缺乏了某种魄力,习惯了被人牵着鼻子走?

不,他不能允许自己变成那样的人,瞬间眼神微冷地说道:"虽说在商言商,但招商钱庄既然用阴的,我们又何必还装成自己的双手一直干净？"

明兰石一阵冷汗涌出，颤声道："父亲，一旦事败可是抄家灭族的死罪。"

"有长公主护着，范闲也不敢乱来……区区一个招商钱庄算得了什么？"

"可招商钱庄在东夷的总行肯定有账目！"明兰石忽然觉得往常显得睿智无比的父亲大人，今天忽然因为愤怒而变得愚蠢起来。

明青达面无表情地说道："东夷城的人找咱大庆要钱？"

"要不然……咱们卖些山地吧？这笔银子虽然多，但不是还不起。"

"你能想到的他们想不到？朝廷严禁田地私下买卖，小宗的还好，可这么多田要卖出去怎么能不惊动官府？一应手续办下来，至少要一年以后……招商钱庄宁肯损失三成，也要提前还债，为的是什么？不就是知道我们来不及！"老爷子忽然心头一沉，想到朝廷严控土地买卖的律条，正是当年叶家女主人在世的时候强力推行的新政之一。

明兰石面如土色地离开，他猜到父亲想做什么，但不知道父亲会怎样做，只知道父亲在明家面临暴风雨的情况下，在这一年的压力下，终于失去了理智……而他虽然艰难地保持着冷静，认为与招商钱庄合作更好，可因为自己那件一直隐而未报的事情，也不敢开口劝说什么。

当天夜里，苏州城那条青石砌成的街道上忽然多了一些窸窸窣窣的声音，就像是冬天被困在洞里许久的老鼠，忽然间嗅到了香美糕点的味道，借着夜色的掩护倾巢而出。

老鼠只有三只。

三个穿着黑色夜行衣的高手，轻而易举地突破了招商钱庄的防卫，直接杀进了后堂。钱庄的保卫力量一向森严，招商钱庄更是暗地里请了不少江湖好手，然而却阻不住三个夜行人的雷霆一击，由此可见这三个夜行人的超强实力。

夜行人手中的长剑上仿佛烙印着某种魔力，破空无声，剑出不回，直刺有如九天降怒，气势一往无前从不回顾，片刻间留下了十几具尸首与满地的鲜血，没有一个人来得及发出惨叫与呼救之声。

但这三个极高明的剑客，却在钱庄后园里遇到了极大的阻碍。他们明明看见了招商钱庄大掌柜抱在怀里的那一盒借据契书，却无法把剑尖刺入对方的咽喉。就连三人中领头的那个绝顶高手也做不到，因为他手中那柄开山破河的青剑，此时被一张看似柔弱，实则却内蕴无穷绵力的青色幡布裹住了。

嘶啦啦三声响，剑客收剑而回，双手一握，对着手持青幡的年轻人行了一礼。暗杀到了此刻，便成为武道上的较量。

青幡已经被剑意绞成了无数碎片，上面的"铁相"二字也变成了碎布片上的小黑点。曾经化名铁相、如今化名王十三郎的年轻人，手里拿着那根光秃秃的幡棍，对着手持青剑、一副大师风范的黑衣人认真回了一礼。

"请。"黑衣人取下蒙面的布巾，一脸肃容，三绺轻须微微飘荡，谨诚持剑，将全身的精气神尽数贯入这柄剑中。

以王十三郎天不怕地不怕，浑然洒脱的心性，也不禁动容！

如果是范闲在此地，看清黑衣人的面容，肯定也会转身就走，一刻不留。

东夷城四顾剑首徒，一代九品上剑术大家云之澜！

那两个夜行人看见云之澜持剑正面对敌，便退到了一旁。在他们看来，那个持幡的年轻人虽然高深莫测，但只要不是范闲这种超常人物，就一定会败。

王十三郎忽然问道："您的伤好了吗？"

云之澜微微皱眉，缓声说道："阁下认识我？"

去年春天云之澜单身赴江南，一方面是观察徒弟们修炼，最重要的目标却是想觑机刺杀江南路钦差范闲。不过事情的发展完全出乎了他的意料，一代剑法大家，只是在渔船上远远看了楼上范闲一眼，便中了监察院的埋伏。时至今日，他对从湖水中如鬼魅般出现的那道剑芒依然念念不忘，因为那道神出鬼没的剑芒，他受了出道以来最重的伤。

他受伤的消息一直严格控制着，南庆朝廷也不愿意闹出外交风波，也没有对外宣扬，所以听着王十三郎的这句问候，云之澜有些惊讶。

王十三郎有些难过地说道："君乃一代剑客，奈何为人做贼。"

云之澜笑道："阁下何尝不一样？"

"就算你把招商钱庄的人都杀了，把这些契书烧了也不能帮到明家。"王十三郎认真地说道，"这里留的只是抄件，原件自然不在苏州。"

"原件若在东夷城的话，明天应该就没有了。"云之澜平静地说道，"我不知阁下何方门下，但是明家对我东夷城太过紧要，还请阁下不要阻拦。"

王十三郎道："明青达已经完了。"

这时一个黑衣人忽然开口道："师父，这人是在拖时间。"

她的声音极清脆，竟是位女子，王十三郎有些意外地叫道："思思？"

黑衣人身子一震，云之澜也好奇地看着王十三郎说道："没想到你居然对我师门如此了解，真是有些好奇，只可惜时间不多，我只能杀了你。"

他举起手中的剑，剑尖微微颤抖，遥指王十三郎的咽喉。

"你不会杀我。"刚说完这句，王十三郎面色忽然一肃，左腿退了半步，青幡孤棍忽地一下劈了下来，左手反自背后握住棍尾，右手一压，棍尖挟着股劲意压了下来！

破风之声忽作，忽息，只在空气里斩出一条线来！

好强大的剑意！

云之澜瞳孔微缩，问道："招商钱庄的东家究竟是谁？"

王十三郎犹豫了片刻，无声地比了个口型。云之澜震惊异常，沉默良久后缓声说道："师弟，保重，范闲比你想象的还要阴险。"

王十三郎苦笑道："大师兄，如果你告诉了明青达，相信我一定有机会看着范闲是怎么把我慢慢地阴死。"

云之澜沉默片刻后说道："他用这么大的利益为赌注，来试探你对他有几分忠诚……我不理解。"

"我也不理解。"王十三郎苦恼地回道,"可能他很有自信,就算我背叛了他,他也有办法把明家搞死。他只是让我主持此事,顺便看一下我的态度。"

云之澜问道:"师尊的意思究竟如何?明家重要还是范闲对你的信任重要?"

王十三郎诚恳地对他说道:"就算我与您联手,告诉明青达事情的真相,帮助明家渡过这次劫难,可下次呢?内库终究是小范大人的。"

"那你刚才就不应该告诉我。"云之澜说道。

王十三郎看了一眼身后抱着文书的招商钱庄大掌柜,无奈地说道:"就算我没告诉你,但谁也不知道我会不会暗中通知你,所以不如当面说开。"

"看来东夷城里也不会动手了。"云之澜叹道。他也是直到今天才知道,那位最神秘的小师弟原来出庐后一直跟着范闲在做事。

王十三郎劝道:"是的,所以请大师兄暂退,还请保持沉默。"

"我可以退,但我为什么要沉默?"云之澜认真地问道。

王十三郎从怀中取出一块玉牌,给他看了一眼。云之澜神情微异道:"门中一直都知道你没有剑牌,原来师尊给了你这一块。"

这个世界上的所有人、所有势力都在做骑墙草,但东夷城是一棵参天大树,他如果往任何一方倒下去,都有可能产生某种意料不到的结局,再也无法飘回来。

所以四顾剑不能倒,他的剑要守护着东夷城。他必须对庆国的局势完全判断清楚才会做决定,或者说,有足够强大的致命诱惑,他才会出手。

因为范闲的突然崛起,他必须在范闲这边投以足够的诚意,表明自己态度——那就是王十三郎。而他在长公主这边也保留了一部分态度,比如云之澜。只有这样,日后庆国内部不论是哪方获胜,他都可以获得相应的利益。

这就是两手抓，两手都要硬。今天夜里明家对招商钱庄的突袭，却让这两只手握在一起开始较力，只怕这个情况连四顾剑也没有想到。

招商钱庄里一片安静，隐隐传来前院的血腥味道。一直沉默的钱庄大掌柜，对着王十三郎行了一礼，恭敬地说道："恭喜十三大人过关。"

王十三郎握着幡棍，在夜风里沉默不语。

第十五章　明园里的笑声

明青达又一次习惯性地把目光投向明园高墙外的树上，心想明明冬天已经结束，春风已然拂面，前些日子生出的青嫩枝丫怎么偏偏又被冻死了呢？

现在他面临的局面，也有如严酷的冬天。明家百年根基，哪会这么容易被人玩死。但自从成为内库皇商后，明家赚得太多也陷得太深，渐渐成为朝廷各大势力角力的战场，根本无法脱身而出，只能越陷越深。

商人再强，又怎能对抗朝廷？不论是这一年的打压，还是那次恶毒到甚至有些无赖的石砸银镜，明家付出了太多血汗，损失了太多实力。现在最急迫的是流水严重不足。太平钱庄毕竟不是无底洞，不可能永远向明家输血，东夷城方面据说已经有人开始提出异议，而那该死的招商钱庄……

他忽然咳了起来，咳得胸间一阵撕裂般痛楚。如果招商钱庄要的不是三成，他也不会做出如此丧失理智的反应——他其实很愿意和招商钱庄进行更深层次的合作，渡过这次的风波之后，双手携手赚尽天下的银子。可是……想要自己的家产？这是他弑母下跪忍辱求荣才谋得的家产，怎么可能为了四百万两银子给人？

可是现在的明家确实抽不出这么多现银，就算招商钱庄用浅水价应契，接近三百万两的银子他也拿不出来。想到这里，他咳得更加厉害了。

云之澜带着他的人再次离开了江南，上次他是伤在监察院手下，这一次却是潇洒离开，两种分别让明青达嗅到了极其危险的味道。

前天夜里招商钱庄死了不少人，但账册与借据没有抢过来，东夷城的行动也没有动静。相反，江南路衙门抢先接手了招商钱庄血案，派驻了重兵把守，明家的私兵也全部被江南路总督薛清的州军们紧紧盯着。被朝廷盯着，那些手段无法再用，他要解决目前的危机，只有选择低头。他有些疲惫地对身旁的姨太太说道：「去请招商钱庄的人过来……你亲自去，态度要好一些。」

这位姨太太曾经是老太君的贴身大丫鬟，听着他的话赶紧应下，犹豫片刻之后忍不住提醒道：「赶紧向京里求援吧。」

明青达看了她一眼，漠然道：「母亲不知道你是长公主的宫女，但我知道……所以不用刻意提醒我。我和殿下是一条船上的人，我也不准备下船。」他忽然觉得在女子身上撒气没有意思，摆了摆手又说道，「信早就发给宫里了。」

如果长公主殿下有空闲的时间，当然能生出足够多的阴谋诡计、朝争堂辩来拖延监察院对明家的进逼，问题在于大家现在都很忙。

招商钱庄的大掌柜面无表情地坐在明园的花厅里，手边的茶水一口未动，他的右手系着绷带，不知道是不是在前天夜里的厮杀中受了伤。

此一时，彼一时，前天是招商钱庄主动找明家谈生意，今天却是明家行凶无效后，无奈主动请求，大掌柜的态度自然不一样。

明青达在后方偷偷看着对方的脸色，心想这位大掌柜虽然愤怒，却依然来了，想必是招商钱庄的东家不愿意因为前天那件事情影响双方之间的大买卖。他正准备掀帘出去，却发现袖子被人拉住了，愕然回首一看，发现明兰石脸色惨白，欲言又止。明青达低声道：「现在什么时节了，有话就说。」

明兰石往厅里瞄了一眼，脸色更加难看，他扯着父亲的衣袖进了后厅，二话不说，扑通一声跪在了他的面前。

"孩儿不孝，请父亲杀了孩儿……"明兰石颤声说道，"但一定不能让招商钱庄用那些调银换股子！"

明青达沉默了片刻，缓缓问道："究竟发生了什么事？"

"孩儿私下向招商钱庄调了一批银子，是用手中半成干股做的押。"

明兰石羞愧地低下头去。

明青达倒吸一口冷气，面色变得极其难看，他急促地问道："什么时候能回银？订的什么契？能不能找太平转契？"

事涉明家归属的大事，明青达根本来不及痛骂自己的儿子，抢先问出了几个关键问题，希望不要让招商钱庄又多了这半成。

"死契……"明兰石哭丧着脸说道，"回银原初以为是三个月，现在看应该是一分本钱都回不来了。太平应该也知道这件事情，不会受转的。"

他那日对父亲说过，应该把明家的经营业务大方向进行调整，只有这样才不会永远被范闲玩弄于股掌之间。明青达坚持不允，他只好自己暗中尝试。去年底用自己的半成股子换了招商钱庄一大笔现银，本以为这次尝试会在短时间内获得极大收益，说服父亲，但没有想到……

明青达脑中嗡的一声，险些昏了过去，半晌后才喘息着问道："究竟是什么生意？又怎么会一点儿本钱都回不来？"

明兰石颤抖着回道："是……私盐生意。"

庆国最赚钱的生意永远只有三门，一门是青楼生意，一门是内库的皇商，一门就是贩卖私盐的大户。而这三样当中贩卖私盐回本最快，利润也是最高。

"为什么回不了本？"明青达盯着儿子的双眸急切地问道，"我知道你是一个沉稳的人，你一定有办法保住本钱……告诉我，为什么回不了本？"

"前些天盐茶衙门忽然查缉，也不知道他们是怎么知道的消息，把十二船私盐全扣了下来……我找过人，可是根本没有办法。"明兰石没有注意到父亲愈来愈铁青的脸色，一个劲儿地解释道，"那些关卡衙门一向被家里养得挺好，根本没有想到他们会反水。而且杨继美一向走的那条线，他向孩儿保证……"

一声脆响，明青达猛地一记耳光生生地把明兰石扇到了地上！明兰石捂着发麻的脸，半躺在地上，看着如病狮样暴怒的父亲，根本说不出话来。

"衙门？衙门！你也知道那是衙门！盐茶衙门不敢查明家……可监察院难道不会逼着他们来查！"明青达压低声音咆哮着，眼中充满了不敢置信的颓丧与暴怒，"还有杨继美！你脑子里是不是进了水？那个卖盐的苦力就是薛清的一条狗，更别说范闲在苏州住的就是他的园子！"

明青达胸中一阵寒冷，一脚踹到儿子的身上，咬着牙骂道："我怎么养出了一个你这么蠢的败家子！"他好不容易才平复下心情，无力地说道，"盐生意可留下了把柄？仔细监察院用这个罪名斩了你。"

"请父亲放心。"明兰石挣扎着跪在他的面前，"那批银子直接从招商钱庄出的，杨继美那狗贼虽然知道是我，但官府找不到什么证据。"

"如果招商钱庄把你与他们的契结书拿到堂上，官府就有证据了。"明青达无奈地叹息道。

明兰石忽然想到这种可能，心头一寒，脱口而出："这个钱庄……不会是范闲的吧？"

明青达身子一颤，片刻后摇摇头："不可能，长公主在京里查过户部，我们对范闲也盯得紧，他没有这么多的银子来做这个局。"

明家要和招商钱庄做生意，当然把招商钱庄的底子调查得清清楚楚，确认了范闲与招商钱庄没有什么关系。但明青达没有想到，调查出来的结果没错，招商钱庄的东家确实不是范闲，而是北齐的小皇帝！

明青达仰着头，勉强控制住情绪，喃喃道："让出三成……对不起列祖列宗，但可以让咱们再拖一段时间，等着京中的后手。"

当招商钱庄大掌柜打第二十个呵欠时，明青达终于沉着脸走了出来。

大掌柜微微一笑道："明老爷子让人好等。"

明青达没有拱手行礼，也没有说其他的话，冷漠地说道："把兰石那半成股子的契结书拿来，销去一应书册，我便应了你们东家的要求。"

"是，明老爷。"大掌柜依旧面色不变，从怀中取出一份文书送到明青达的面前，这正是明兰石筹措贩盐银两所留下来的契结书，看来他早有准备。

不等明青达开口，大掌柜轻声说道："那一份回去后就销去。"

明青达有些疲惫地点了点头。

下午时分，明家与招商钱庄的各大账房先生鱼贯而入，大掌柜强行要求请来的观礼富商们也坐到一旁，苏州府派来的官府公证也做好了准备。

三张白纸铺在案上，一支墨笔龙飞凤舞，没用多长时间，三份债务转股子的文书便写成了。观礼的孙、熊诸氏富商与苏州城里的年高老者看了半晌，才看明白上面写的是什么，不由连连直吸冷气，有说不出的震惊！

招商钱庄入股明家，占股三成！

虽然很多人早都看出了明家的窘状，但谁也没有料到，富可敌国的明家竟然会难过到了山穷水尽的地步，四百万两的借银换取明家三成的股子……众人又琢磨了一下，想到明家现在的困境主要集中于周转流水上，便马上看明白了这一点，反而觉得招商钱庄这个要价十分公道。

明青达提起毛笔沉吟片刻，毫不作态，平静地签下自己的大名，摁上了指印。

众人沉默地看着这一幕，不论与明家是敌是友，对他的城府与魄力都感到无比钦佩。百年大族的基业，如今分出三成与外人，谁能做此决断？

代表招商钱庄签字摁指印的是一位年轻人。这位年轻人面相秀美，始终站在钱庄大掌柜的身后，显得颇为低调。众人本没有注意到他的存在，此时才纷纷醒过神来，投以诧异的目光，心想神秘的招商钱庄大东

285

家难道就是他？

明青达神情微异地说道："原来您便是钱庄的大东家，前日失礼，莫怪。"

不怪他看不出来，因为王十三郎一身潇洒气息，委实不像是一位商界的枭雄人物，连一点居上位者的感觉都没有。

此时，明园门口一阵喧哗，紧接着便是中门大开的声音，紧接着二门再开，三门亦开，喧哗声直接传到了签字的大厅之中。那些急促的脚步声来得极快，比唱礼的声音还要快些，透着一丝霸气与嚣张。

明青达皱紧眉头往厅外望去，不知道来的是什么人。

脚步声极其轻快，因为脚步的主人心情异常轻快。

一身黑色监察院官服的范闲跨过门槛，走了进来，脸上带着快意的笑容。在他身后跟着洪常青一应监察院官员，以及夏栖飞这位明家七少爷。他没有与那些官员商人们打招呼，直接走到了明青达的面前，用一种耐人寻味的目光看着这位老爷子。明青达微微皱眉，看着这位据传还在沙州一带的钦差大人，说道："钦差大人大驾光临，有失远迎。"

范闲回道："如此盛事，岂能不来，本官总要对明老爷子说声谢谢。"

"谢谢？"明青达心头一颤。

"谢谢你的三成股子。"他附到明青达的耳边，用只有对方才能听到的声音，轻声说道，"招商钱庄……是我的。"

明青达心想自己是不是听错了什么？

范闲看着案上墨迹未干的文书，唇角绽放出开心的笑容，辛苦筹划一年，隐忍一年，终于在今天收到了成果，叫他如何不开心？他知道自己露面会让招商钱庄再也无法避开朝廷的目光，但这是迟早的事。他也得让北齐小皇帝赚饱之后收手了，这是最好的离场时机。

以后在皇帝的注视下，他可能要承受一百多万两白银的损失，可他并不在意，暗控江南百年，纵横庙堂江湖、手控无数百姓生死的明家……今日易主！如此一场盛大好戏，他怎能错过？花一百万两白银买张戏票，值得！

明青达看着招商钱庄大掌柜旁的那个年轻人将契结书递到了范闲手里，终于想明白了其中原委，只是他依然想不通，户部不可能把国库搬光，范闲从哪里捞了这么多银子搞了个钱庄？他浑身战抖，脸色苍白，想要说些什么却说不出来，气血攻心，身子一挺便晕了过去。

一片嘈杂惊呼声里，范闲忽然笑了起来。所有的惊呼声顿时消失，安静的厅里只能听到他的笑声，整个明园也是如此。

不知道过了多长时间，他的笑声停了，明青达也醒了。老爷子浑身微颤，双拳紧握，脸色苍白地盯着范闲。所有人都清楚，明家的三成股子已经落到了范闲的手上。

当然，如果只有三成，还远远不够。

明青达看着站在范闲身后的夏栖飞，想到此人手中的一成股子，再想到与家族已经离心的老四，心里越来越寒冷，只存着一份侥幸的希望。

"送客。"明青达最后看了一眼范闲手中的文书，疲惫无力地说道。

范闲没有动，看着明园里华美的建筑，满是欣赏之意，就像这园子已经变成了他的。

明青达面色再变。

夏栖飞从范闲的身后闪了出来，轻声说道："送客。"

他正式站了出来，开始挑战明家主人的身份。

诸位观礼宾客知道今天这事大了，不知道明家老爷子震怒之下会做出怎样的事情，为求明哲保身，赶紧向范闲行礼逃出了园子。

留下的人包括范闲一方，还有明家的族中男丁，人不少，但无人敢说话。明青达看了一眼范闲，从怀中掏出契结书撕掉："你为什么不使无赖，把兰石的这半成股子也吞了？"

范闲笑道："我是朝廷命官，又不经商，要你儿子的股子做甚？"

然后他走到自己一行人的后方，坐到椅子上不再多话，只是静静地欣赏着这一幕。他今日赶至苏州，一方面是要看这场大戏，一方面也是

287

要给夏栖飞撑腰，明家在江南经营多年，暗拥上千私兵，真要搞出大事来，江南水寨并不见得能挡住。

"招商钱庄的东家提前写过备书，他的三成股子由我说话。"夏栖飞走到明青达身前，看着他平静地说道，"年前苏州府判大哥酌情补偿小七，大哥慷慨，赠予一成股子，小七感激不尽。日后大哥终老明园，小七定会用心服侍。"

明青达看了看明家男丁，惨笑道："看来暗中有不少人投到你身边去了，不然你说话不会这般有底气……说来也是，这一年我的精力都用在应付小范大人身上，却是忽视了你。"

此言一出，明家男丁们表情复杂，已经暗中投向夏栖飞的人面露愧色，那些并不知道内情的人一脸震惊，只有明四爷两眼看天，说不出的淡漠。

明青达深吸一口气，显得无比苍老，他知道对方既然敢来抢明家主人的位置，那一定有了完全的把握，可是他依然存着最后挣扎的念头，盯着明四爷问道："你把股子也给了他？"

"识时务者为俊杰。"明四爷面无表情地回道。

明青达惨笑三声，指着他的鼻子骂道："蠢货！明家由此而亡，全都因为你！我看你死后如何去见明家的列祖列宗，待会儿怎么面对你的母亲！"

明四爷微微一颤，旋即冷笑了起来，笑容里显得十分狠毒："大哥，去年我被逮进了苏州府大牢，你不让人来捞我也罢了，居然派人来暗杀我……难道你有脸去见列祖列宗？"

明青达颤声说道："当时的情况不得不如此……"

"我明白。"明四爷神经质一般笑道，"你想让江南士绅同情咱明家，所以要我死在牢里……可你想过没有，我也是明家的儿子，凭什么要我死！你怎么不去死？"

你怎么不去死？明青达浑身发抖，回头对夏栖飞尖声叫道："把你的底牌都亮出来！就算老三老四这两个姨娘养的投了你，可你依然不够！"

夏栖飞平静地接道："招商钱庄手上不止三成。明老六是老太君最疼的幼子，你对他向来忌惮，所以严禁他插手族产。可他贪玩，是个喜欢用银子的人……那便只好伸手向外面借咯。他又没有产业，当然只有用老太君当年留给他的股子做抵押。"

"老六？"明青达瞪大了双眼，他怎么也想不到最关键的打击竟是自己的亲弟弟，他愕然回首，看着人群中害怕不已、一直往后退去的明六爷，惘然喊道："老六……你疯了？"

明六爷一脸死丧，半佝着身子躲在人群后面，躲避着大哥噬人的目光。

"不是他疯了，是明家所有人都疯了。"夏栖飞冷漠地说道，"看看这园子吧，里面的人都各有心思，一肚子的坏水。包括我与你在内，所有人都天生自私，性情凉薄。说来说去，明家的败因依然是你，你防着族中的所有人，却对外面的压力一味退让，如此行事，怎能不败？"

厅内死一般的沉默，明青达忽然大笑起来，说不出的愤怒："你以为拿了过五成的股子，就可以在明家话事？不要忘了，明家还有宫中、军中的份额，你能控制的依然不足数！"

已经沉默了许久的范闲终于开口，轻声说道："那是干股。"他看着已经快要陷入疯癫状态的明青达，又说道，"不上账册的股子，你想光明正大地拿出来打官司？"

明青达颤声问道："小范大人，难道你……真的敢把长公主与秦老爷子的股子吃掉？"

范闲笑了笑，回道："如果不敢吃，我今天来做什么？"

明园一座冷清的小院内，明青达坐在书桌前，面容没有什么光泽，就像是熬干了油脂的铜灯，说不出的憔悴。今日下午，夏栖飞把他从明家主人的位置上赶了下来，同时在江南路与监察院的双重公证或者说是监视下，所有账册已经封存，园内的人手被统统换了一遍。

这位明家前代主人此时已无法将自己的命令传出去。虽然只有半天时间，他知道一旦陷入这种状况，自己被明家的人、江南的人遗忘只是时间上的问题。

"为什么……范闲敢这样做？"老爷子百思不得其解，额头上深深的皱纹里夹着死灰一般的颜色，他自言自语道，"长公主会帮我的……你说是不是？"他抬起头来有些茫然地问道。

姨太太的脸上也流露出了恐惧的神情，她当初是长公主的贴身宫女，被派到了江南明家，一是监视，二是负责联系，去年明青达缢死自己的亲生母亲，便是通过这位明老太君的大丫鬟获得了宫中的同意。

"不知道……宫里一直没有回音，不会是出事了吧？"她颤着声音回道。

明青达惨笑道："难怪范闲这般自信……如果长公主都出了问题，我只是他嘴里的一块肥肉，随便什么时候吃都可以，他还弄出了这么多手段，也算是瞧得起我。"

"不是瞧得起你。"范闲领着夏栖飞推门而入，搓着有些发凉的手坐了下来，"从开始你我都心知肚明，朝廷要毁掉明家是很轻松的一件事情……问题在于朝廷并不想毁了明家。"

明青达看了他一眼。

"陛下要的是一整个完好的明家，不是一个濒临破产、奄奄一息、家破人亡的明家，所以要吃掉你，难度确实不小。而且这件事情最好能和平解决，不用闹出太多人命，乱了江南。"范闲继续说道，"本官给过你机会，可你没有抓住。"

明青达粗重地喘了两口气，说道："接下来你会怎么做？我这边还有接近一半的股子。"

范闲微笑着说道："明家今日起由夏栖飞话事，你就不用操心了。"

夏栖飞像是在对明青达进行解释，又像是对他进行痛至灵魂深处的最后一击："我已下令，明园所有账册送至江南路总督府，全力配合朝廷审查往年内库船只屡被海匪劫掠一事。本人忝为明家家主，自然要配合朝廷办案，族内有何子弟枉行不法事，通通要交出去。"

"兰石！"明青达惊怒起身。

"不错，明兰石已经被传至苏州府衙门交代私盐之事。"夏栖飞盯着明青达的眼睛继续说道，"至于有人冒充海匪一事，相信要不了多久也会查明白。"

明青达喘了几口气，说道："你知不知道，这样下去明家就真的完了！就算我与母亲曾经亏待你，但你……毕竟是父亲的小儿子，你姓明！难道你就眼睁睁看着明家毁在你的手上！"

"放心吧。"范闲微抬眼帘说道，"朝廷对经商没有兴趣，年前本官便已经进谏陛下，朝廷不会直接插手明园，明园还是明家的明园，只不过这个明园会听话许多。本官会让内库转运司全力配合明家，不出一年，您一定可以看到一个重新兴旺发达，不，是更加发达的明家。"

明青达身体一震，无力地坐了下来。

通过整整一年的努力，庆国官方，准确地说是范闲成功地获得了明家的控制权。尤为关键的是，此次明园易主没有太多官府的身影出现，夏栖飞本来就是明家七子，入主明园名正言顺，而且一应手段用的都是商场手段，江南人接受起来会容易许多。至少不会再有许多学子士绅在苏州城游行说监察院强夺民产，只不过这个民产的主人变成了夏栖飞这位监察院官员。

范闲有些感慨地说道："这一年你我都过得并不舒服，如今有个结局，你我也算解脱。"

"大人喜欢羞辱人，但此时前来想必不是宣耀功绩这般简单。"明青达打断了他的话，盯着他说道，"我不知道你想做什么，可你没办法把我困在这个园子里，我会出去的。"

"我要来说的就是这件事情。"范闲一字一句地说道，"你，不能出园。本官奉旨查缉胶州水师谋逆一案，明老爷子是涉案证人，如果您不想落个畏罪潜逃的罪名，尽可以出园。"

胶州水师的案子早就查完了，明青达冷笑道："这话能骗谁？"

"还有招商钱庄遇袭的案子、夏栖飞遇刺一案。"范闲缓缓说道，"慢慢查吧。"

明青达怒极反而冷笑道："真想查这些案子以前就可以查，为什么要放到现在？"

"因为以前你是明家主人，我查你，会让朝野上下认为监察院在迫害商人，谋夺财富。"范闲微笑着又补充道，"如今你没有这个身份，就好办多了。"

明青达沉默了一会儿，说道："大人似乎少说了一个原因。"

"是啊。"范闲叹道，"长公主现在帮不了你，我做起事来真是百无禁忌，快活得很。"说着，他看了眼明青达身后的女子。

明青达问道："这也正是我不明白的地方，如果大人确定京都帮不了我，直接用这种手段就可以整死明家……何必还要转这么多个圈子？"

"我说过，我要一个完整的明家。从前我如果用这些雷霆手段，你以明家主人的身份，可以使动整个明家与朝廷对抗，甚至可以让江南动乱起来……而如今你没有这个身份，你说的话也就没有这种力量。身份，看似并不重要，其实是很重要的。"接着范闲又认真地说道，"你只是一个商人，身份远不及我，无论如何也不能抵抗朝廷之怒，然而阁下用尽手段，隐忍委屈，硬生生拖了我一年……实在是令人佩服。"

明青达沉默了一会儿，问道："您不让我出园，想必也不放心我就这么待在园子里，您准备怎么处置我？想必以您的手段，不至于在这风口浪尖上杀死我，落人话柄。"

"你又错了，你就算现在死了，也掀不起多大的风浪来。"范闲拍了拍他的肩，"当然，好死不如赖活着，我劝您最好还是在明园里多养几天老。"

夏栖飞脸上带着一抹复杂的神情，从怀中掏出一块白色的布绫，放在了书桌上。

明青达面色不变，身后那位姨太太却是吓得牙齿格格作响。

"白绫放在这儿，您哪天真有勇气以死亡来对抗我，就请自取去用。"范闲对明青达说道，"但我知道一个缢死了自己亲生母亲的人，一定非常害怕死后去黄泉之下看到那个老太太，所以你没有勇气自杀，你会按照我的想法继续活下去，直到我不需要你活下去……"

"你最好不要死，因为明兰石很难再从牢里出来，如果你死了，你手头的股子就会转给那个不足两岁的婴儿。你知道，一个小孩子手中有这么多钱不是什么好事情。"

说完这句话，范闲转身离开书房，夏栖飞随他出门，然后细心地将书房的门关好，没有留下一道缝隙，书房里重新陷入一片昏暗。

明青达盯着书桌上的白绫，沉默许久后缓缓道："好一个狠毒的狼崽子……"

明园里的防卫力量已经被监察院清空换血，四处可以看见陌生的人，这座美丽的园子陷在一种安静而不安的气氛中，明家的人都躲在自己的屋子里，根本不敢出门。

"明家私兵已经被薛清大人派去的州军缴了械。明青达手头的力量已经被清空了。"

"有没有出什么问题？"

"死了四十几个人。"

"记下薛大人的情分。"范闲低头沉默了一会儿，旋即抬脸笑道，"明家现在终于是你的了，复仇的感觉怎么样？"

夏栖飞恭敬地说道："明家是大人的。"

范闲不赞同地摇摇头。夏栖飞赶紧解释道："属下的意思是说，明家是朝廷的。"

范闲瞪了他一眼，说道："明家是你的，就是你的，什么时候又成了朝廷或者我的？你以为在书房里我和明青达说的都是假话？把心放下吧……朝廷对明家没有兴趣，要的只是明家听话。"

夏栖飞不知如何言语，朝廷花了这么大的本钱才把明家归入了完全控制之中，难道就这么轻轻松松交给自己打理？

范闲解释道："站的位置不一样，想的事情也不一样。陛下是谁？陛下是天下共主，庆国的子民都是他的子民。既然如此，他的子民拥有什么也等若是他拥有什么，只要这位子民把手里的东西管好，能给百姓朝廷益处就好。朝廷如果真把明家收进手中，岭南泉州那些商人怎么想？而且朝廷官员那些无能之辈，谁有办法把这么大个家业管理好？"

夏栖飞心想陛下是天下的主人，所以不在意子民的产业，可小范大人你为什么也甘心不从明家吃好处？范闲的话打断他的思绪："先前问你，复仇的感觉怎么样？"

夏栖飞有些茫然地摇了摇头："以主人的身份走在明园里……我总以为幼时生长在这里，如果一朝回来重掌大权，应该会很快活，可是不知道为什么，偏偏生不出太多欣喜的感觉。"

"报仇这种事情就是如此。"范闲停顿片刻，又说道，"一旦大仇得报，便会觉得很无聊了。"

这时夏栖飞忽然想到一件事情，小意地问道："其实属下与明青达的想法有些接近，由今天结局倒推，再看大人这一年的布置，似乎过于小心了一些。"

"和平演变本来就是个长期过程。"范闲笑道，"稳定重于一切，和平过渡才是正途……我只是个替陛下跑腿的，陛下要求兵不血刃，我也只有如此去做。再说以前明青达有长公主和皇子们的帮忙，军方的撑腰，我哪里能够像如今这般放肆。"

提到长公主，夏栖飞问道："那几成干股究竟怎么处理？"

范闲随意道："全部抹了，都是些纸面上的东西，又没有实货，然后做个表我送进宫去。"

夏栖飞有些不安地说道："这下可把长公主得罪惨了，不知道那位贵